시 간 여 행 자 의   독 백

이야기를 시작하며…

2013년! 갑자기 '패혈증'이라는 병을 앓아 응급실에 실려 갔다. 며칠 동안 사경을 헤매다가 퇴원했다. 운동과 식이요법으로 몸을 추스르면서도 곧 생을 마칠 것 같았으며 인생이 허무했다. 멀쩡할 때 머릿속에 가득한 생각들을 정리하기로 결심했다.

매주 월요일, 하나의 주제를 정했다. 독서와 체험, 그리고 각종 자료를 통하여 주제에 대한 결론을 이끌어냈다. 이를 지인과 이메일로 소통하고 블로그를 개설하여 다수와 의견을 나누면서 4년이란 세월이 흘러 2백여 개의 글이 모였다. 더 많은 독자와 교류하기 위하여 중복된 부분을 제외하고 다듬어 한 권의 책으로 엮었다. 이 책은 크게 8개의 장으로 구성하였다.

I장 '애정이 꽃피던 시절'은 남녀와 세대를 뛰어넘어 모두의 이목을 집중시키는 러브스토리로, 필자와 지인이 경험한 내용을 바탕으로 써 내려갔다. Ⅱ장 '깃털 같은 단상들'에는 지난날 겪었던 일상적인 이야기와 평소의 생각 등을 담았으며, Ⅲ장 '삶이 전하는 메시지'에는 가족끼리 부대끼는 에피소드와 인생에 도움이 되는 교훈 등을 엮었다.

Ⅳ장 '바람처럼 구름처럼'은 학창시절과 직장생활의 부족한 면을 꺼

내어 후회하고 반성의 기회로 삼았으며, Ⅴ장 '추억 속의 그림자'는 어린 시절부터 지금까지 지나온 세월 속에 점점 잊혀가는 희미한 기억들을 되살렸다.

Ⅵ장 '시간 여행자의 독백'은 세계 곳곳을 돌아다니면서 그 나라의 독특한 역사와 문화, 그리고 가슴에 와 닿는 부분을 최소한의 글씨로 요약하여 누구나 재미있게 접할 수 있도록 간추렸고, Ⅶ장 '묵향을 맡으며'는 생활 속에서 그냥 지나쳐버리는 주제를 더욱 깊이 생각하여 새로운 판단을 유도했으며, 유명작가의 아름다운 시에 대하여 나름대로 잔잔한 감정을 덧붙였다.

Ⅷ장 '감동의 바다에서'는 우리가 간과하고 지나쳐버린 아름다운 음악을 상식적인 수준에서 정리하였고, 여행 중 관람한 박물관이나 미술관에서 감동한 순간을 표현했다. 필자가 즐겨보는 메이저리그 야구를 중심으로 매스컴이나 도서관에서 정리한 자료를 모아서 재미나게 표현했으며 수많은 영화 중에서 여운이 오래 남는 작품을 선정하여 명언과 함께 감상문을 실었다.

긴 문장이나 복잡한 글, 어려운 어휘 사용은 독자에 대한 예의가 아니다. 펼치자마자 독자의 눈에 확 들어오도록 글자를 아꼈고, 여백을 남기어 책장 넘기는 속도를 빠르게 했으며, 구어체를 사용했다.

이 책에 실린 모든 내용은 픽션이 아니다. 필자 또는 필자의 지인이 경험한 사실에 근거한 작품이다. 젊은이에게는 살아가는 데 많은 도움이 될 것이고, 장년 세대는 과거의 추억이 새록새록 피어오를 것이다.

이른 봄날 나른한 오후! 풀벌레 우는 숲에 나비가 날아다닌다. 나무에 기대어 앉아 쪽빛 하늘에서 내리쬐는 햇볕을 온몸으로 받는다. 흐르는 시냇물을 바라보며 이름 모를 꽃향기에 취하자 흥겨운 노래가 저절로 나온다.

row, row, row your boat (저어라 저어라 너의 배를 저어라)
gently down the stream (부드럽게 시냇물 아래로)
merrily merrily merrily merrily (즐겁게 즐겁게 즐겁게 즐겁게)
life is but a dream (인생은 오직 꿈이다)

2017년 6월

목차

Ⅲ.
삶이 전하는 메시지

Ⅳ.
바람처럼 구름처럼

Ⅴ.
추억 속의 그림자

VIII.

감동의 바다에서(음악, 미술, 스포츠, 영화)

이야기를 맺으며…

.Ⅰ.

애정이 꽃피던
시절

1

첫사랑의 재회

나의 유년시절은 퍽이나 조숙했다.
이웃집에 사는 '박문숙'이란 동갑내기를 좋아했다.
그녀는 세상에서 가장 예쁘고 마음씨 착한 아이였다.

둘은 매일 부부사이로 소꿉장난했다.
얼굴을 맞대고 끌어안으며 잠자는 시늉할 때는
상대방 숨을 들이마셔야 하므로 호흡이 리듬을 탔다.

64년, 초등학교에 입학했는데 문숙이와 같은 반이었다.
학교 가기 싫었지만, 문숙이를 본다는 생각에
잔뜩 멋을 부리고 집을 나서곤 했다.

그러던 어느 날 교실에서 문숙이에게 다가가
"연필 좀 빌려 달라."고 말 걸었다가 퇴짜를 맞았다.
왜 그녀가 화를 냈는지 지금도 모르겠다.
공부, 운동, 깡다구 등 어느 것 하나 뛰어난 것이 없어
되도록 문숙이 눈에 띄지 않으려고 노력했다.

우리 집이 옆 동네로 이사 가자 둘 사이도 소원해졌다.
시간 있을 때마다 문숙이 집 앞을 서성거렸다.
재수 좋아 그녀를 만나면 함께 놀았으며,
놀이에 져서 그녀를 업고 다닐 때는 내 세상 같았다.
둘 사이가 동네에서만큼은 예전과 다름없었다.

중1 때 서대문에서 영등포로 이사 갔다.
비록 몸은 문숙이와 멀리 떨어졌지만,
그녀에 대한 추억은 마음속 깊이 간직하고 있었다.
문숙이를 진실로 사랑했으며 결혼하고 싶었다.

고등학교 들어가서 꿈에도 그리던 그녀를 만날 수 있었다.
산꼭대기에 있는 문숙이네 판잣집을 찾아간 것이다.
토요일 오후 3시, 제2 한강교 합정동 쪽에서 만나기로 했다.

바로 그날, 5·16 혁명기념 교련 예행연습이 늦게 끝났다.
1시간이 지나 약속장소에 도착했는데 그녀는 없었다.
문숙이와 마지막 만남은 싱겁게 끝났다.

이후로 대학 2학년 때,
그녀의 결혼소식을 전해 듣고 정신 놓을 정도로
술을 마셨지만, 그녀를 향한 일편단심은 변함없었다.
'결혼 생활 힘들면 언제든지 와라!'
순진무구한 사랑이었다.

세월이 흘러 20세기가 저물어가던 1999년 가을!
우연히 문숙이 오빠 전화번호를 알아냈다.
두근거리는 가슴을 억누르며 수화기를 들었다.
"문숙이는 지금 어떻게 살죠?
한번 만나고 싶은데 형이 연락 좀 해 주실래요?"

며칠 후 문숙이의 오빠한테 연락이 왔다.
"문숙이가 너 만나기를 원하지 않는구나!"
만감이 교차하며 더 이상 할 말을 잃었다.

나만 못 잊었을까?
지금 모습을 보여주기 싫어서일까?
내 인생의 첫사랑인데!

선배들이 말했다.

"안 만나서 망정이지 그녀를 봤다면
그동안 품었던 너의 환상은 깨질 것이며
불쌍해서 돕는다고 설쳐대다가 가정 파탄 날 것이다."

지금 생각해 보니 그 말이 맞다.
아련한 첫사랑의 기억은 직접 대하는 것보다
마음속으로만 소중히 간직하는 것이 옳다.
둘 중 하나는 변화된 모습에 실망할 수 있고

현실의 무게로 예상치 않는 변화가 올 수도 있다.

마음 깊은 곳에 옛 시절의 추억과
변하지 않는 이성의 모습을 기억하는 것도
고달픈 인생사 즐거움 중 하나다.

그런데 호기심으로 첫사랑을 만났던 사람이
자신의 착잡한 심정을 밝혔다.

어린 시절 시골마을 할배 집에서 살았다.
뒷집에 좋아하는 예쁜 여학생이 있었다.
검은 교복에 희고 큰 에리(옷깃)!
뒷마당 대나무 숲 한가운데 큰 감나무가 있었는데
그곳에 올라가서 그녀를 보는 것이 낙이었다.

매미가 찢어지게 울던 늦은 여름 어느 날!
할배는 뒷마루에서 낮잠 주무시고
그날도 학교 갔다 와서 감나무에 올랐다.

한데 감나무 가지가 부러지면서
몸과 벌집이 함께 대나무 숲에 떨어졌다.
다행히 크게 다치지는 않았지만, 벌에 쏘이고
할배는 놀래 깨서 난리 치고…

중학교 때 남녀 합반이었는데, 그녀도 같은 반이었다.
가사 시간이 되면 여학생은 요리연습하고
남학생은 운동장에서 놀다 요리한 음식 얻어먹고
장난치고… 뭐 그땐 다 그랬다.

나는 고등학교를 부산으로 왔고 그녀는 포항으로 갔다.
그 후 세월이 쭈욱~

어느 날 초등학교 동창회에서 연락이 왔다.
50이 넘어 동창회 모임을 시작한다나!
나는 문득 그때 여학생(오미자)이 생각났다.

포항까지 갔다.
친구들이 하나둘씩 들어오고
기다리던 그녀도 왔다.
그다음은 윤형 글에 잘 표현되어 있다.

선배들이 말했다.

"안 만나서 망정이지 그녀를 봤다면
그동안 품었던 너의 환상은 깨질 것이며
불쌍해서 도와준다고 설쳐대다가 가정 파탄 날 것이다."

2

플라토닉 러브

"사랑의 기쁨, 사랑의 감격은,
두 팔로 으스러지도록 껴안는 폭풍 속이거나
열렬한 입맞춤의 격정 속에서 일어나는 것이 아니고,
처음 잡는 손의 온기 속에 피는 꽃이다."

'연애도사'인 '스탕달'의 말이다.

플라토닉 러브를 하고 싶다.
'순수하고 정신적인 사랑을 하고 싶다'는 것이다.

뜨거운 태양이 작열하는 사랑이 아니라
조용하고 은근하며 서로의 인격을 존중하는 사랑!
잠시 헤어져도 참을 수 있으며
만나면 오히려 차분해지는 사랑을 하고 싶다.

'장 폴 사르트르'와 '시몬 드 보부아르'의 사랑처럼
서로에 대해 깊은 신뢰를 하는 거창한 사랑이 아닌,
차 한 잔 앞에 두고 이야기하면서

상대방 말이 과장이나 가식이 있을지라도
따지지 않고 맞장구쳐 주는 그런 사랑을 하고 싶다.

조용필이나 나훈아 노래 나올 때 귀 기울이고,
포장마차에서 꼼장어 안주로 소주 몇 잔 마실 줄 아는,
비 오는 날 서민배우 '김승호' 주연의 흑백영화를 감상하며
추억에 젖을 수 있는 여자면 되었다.

나 정도면 팍 삭은 노인네도 아니며
글 쓴다고 여러 책을 접했으니 이야깃거리가 풍부하고
상대방한테 커피 정도는 대접할 경제적 여유와
백수로서 있는 게 시간밖에 없으므로
파트너만 있으면 모든 게 안성맞춤이었다.

그래서 여자 친구에게 간절한 메시지를 보냈다.
'나이가 들수록 점점 외로움을 타는구나!
편하게 만나 대화 나눌 사람 없겠니?
플라토닉 러브 할 여성 좀 하나 소개해 주라…'

눈이 빠지게 답을 기다려도 묵묵부답이었다.
메시지 보낸 사실마저 잊어버린 채 며칠이 지났다.
아내와 다정스럽게 손잡고 찜질방에 갔다.
홀로 찜질하고 온 사이에 아내의 인상이 험악해졌다.

"밖에 나가서 이런 문자질이나 하고 다니니, 쯧쯧!"
핸드폰이 켜진 상태로 내 손으로 넘어왔다.
여자 친구한테 메시지 온 것을
주인의 허락도 없이 아내가 확인한 것이다.

핸드폰 창에는 이렇게 떠 있었다.
"대화할 만한 여자 소개해 달라고?
너같이 나이 먹은 구두쇠를 누가 사귀려고 하겠니?
플라토닉 좋아하시네, 정신 차려 이놈아!"

마누라 앞에서 완전 새 되었다.
원위치 시키기 위하여 막대한 금전적 피해와
장시간 정신적 고통이 뒤따랐다.

머피의 법칙, 안 하는 짓 하면 항상 얻어터지게 되어 있다.

3

남녀 간의 심리

얼마 전 친구와 함께 술 마시면서
'남녀 간의 심리'에 대하여 대화를 나누었다.
친구는 자신의 경험담을 늘어놓았다.
잠시 친구의 목소리를 빌려 보자.

20여 년 전 회사 근방에서 한 여성을 알았다.
그녀가 어려움에 부닥쳐 있을 때
도움 줄 기회가 있어 가까워졌다.

하루는 그녀와 함께 교외에서 술을 마셨다.
그녀는 취하여 내 허벅지에 머리를 대고 깜박 잠이 들었다.
자는 모습을 그저 바라만 보다가 그녀가 깨어나자
춥고 어두운 눈길을 30분 이상 걸어 돌아왔다.

그때 그녀와 깊은 관계를 맺어야 했는데,
그녀의 술 마신 행동이 나를 원하는 것이었는데,
여자를 지켜주는 척하며 생난리를 쳤지만
상대방은 '저 새끼' 했을 것이다.

마지막 순간은 그녀에게 실망감만 준 꼴이었다.

이 이야기를 들은 나는
"기회가 와도 참는 것이 더 아껴 주는 거 아니냐?
서로 간에 야릇한 눈빛이라도 부딪쳐야지
사전준비도 없는데 갑자기 야수로 변하는 것은
상대방에 대한 예의가 아니다." 하며
친구가 술 한 잔으로 목 축이는 사이에 끼어들었더니
흥분하며 이야기를 계속했다.

인생은 기회가 올 때 쟁취해야 한다.
우물쭈물 망설이는 것은 병신들이나 하는 짓이다.
나중에 떠들어 봐야 다 후회고 변명이다.

그날 이후 그녀와의 관계는 뜸했다.
그녀에 대하여 생각하면 할수록
설레는 마음으로 젊게 사는 기분도 들었지만,
이루어질 수 없는 환상에 대한 미련으로
너무 괴로워 억울한 느낌마저 들었다.

서로 간 사랑에 몸 바칠 나이도 아니고
그럴 필요가 없다는 것을 뻔히 알고 있지만
만약 눈 내리는 날 교외에서 깊은 관계를 맺었다면
그녀가 나를 더 생각할 것이다.

끝까지 가야 애틋함이 남는다.
손만 잡으면 아무것도 안 된다.
그러려면 차라리 장난감하고 데이트해라!
명언이다, 반면교사로 삼아라!

친구와 헤어져 집에 오면서 곰곰이 생각했다.
나에게 그런 기회가 온다면 어떻게 할까?
'친구의 말에 동의하지 않는다.
남녀관계란 깊은 관계를 맺으면 끝이다.'

4

자유이용권

지인의 인생관이 특이하여 요약해 보았다.

나이트클럽을 나와서 부킹한 여자와 헤어지면서
핸드폰 번호를 교환했다.

며칠 후 직원들과 회식을 했다.
2차 가고 싶었지만, 호응이 없어 뿔뿔이 헤어졌다.
'한 잔 더 마실 곳 없나!' 주변을 살피는데
얼마 전 함께 춤추었던 여자 생각이 났다.

길거리에 서서 만날까 말까 망설였다.
욕망과 양심 사이에서 갈팡질팡했다.
술김에 용기 내어 그녀를 만나기로 했다.
"직원이 상喪을 당하여 하룻밤 자고 온다."며
아내를 속였다.

약속장소로 가는 택시 안에서 술이 깼다.
그녀에게 전화한 것이 잘한 일인지 기분이 묘했다.

아내한테 들키면 신세 망친다는 생각에 이르자
만남을 취소하고 싶었다.

어느새 약속장소에 도착했다.
그녀를 본 순간 걱정은 모두 사라지고
즐거움에 푹 빠져 놀다가 다음 날 헤어졌다.

집으로 향하며 심란했다.
'혹시 이 여자한테 물리지 않을까?'
근심과 후회가 동시에 밀려왔다.
새벽에 퇴근하는 자신이 한심했다.

집에 들어가서 아내의 눈을 똑바로 볼 수 없었다.
'세상 모든 남자들은 어쩔지 모르지만
우리 아빠는 절대 바람피우지 않아!'
아빠를 철석같이 믿는 아이들에게 부끄러웠다.
침대에 누워 자는 척하며 위기를 넘겼다.

놀이동산에 비싼 자유이용권을 끊고 들어갔으면
무서워도 다양한 놀이기구를 이용해야 본전을 뽑듯이,
태어났으면 어느 정도 위험을 감수하며 스릴도 느껴야지
안전만 추구하다 보면 단조로운 삶이 될 수 있다.

일탈 행동이 발각되면

먹구름으로 살아야 하므로 부담스럽지만,

무사히 작전(?)을 수행하고

안정을 되찾을 때의 쾌감은 어디에도 비할 수 없다.

'만에 하나 잘못되면 어떻게 하지?'라며 포기하는 것보다

위험을 감수하고 그녀와 밤을 새운 결정이 옳았다.

나만의 소중히 간직할 추억이 생긴 것이다.

세월이 한참 지났어도

그때 생각을 하면 미소가 절로 나온다.

이렇게 분별없이 함부로 날뛰는 행동을

'용기가 아니라 만용'이라며 돌 던지면 맞겠다.

자유이용권이 변명을 위한 발명품이라는 조롱도 좋다.

내 코로 내가 숨 쉬니까!

사라질 때 지옥문 앞에서 최후를 심판하는 자가

"자유이용권 잘 사용하며 재밌게 놀다 왔느냐?" 하면

더 이상 바랄 게 없겠지만,

"다른 사람은 다 속여도 내 눈은 못 속인다.

너의 표리부동을 심판하겠다."며

지옥으로 보낼지가 고민이 되긴 하다.

성경에 다음과 같이 쓰여 있다.

'모든 사람은 죄인이며 의인은 없다.

회개하는 자는 더 이상 죄인이 아니다.
천국 가는 자는 의인이 아니라 회개한 죄인들이다.'

지인의 인생관을 듣고 보니
갑자기 이창동의 〈밀양〉이란 영화가 생각나는구나!

5

사랑스러운 여자 멋있는 남자

여자는 나이를 아무리 먹어도
남자들이 볼 때 '말 좀 걸고 싶다'는 생각이 들고
품에 안고 싶을 정도로 사랑스러워야 한다.
이를 '섹시'라고 표현해도 좋다.

전철 안에서의 멋쟁이 할머니는
많은 나이에도 불구하고 귀엽게 보이며
타인에게 시각적으로 기쁨을 준다.

남자도 마찬가지다.
아무리 나이가 들어도 여자들에게
'대화 좀 나누었으면' 하는 마음이 솟아오르게 하고
품에 안기고 싶을 정도로 멋있어야 한다.

이성의 눈에 그림자처럼 보이면
다 살았다는 느낌이 들어 왠지 서글프다.
나이가 지긋해도 멋쟁이로 보이는 방법이 없을까?

나이 먹을수록 잘생기고 못 생기고는 의미가 없고
'피부를 어떻게 관리하느냐'가 관건이다.
피부에 크림을 열심히 발라 항상 촉촉함을 유지해야 한다.

입 꼬리를 올리고 밝은 인상을 유지하도록 노력하며
생동감 넘치는 걸음걸이가 매우 중요하다.
노인 냄새를 없애기 위하여 은은한 향수를 뿌려서
지나갈 때 향긋한 냄새를 남겨야 한다.

젊어서야 아무 옷이나 입어도 때깔이 난다.
주로 정장을 하므로 누가 멋쟁인지 구별이 안 된다.
나이 들면 오래된 옷은 과감히 버리고
유행에 맞는 옷으로 세련된 멋을 보여주어야 한다.

그런데 이러한 다짐을 행동으로 옮기기가 힘들다.
"보여줄 사람도 없는데" 하며 만사 귀찮아한다.
외출복도 잘 갈아입지 않을 정도다.

"깨끗하게 관리하라"는 가족들의 성화에 시달려도
반응 없이 자기 고집만 부린다.
"함께 다니기가 창피하니 멀리 떨어져서 와."
아내에게 인격모독 수준의 말까지 듣는다.

문학, 댄스, 등산 등 단체 활동을 통하여

이성을 만나는 공간이 필요하다.
그래야 청춘으로 돌아가 몸을 관리하고 멋도 부린다.

문제는 아내가 혹은 남편이 이성 사귀는 것을
'어느 정도 선까지 인정해 주느냐'다.
젊은 시절과 달리 나이 들면
여유를 가지고 상대방을 배려해 주어야 한다.

아내에게 말했다.
"당신 예쁘게 챙겨 입고 남자 친구 만나서 놀다 와.
저녁식사는 내가 대충 알아서 먹을 테니까.
술 한 잔 마시고 남편한테 못할 말도 실컷 해!"

그러자 아내의 반응이 의외였다.
"오늘 못 먹을 것 먹은 거요 뭐요?
갑자기 남자 친구 만나라니!
자기가 하고 싶으니까 한번 떠보는 것 아니야?"

6

재혼의 환상

예기치 못한 상처^{喪妻}로 졸지에 홀아비가 된 지인이 있다.
장례식 때 어찌나 슬퍼하던지 병원관계자가
"감정이 무척 풍부하시군요." 하고 혀를 내두를 정도였다.

그렇게 아내와의 사별을 아쉬워하던 인간이
아내를 묻은 지 몇 달도 지나지 않아
여자 소개해 달라고 애걸복걸하더니
드디어 스마트폰에 이성과 팔짱 낀 사진을 올렸다.
얼굴이 하얗고 세련되어 분위기 있는 여자였다.

며칠 후 그 작자한테 전화가 왔다.

"새로 사귀는 여자가 있는데 집안이 좋아요.
그녀와의 기묘한 만남은 기적이에요.
상당히 진전되어 애인처럼 가깝습니다.
고생 그만하라고 애들 엄마가 하늘에서 보내줬어요.
애들도 좋다고 하네요."

지인은 완전히 맛이 가서 자기 입맛에 맞게 해석했다.

"재미 좀 같이 봅시다. 부럽습니다." 했더니,
옆에서 아내가 한 수 거든다.
"좋아 죽네, 좋아 죽어!
마누라 죽기만 기다리는 사람 같네."

지나온 세월 동안 남자만 생각하면 지긋지긋한데
웬만하면 혼자 살지 뭐가 좋아 재혼하겠나?

여자의 재혼사유는
힘든 세상 혼자 지내기 어려워
남편에 의지하며 개고생 않고 살기 위함이다.

남자가 여자의 기대를 충족시키기 위해서는
돈과 직장이 있어야 하고, 성격도 좋아야 한다.

지인은 겉보기에 모든 것이 갖춰진 사람이다.
다만 재산은 거의 부동산이라 가치 평가가 어렵고,
직장은 오래 다녀야 2년 정도 다닐 것이고,
한 성깔 하지만 날카로운 발톱을 감춘 상태다.

연애할 때야 돈 잘 쓰고, 다정다감하며,
잘나가는 직장인이어서 모든 여자가 좋아한다.

결혼하여 3개월 살면 현실로 돌아온다.

남자의 재산을 따져보니 별것이 아니고,
직장은 막판이라 회사에서 등 떠밀고,
마누라에겐 설렘이 사라진 지 오래다.
갈등이 불거지고 남편의 기본 가락이 나온다.

여자는 실망하여 보따리 싼다.
만남의 기쁨보다 헤어짐의 고통이 열 배다.
늙어서 재혼은 기쁨이 아니라
휘발유 통을 메고 불길로 들어가는 것과 같다.

순수함이 전제되면 아닐 수도 있다.
순수한 사랑, 순수한 봉사, 순수한 측은지심.
그런데 그놈의 '순수'라는 것이 눈에 보여야 말이지!

이런 결혼 밝힘증 환자를 옹호하는 발언이 있다.

"우리같이 맨날 아내와 쌈박질만 한 사람은
골치 아픈 결혼을 다시는 안 하겠지만
부부금실이 좋았던 사람은 향수에 젖어 결혼을 갈구한다."

7

속궁합의 조건

'속궁합'이란 남녀 간의 성관계에 대한 만족도다.
부부 사이에서 속궁합은
결혼생활을 유지하는 데 중요한 요소다.

속궁합 때문에 인생을 망친 지인이 있어 소개하겠다.

그는 직장생활 하다가 나와서 옷가게를 운영했다.
타이트한 월급쟁이에서 자영업으로 전환하자
정신없이 바쁘다가도 한가할 때가 많았다.
가끔 지방출장 갈 때
자동차에 여자를 태우고 가는 경우도 있었다.

하루는 친구가 소개한 여자와 잠자리를 같이했다.
그녀에게서 지금까지 느끼지 못한 것을 느낄 수 있었다.
소위 말하는 속궁합이 맞은 것이다.

금방 헤어져도 또 보고 싶었다.
그녀 생각으로 일이 손에 잡히지 않았다.

자기 전에 문자라도 보내야 직성이 풀렸다.

꼬리가 길면 잡히는 법!
새벽에 잠자다 말고 일어나
아파트 베란다에서 소곤거리며 통화하다가
아내에게 딱 걸렸다.

아내의 요구는 이혼이었다.
그는 잘못을 인정하기도 했지만,
그녀와 살림을 차린다는 데 정신이 팔려 두말없이
이혼에 동의하고 위자료를 충분히 주었다.

그는 나머지 재산을 정리하여
도시생활을 청산하고 시골에서 살기로 했다.
그녀만 옆에 있다면 어디든지 좋았다.

수도권에 농가주택을 구매하여
농사짓고 닭 키우며 식당도 겸했다.
둘 사이의 운우지정은 날 새는 줄 몰랐다.
딸도 하나 생겼다.

시골생활이 1년쯤 지났다.
식당이 생각대로 운영되지 않아
경제적으로 어려움에 부닥치자 짜증이 났다.

어느새 아침부터 술 마시는 습관이 생겼다.
술에 취하여 그녀를 폭행하는 경우도 종종 있었다.
이혼한 아내에게 매달 보내는 양육비가
하루만 늦어도 전화통에 불이 났다.

속궁합이고 뭐고
'이 시골에서 내가 무슨 짓을 하고 있는가'를
생각하면 한숨이 절로 나왔다.
전실 자식과 그녀, 그리고 그녀와 사이에 태어난 딸 등
모든 사람들이 그에게는 무거운 짐이었다.

속궁합이 없으면 살아도 돈이 없으면 못 살았다.
속궁합은 결혼생활에 필요조건이 될 수 있어도
충분조건은 아니었다.

8

완전한 사랑

젊어서 이후로 항상 '완전한 사랑'을 꿈꾸며 살아왔다.
'완전'이란 말이 '모자람이나 흠이 없는 것'이라면
완전한 사랑이란 무엇인가?

작가 '조선작'은 《완전한 사랑》이라는 제목의 소설에서
'완전무결한 나체의 포옹'이라 표현하고
에로틱한 것, 육욕의 완성적인 것만으로 생각했지만,

혼자만 좋아하며 괴로워하는 사랑 말고
상대방이 일방적으로 그리워하는 사랑 말고
둘이 서로 미치고 환장하는 사랑이 바로 완전한 사랑이다.

돈, 인물, 직장, 학벌이 개입하는 사랑이 아닌
조건 없이 사랑하는 남녀관계여야 하며
그저 옆에만 있어도 좋은 사랑이다.

너무 좋아서 대화만으로 사랑의 감정을 채울 수 없어
육체적인 관계까지 가는 것이며

관계 후에도 더 친밀감이 유지되는 사랑이다.

하지만 좋아서 쫓아가면 멀리 가고
포기하고 잊어버리면 상대방이 가까이 오는 것을 보면
동시에 둘이 사랑하는 경우는 드물었다.

서로가 좋아했다 하더라도
사랑의 추가 금방 한 편으로 기울어져
완전한 사랑을 지속할 수가 없었다.

완전한 사랑이 있을까?
이승에서 못다 한 완전한 사랑을
저 세상에서 영원히 누리자며 동반 자살하듯이
완전한 사랑이란 신기루 같은 허상이다.

서로 좋아하며 영원히 변치 않을 사랑은 없다.
조건 없는 사랑은 소꿉장난 시절에나 가능하지
나이 먹으면 어림도 없다.

있지도 않은 사랑을 추구하며
여태까지 기다리고 있었다는 사실이 기막히다.

완전한 사랑이란
남녀 간에 플라토닉 러브나

육체적인 사랑을 뜻하는 것이 아니라
무한히 베푸는 종교적인 사랑이다.

부처님의 영원한 자비로운 사랑과
천만년이 지나도 식지 않는 하나님의 사랑이
완전한 사랑이다.

완전한 사랑의 진정한 의미를 알고 나니
갑자기 종교인이 된 듯하고
지금까지 지은 죄를 모두 용서받는 느낌마저 든다.

9

연정에는 나이가 없다

20대 때 40대 아저씨를 보면
'저 어른들은 세상을 무슨 재미로 살까?'
'부부관계를 제대로 가질까?' 하며
이성에 관해 꿈도 희망도 없는 노인으로 여겼는데,
어느덧 60대 문턱에 들어섰음에도
이성에 대한 그리움이 청춘과 다를 바 없다.

최근 '박경리' 장편소설 《토지》를 완파했다.
대학시절 읽은 후 두 번째다.
나이에 따라 소설의 감명 깊은 부분이 달랐다.

예전에는 주인공 '아가씨 서희'가 북간도의 어느 여관에서
"난 너하고 도망갈 생각을 했단 말이야.
다 버리고 달아나도 좋다는 생각을…"
하고 '길상'에게 울면서 사랑을 고백하는 장면이
소설의 클라이맥스라고 여겼으며,
양반과 쌍놈의 신분상 차이를 극복한
두 남녀의 사랑이 아름다웠다.

이번에는 '자신을 짝사랑하던 의사가 자살했다'는
소식을 전해 듣고 상념에 젖어 목 놓아 우는
'중년 서희'의 심정을 이해하며 울컥했다.

젊은 시절에는 '의사가 서희를 사랑하는 것'에 대하여
'남편 있는 여자와 무슨 사랑이야?'
'다 늙어서 징그럽게 웬 사랑?' 하며 민망했었는데,
지금은 사랑이란 나이와 상관없이 얼마든지 싹트고
'나훈아'의 '애정이 꽃피는 시절'로
되돌아갈 수 있다는 사실을 이해할 수 있다.

굴곡 없이 잔잔한 삶을 보냈던 사람들마저도
'여태까지 시린 사랑 한번 못 해 본 것이 제일 억울하다'며
덧없이 흘러간 세월을 탓했다.

몇 년 전 병원에 입원했을 때다.

같은 병실에 죽을 날만 기다리는 80대 할아버지가 있었다.
이 환자는 낮에 부인인 할머니가 옆에 있을 때는
한마디 말도 없이 침묵으로 일관했고,
그나마 할머니가 말 걸면 만사 귀찮다는 듯이
다 죽어가는 목소리로 대답했다.

하지만 저녁에 40대의 자그마한 간병인 아줌마가 오면

도란도란 저녁 늦게까지 끊임없이 이야기했다.
목소리 톤 자체가 부드러웠다.

간병인이 "할아버지 나 좋아해요?" 장난스럽게 묻자
"정말 좋아!" 망설임 없이 또렷하게 대답했다.
연정이 삶에 대한 욕망을 꿈틀거리게 했다.

남녀 간의 사랑은 인간이 숨 쉬고 있는 한
항상 가슴속에 간직하고 있구나!

생각과 코드가 맞는 이성을 만나
헤어나지 못할 정도로 사랑에 빠진다면 어떻게 될까?
그렇게 될까 봐 두렵다.
오히려 그런 사람을 만나지 않기를 기도한다.
누구에게도 상처주지 않고
단지 아름다운 추억으로 간직할 만한 사랑은 없는지!

사랑은 아무나 하는 것이 아니다.
가진 것 모두 내려놓을 수 있는 자만이 할 수 있다.
평범한 사람은 사랑에 대해 '그리움'만 안고 살 뿐이다.

10

상상 속의 연인

사랑에 대한 발라드풍의 노래를 들을 때는
노래가사의 주인공이 되어
분위기에 푹 빠지며 대리만족을 한다.

주인공이라면 파트너가 있어야 하는데
사랑했다 헤어졌던 여성을 생각할 수도 있겠지만
대개는 상상 속의 연인을 그리워한다.

나이 먹을수록 상상 속의 연인이 떠오르지 않아
노래가 소음으로 전달되어 감흥 없이 짜증만 나고
사랑이란 단어가 사치스러운 느낌마저 든다.

젊은 시절보다 더 재미난 노후를 보내야 하는데
노래를 멀리한다는 것은 오아시스 없는 사막이다.
상상 속의 연인을 새로 만들어 각인시키자.

이 정도 나이면 사랑에 대하여 경험이 있으므로
'진실한 사랑'이라는 가식은 피하고

현실적으로 접근하자.

연인은 미지의 여성이므로
인물이 잘생기고 못 생기고는 상관이 없지만
기구한 운명으로 슬퍼야 한다.

이왕이면 지적인 여자가 좋겠다.
감정을 절제하여 혼자 눈물을 삼키며
세상물정에 어두워 보호감정이 솟아나야 한다.

나는 그녀를 너무도 사랑하지만
그녀는 도대체 나를 얼마나 생각하는지 알 길이 없고
끝까지 마음을 열어주지 않는 여자이면 더 좋다.

이런 요구사항을 총망라해 놓고
여기에 어울리는 사람이 있는지 찾아보자.
연예인도 좋고 소설 속의 인물도 좋다.
영화 〈엽기적인 그녀〉에 나오는 '전지현'이나
'심훈'의 《상록수》에 등장하는 농촌운동가 '영신'일 수도 있다.

그녀를 그리며 노래를 듣는 것이다.
잠자리에 들면서 한 번씩 그녀를 생각하고
골치 아픈 일이 생길 때도 잠깐씩 그녀를 떠올린다.

건강을 챙긴다는 말이

물질적인 것으로만 채워질 수는 없다.

정신적인 부분도 상당히 중요하다.

나만 이런 생각을 하는 것인지

아니면 다른 사람도 이렇게 생각하는지 궁금하다.

내 속마음을 아내가 알면 어떻게 반응할까?

"아이고, 평생 껍데기하고 살았네!

본마음은 엉뚱한 데 두고 몸뚱이만 집에 있었구나!"

11

불륜

친구와 함께 패키지여행 가서 아줌마끼리 온 사람들을 만나 여행기간 내내 시간 가는 줄 모르고 놀았다. 무슨 관계인지 모르지만, 분명히 부부는 아닌데 자기들끼리 항상 붙어 다니며 깔깔거리고 노는 모습이, 다른 사람 눈에는 아니꼽게 보였을 것이다. '일생에 이런 기회가 다시 오기 힘들다'고 생각하여 타인을 의식하지 않고 뻔뻔스럽게 행동했다.

여행지에서 있었던 일을 되새겨 보면 한여름 밤의 달콤한 꿈을 꾸는 듯했다. 일상적인 생활로 돌아오기까지 여러 날이 걸릴 정도로 특별한 여행이었다. 너무 기쁨이 컸기에 '산이 높으면 골이 깊듯이 커다란 슬픔이 오지 않을까?' 하는 두려움마저 느꼈다.

선배를 만나 "여행을 여러 번 다녔지만, 이번처럼 재미있는 여행은 처음이었어요." 하고 이런저런 이야기를 자랑스럽게 떠벌렸다. 선배는 "그것도 일종의 불륜이야!"라며 냉소적으로 결론 내렸다. 가슴이 뜨끔했지만, 마음속으로는 '그저 이야기하고 웃고 놀았을 뿐이었는데…' 싶어 선배의 말을 부정했다.

여행 갔던 아줌마 중 한 분과 우연히 만날 기회가 있어 함께 점심을 했다. 불륜은 비싼 것 시켜 놓고 둘이 찰싹 붙어 앉아 서로를 그윽하게 바라보며 문학·예술·철학 등 우아한 이야기를 들릴 듯 말 듯 속삭이는 모습이고, 부부는 음식을 적당히 시켜 마주앉아 말없이 먹는 데만 집중하고, 돈·시댁·자녀 등 현실적인 이야기만 하다가 결국에는 서로 말다툼을 한다는데, 대략 부부 버전으로 무미건조하게 식사를 마쳤다.

식사 후 시간 보낼 거리가 마땅치 않아 망설이다가 영화구경 갔다. 영화관에서 깜빡 잠이 들어서인지 의도적인지는 모르겠지만, 그녀의 머리가 내 어깨 위에 닿을락 말락 할 때 부담스럽긴 했어도 향긋한 샴푸 냄새가 싫지 않았다. 영화 내용이 따분하여 코 골고 자다가 "주위 사람들에게 창피하다"며 핀잔먹었다.

더 이상 특별히 할 일도 없거니와 할 말도 없어 "다음에 다시 한 번 뵙죠." 하고 작별 인사했다. 여행의 즐거웠던 추억마저 손상된 느낌이었다. 좋았던 순간은 그것만으로 그대로 간직해야지 두 번째는 처음 만남의 환상이 깨져 실망감만 들었다.

일찍 귀가하여 오랜만에 가족과 함께 저녁식사 하는데 괜히 쑥스러웠다. 뜬금없이 며칠 전 선배가 말한 '불륜'이란 단어가 떠올랐다. 조용한 분위기를 깨며 딸에게 질문했다.

"은경아! 너는 불륜이 뭐라고 생각하니?"
"결혼한 사람이 부적절한 관계 맺는 거지!"
"불륜不倫이란 글자 그대로 해석하면 '윤리가 없는 행동'이야.

술에 취하여 길바닥에 오줌 누는 것도 불륜이지"

"아빠는, 그게 무슨 불륜이야?"

딸과의 대화에 아내가 불쑥 끼어들기 시작했다.

"나도 남자동창생을 만나지만, 그것은 불륜이 아니야.
그러나 부적절한 관계를 안 했더라도
생판 모르는 여자와 함께 놀러 간다거나
따로 몰래 만나는 것은 불륜이야!
그리고 노상방뇨가 경범죄지 무슨 불륜이야?"

아내가 말한 '불륜의 정의'에 의하면 여행지에서 아줌마들과 시시덕거리던 것과 오늘 그녀를 만난 행동은 불륜을 저지른 것이었다.

불륜에 대해 지인이 결론을 내려주었다.

사람들은 결혼을 소유로 생각해서 서로를 구속하려 들지만 그건 집착일 뿐, 영혼은 원래 자유로운 것이라서 부질없는 짓이다. 아무리 사랑하는 부부라도 말이 완전하게 통하지는 않는다. 창문 열고 공기를 환기시키듯이 밖으로 뛰쳐나와 다른 사람을 통해 삶을 충전시켜야 한다. 폭넓은 인생을 살기 위해서는 부부 이외의 남녀를 불문한 인간관계가 필요하다. 하지만 상처가 되더라도 투명해야 한다. 숨기지 않고 오픈하여 인정해 줄 수 있어야 가능하다. 아내 동의 없는 이성 친구는 불륜이다.

말은 좋다.

아내한테 허가받고 이성을 만나는 사람이 있을까?

아내한테 미리 이야기하면 허락할까?

죽으려면 뭔 짓을 못하나?

택도 없다!!!

일본의 유명작가인 '가나모리 우라코'는 《참으로 마음이 편안해지는 책》에서 다음과 같이 말했다. 이 작가는 불륜 예찬론자로서 일면 이해가 가기도 한다. 하지만 내 아내가 불륜을 저지른다면 기분이 더러울 것이다.

"인간은 원래 바람기가 많으며 여러 사람의 모습이나 삶에 매력을 느끼는 동물이다. 나는 남편 이외도 매력이 묻어나는 수많은 남성들과 교제하고 있다. 그런 남성들과 시간 가는 줄 모르고 밤새 떠들고 놀기도 한다. 그리고 어쩌면 그들과 '불륜(숨겨진 사랑)'의 관계로 발전할 가능성이 있음을 굳이 부정하지도 않겠다. 나는 남성들에게 언제까지나 그럴 가능성을 느끼게 할 수 있는 여성으로 살고 싶다. 남편을 진심으로 사랑하는 아내라면, 아내를 진심으로 사랑하는 남편이라면 비록 불륜을 저질렀다 해도 불화를 일으키는 일 없이 다음 단계로 나아가는 지혜를 발휘할 수 있다. 만일 불륜을 계기로 부부 관계가 심하게 흔들린다면 자신의 마음을 들여다보자. 깨어질 사랑이라면 무슨 일이 있든 없든 간에 결국에는 끝이 나기 때문이다."

12

사랑의 집착

살면서 '아내 이외의 여성과 데이트를 꿈꾸며 그 여성으로부터 진정한 사랑을 받는다면 얼마나 행복할까?' 하는 마음을 항상 가슴속에 품고 다닌다. 하루는 친구를 만나서 "죽고 못 사는 사랑해 봤느냐?" 물었다. 그러자 그는 "말도 마라! 여자 한번 잘못 사귀었다가 인생 골로 갈 뻔했다."며 고개를 절레절레 흔들며 자신의 연애담을 펼치기 시작했다.

20년도 훨씬 지난 오래전 일이다. 부부싸움 후 흥분을 가라앉히고 머리 식힐 겸 집을 나섰다. 밖에 나왔지만 갈 데도 없고 그렇다고 친구 불러서 하소연해 보았자 누워서 침 뱉기였다. 동네 근방 조그만 커피숍에 들어갔다. 가게에서는 술도 팔았다. 고독하게 앉아 맥주 몇 병을 까자 한 여성이 '나 좀 불러 주었으면' 하는 분위기를 풍기며 텅 빈 홀을 왔다 갔다 했다. 술김에 용기 내어 그녀를 불러 함께 마셨다. 2차로 노래방에 들러 실컷 노래 부르고 헤어지면서 연락처까지 교환했다.

"다음에 또 만나죠. 제 명함입니다."
"저희 집 전화번호예요. 전화하고 놀러 오세요.
맛있는 것은 못 해 줘도 라면은 얼마든지 끓여 드릴 수 있어요."

며칠 후 야근을 마치고 '혹시나' 하여 그녀에게 전화했다. "저희 집으로 오세요." 반가워하는 목소리였다. 그녀의 아파트에서 야식 먹고 밖으로 나왔다. 포장마차에 들러 술 마시고, 놀이터에서 그네 타며 동심으로 돌아가 재미있게 놀았다. 달빛 맞으며 공원 벤치에 앉아 끊임없이 대화를 이어갔다. 나이가 비슷하여 어린 시절 이야기가 통했다. 시간 가는 줄 모르고 대화하는 사이에 새벽이 밝았다.

이후에도 그녀와 몇 번 더 만났다. 집을 드나드는 것이 기둥서방 같아 밖에서 만났다. 이 여자는 젊은 시절 한때 요정에서 깃발 날리고 돈을 벌었으며 이제는 화류계를 은퇴하고 자영업 하려고 이것저것 알아보는 중이었다.

이상한 것은 그녀와의 만남이 지속될수록 더 가까워지는 것이 아니라 부담스러워졌다. 정리 수순을 밟아야겠다고 마음먹고 연락을 끊었다. 하루는 사무실에 전화벨이 울려 무심코 수화기를 들었다.

"오랜만이에요. 왜 전화 안 해요?
보고 싶네요. 지금 만나죠."

그녀의 목소리를 듣는 순간 깜짝 놀랐다. 차분한 음성으로 "일이 바빠서 곤란한데!" 대충 말하고 전화를 끊었다. 그녀에게 명함 건넨 것이 후회스러웠다. '다음에 전화 오면 어떻게 할까?'를 걱정하기 시작했다. 찜찜했다. 얼마 후 그녀한테서 또 전화가 왔다.

"회사 바로 옆이에요.
잠깐 얼굴이나 봐요.
근데 왜 전화 안 하는 거예요?"

곧 사무실에 쳐들어올 기세로 짜증을 부렸다. 잠깐이지만 심장이 두
방망이질 치며 별생각이 다 들었다. "손님과 약속이 있어 나갈 수 없다"
고 웃으면서 통화를 마쳤지만, 속은 미칠 지경이었다. 그래도 끝까지 만
나지 않았다. 한 달 정도 지나 전화가 또 왔다.

"조그만 술집을 하나 차렸어요.
좀 밀어주셔야겠어요.
오늘 밤에 꼭 오세요. 기다릴게요."

사정하는 목소리였으나 일방적으로 통보하고 전화를 끊었다. 어차피
한 번은 만나야 하는데 밖에서보다 영업공간에서 만나는 것이 낫겠지
싶었다.

술집은 커다란 스탠드바의 한 코너였다. 얼굴을 보자 반가워하는 그
녀의 표정을 지금도 지울 수 없다. 그녀는 무대에 나가 블루스를 추자고
하더니 스텝을 밟자마자 가슴에 얼굴을 묻고 흐느꼈다. 그녀의 얼굴이
내 얼굴에 닿을 때는 굵은 눈물이 내 뺨 위로 흘러내렸다. '아! 그렇구
나!' 몇 번의 만남이 그녀에게는 진실한 사랑이었다. 지금까지 내 행동
은 외로운 여인의 타오르는 가슴에 기름을 부은 것이었다.

분위기가 너무 어색해 춤을 그만두었다. 의자로 와서 술 몇 잔 마시고 일어섰다. 그녀는 술집 밖에까지 나와 가지 말라고 애원했다. 눈물을 계속 흘리며 막무가내였다. 지나가는 사람들이 쳐다보았다. 비가 주룩주룩 내리는데 도망갈 수도 없는 난처한 상황이 벌어졌다. 길거리 리어카에서 파는 인형을 사 주면서 달래고 간신히 빠져나왔다.

고민이 깊어갔다. 사무실에 출근하여 직원들과 상의했다. 그들은 "세월이 약이다. 천천히 떼어야지 갑자기 떼다가는 사고 터진다."며 재미있어했다. 그녀가 사무실 찾아와서 난리 치는 꿈도 꾸었다. 그녀의 가게가 잘 되기를, 새로운 남자 친구가 나타나기를 간절히 기도했다. 해결방법은 인사이동밖에 없었다. 서울에서 가장 먼 지점을 지원했다.

친구의 이야기는 여기까지였다.

13

나를 사랑한 여자

"여성한테 사랑 한번 제대로 받아 보지 못하고 살았다는 생각을 하니 사무치게 외로웠다."는 지인의 말을 듣고 생각해 보았다. 여태까지 수많은 여성을 사랑하였지만, '나를 진정으로 사랑했던 여인'이 과연 있을까? 다행히 딱 한 사람 있었다. 시골에서 서울로 유학 온 친구의 여동생이다. 지금부터 그녀에 대하여 이야기하겠다.

고등학교 때 한 친구와 집 방향이 같아서 늘 붙어 다녔다. 그는 시골에서 서울로 유학하러 와서 형 집에서 학교에 다녔다. 하루는 그 아이 집에 놀러 갔는데 여동생이 있었다. 그녀는 수줍음을 많이 탔으며 우수에 젖어 있었고, 어린 나이에 고향을 떠나 서울이란 도시생활을 힘들어했다. 그녀를 밝고 명랑하게 만드는 것이 나의 의무라고 생각하며 부지런히 친구 집을 드나들었다.

대학시절 축제 때 그녀를 초대한 적이 있으며, 여고생이지만 사복 입고 다방에도 들어갔다. 어두컴컴한 곳을 거닐 때는 팔짱 끼고 다녔다. 옷을 통하여 전달되는 따뜻한 손의 안온함이 아직도 왼쪽 팔에 생생히 남아 있다. 속으로는 그녀를 좋아했지만, 겉으로는 엄연히 동생과 오빠 사이였다.

그녀는 고향 주변에 있는 교육대학에 들어갔다. 지겨웠던 서울생활을 청산하고 꿈에도 그리던 고향의 품에 안긴 것이다.

데모가 극심하여 휴교령이 내려졌을 때 그녀의 시골집에 놀러 갔다. 둘이서 걸었던 제방 길의 풍경이 또렷하다. 비 온 뒤의 산과 들녘은 씻긴 듯 푸르렀으며 간간이 들리는 뻐꾸기 울음소리는 정적을 깨고 산울림 같은 여운을 남겼다. 향긋한 풀냄새는 코를 즐겁게 했다. 들꽃을 꺾어 입에 물고 천천히 거니노라면 그녀가 고향을 못 잊어 하는 심정을 이해할 수 있었다.

직장생활 하면서 바쁘기도 하지만 멀리 떨어져 지내다 보니 둘이 만나는 횟수가 줄어들었다. 그녀에 대한 감각이 무뎌져 갔다. 학교 다닐 때는 여자 친구가 없으니까 친구 동생과의 만남도 연인처럼 짜릿짜릿했는데 사회에 나와 여성과 가까이할 기회를 자주 가질수록 그녀에 대한 신비감이 사라졌다. 더욱이 셀 수 없는 선 보기 작업을 거치면서 그녀는 연인에서 친구 동생으로 바뀌어 갔다.

그녀는 졸업과 동시에 시골학교로 발령받았다. 더욱 거리가 멀어진 것이다. 둘 사이의 만남은 특별히 시간을 내야 가능할 정도로 뜸했다. 하루는 그녀와 저녁식사를 하고 2차로 술도 마셨다. 밤이 늦었는데 그녀는 버스가 끊어질 때까지 미적거리며 집에 갈 생각을 안 했다. 작정하고 온 듯했다. 결국 둘은 근처 여관을 찾았다.

아줌마를 따라 배정된 방에 들어갔다. 둘만이 밀폐된 공간에 놓이는 순간 미묘한 감정이 출렁거렸다. '오늘 밤이 지나고 내일 아침에 어떤 일이 벌어질까?'를 생각하자 머리가 지끈지끈했다. 이런 식으로 엮여서 결혼하고 싶지는 않았다. 그녀를 타이르자 순순히 응했다. 택시를 잡아 그녀 집까지 바래다주었다.

이후에 그녀는 연락을 끊었다. 자존심이 무척 상했던 모양이다. 뇌리에서 그녀는 지워졌다. 결혼하고 세월이 한참 흘렀다. 우연히 그녀의 고향 근방으로 출장 갈 기회가 있었다. 도대체 그녀가 어떻게 변했는지 궁금했다. 수소문하여 그녀가 근무하는 학교를 알아냈다.

어렵게 연결되어 통화한 그녀의 목소리는 뜻밖에 명랑했다. 만나자는 제의를 흔쾌히 받아들였다. 약속시간이 다가오자 가슴이 두근거리며 별별 생각이 다 났다. 잔잔한 호수에 돌 던지는 것이 아닌지! 호텔커피숍 창가에 앉아 따스한 봄볕을 맞으며 기다렸다. 멀리서 그녀와 비슷한 여성이 수수한 선생님 스타일로 다가오고 있었다.

"잘 있었니? 오래간만이다."
"오랜만이네요. 오빠는 하나도 안 변한 것 같아요."
"나야 뭐 그렇지, 그런데 너 결혼했니?"
"그럼! 결혼 안 하고 오빠 생각하며 혼자 살 줄 알았어?
애가 둘이야, 아들 하나 딸 하나. 남편은 고등학교 선생이야!"

인간의 마음속은 참 알다가도 모르겠다. 그녀의 빠른 속도로 내뱉는 목소리가 귀청을 때리는 순간 실망한 표정을 감출 수가 없었다. 책임질 것도 아닌데 왜 그랬는지 모르겠다. 우리는 저녁 먹으면서 많은 대화를 나누었다. 그녀는 '여관사건'이 있는 이후부터 나와의 관계를 정리하기로 마음먹었고, 오랜 세월 동안 써 왔던 일기장과 사진 등 나와 관련된 모든 물건을 태워 버렸다고 했다.

그녀와 헤어진 후 여관에 들어와 과거를 더듬어 보았다. 그녀가 나를 좋아한다는 것은 대충 알았지만 그렇게까지 사랑한 줄은 몰랐다. 한 여자한테 사랑받다가 헤어진 것도 이렇게 가슴이 아리는데, 여러 여성으로부터 사랑을 듬뿍 받는 인간들의 가슴은 어떨까?

14

횡재한 날의 비애

오래간만에 가벼운 옷차림으로 집을 나섰다. 거제에서 근무하는 지인의 초청으로 옛 동료와 함께 콧바람 쐬는 여행이었다. 차 안에서 동료는 "얼마 전 부산에 왔었는데 또 부산을 지나간다"며 이야기보따리를 풀어 놓기 시작했다.

11월 초, 가을이 무르익어 갈 무렵! 산악회에서 모집하는 등반에 참여했다. '영남 알프스' 중의 하나인 '신불산'을 밤 11시에 출발하여 다음날 밤에 돌아오는 무박산행이었다. 새벽 4시경 신불산 초입에 도착했다. 버스에서 내린 일행은 저마다 등산화 끈을 단단히 묶으며 헤드랜턴을 머리에 두르고 스틱막대를 조절하는 등 어수선한 분위기였다. 안내표지판을 쳐다보며 산행코스를 파악하고 있는데 옆에서 한 여성이 말을 걸었다.

"혼자 오셨어요?"
"그렇습니다만…"
"나도 혼자 왔는데 밤이라 무섭네요. 같이 산행할 수 있을까요?"
연약한 여자가 사정하는데 어쩔 수 없었다.
"그렇게 하죠!"

순수한 마음으로 수락했다.

40대 초반인 여성은 빨간색 재킷에 노란색 바지 등 도발적인 색상으로 무장하고 앙증맞은 배낭을 메고 있었다. 생머리를 고무줄로 질끈 동여매고, 모자를 뒤집어써서 갸름한 얼굴형태만 보일 뿐 자세한 모습은 알 수 없으나 날씬한 몸매가 호기심에 불을 댕겼다.

코스가 험난하여 둘이만 오롯이 뒤처져 천천히 올라갔다. 야간산행은 바람에 흔들려 부딪히는 나뭇잎소리, 놀란 다람쥐가 가랑잎을 부스럭거리며 달아나는 소리 등 자연의 소리를 생생하게 느낄 수 있었다. 어느덧 해가 떠올랐다. 힐긋힐긋 여성을 훔쳐보니 무지하게 예쁘고 섹시하기까지 했다. 생판 모르는 여성과의 산행은 여행하는 기분이었다. 내 인생에 이런 횡재가 있을 줄은 꿈에도 몰랐다.

다섯 시간 이상 산행하여 정상에 올랐다. 정상에서 내려다본 억새평원은 장관이었다. 부드러운 능선으로 이루어진 대평원에 촘촘히 채워진 억새와 군데군데 정상부에 송곳같이 치솟은 거친 바위가 조화를 이루었다. 풍성한 억새가 바람에 따라 몸을 하느작거렸다. 울산시내가 손에 잡힐 듯했다.

쉬면서 그녀와 대화를 나누었다. 무역회사 임원으로 근무한다며 직장에 대한 프라이드가 대단했다. 자신을 우습게보지 말라는 뜻도 포함하였다.

"오늘 산행이 참 편하네요. 산을 많이 다니셨나 봐요?"

그녀가 꾀꼬리 같은 목소리로 먼저 말을 걸었다.

"네, 몇 년 전부터 열심히 다니고 있습니다."

"그럼, 안 가 본 산이 없겠네요?"

"우리나라 산은 거의 다 갔습니다."

"우리 둘만 산행하고 싶은데 어디가 좋을까요?"

갑작스러운 그녀의 제안에 당황스러웠다.

'어차피 태어나서 죽으면 썩어 문드러질 몸이고 한 번뿐인 인생인데' 용기를 냈다. 부산에 있는 '금정산'을 가기로 약속했다. 다른 사람 눈도 있고 하여 더 이상 대화 없이 헤어졌다.

몇 주 후 서울 역에서 다시 만나 KTX 타고 부산에 도착하여 금정산 등반을 시작했다. 정상에 다다르자마자 서둘러 내려왔지만, 겨울 해가 짧아 금방 밤이 되었다. 배는 고픈데 식당이 마땅치 않았다. 숙박시설도 허름한 여인숙밖에 없었다. 여인에게 잘해 주고 싶었지만, 주변 환경이 따라 주지 않았다.

하룻밤을 보낸 다음 날! 다정했던 둘 사이에 심상치 않은 분위기가 감돌았다. 상냥한 그녀가 까다롭고 표독스럽게 돌변한 것이다. 어젯밤에 부산시내로 나와 선물 사 주고 맛있는 음식 먹으며 화려한 호텔에서 자지 않았다는 것이 원인이었다. 잠자리가 시원찮다는 것도 이유 중의 하나였다. 이성에 대하여 노련한 그녀의 판단은 '자신이 무시당했다'는 것이었다.

여자하고 함께 움직이면 무조건 돈이 들어간다. 밥값은 아무것도 아니다. 선물이 문제다. 깊은 관계를 맺는 것보다 그저 노닥거리는 것이 좋다. 선물 값이 들어가지 않기 때문이다. 더욱더 젊고 얼굴 예쁜 여성은 관리비가 많이 들어가서 피곤하다. 속 터진다. 남한테 뽐내는 만큼 많이 참아야 한다. 이런 사실을 모두 감수하고라도 '후회 없는 인생을 살고 싶다'며 덤벼드는 자만이 로맨스 할 자격이 있다.

그녀를 먼저 보내고 홀로 고속버스 타고 올라오면서 생각했다. 신불산의 아름다운 추억이 금정산 등반으로 산산조각이 났다. 버스 안 텔레비전에서 '최백호'의 노래 '낭만에 대하여'가 흘러나왔다. "이제 와 새삼 이 나이에~ 왠지 한 곳이 비어 있는 내 가슴이~" 그녀와의 만남은 횡재가 아니라 비애였다.

15

사랑의 고백

총각시절 친구결혼식에서 한 여인을 만났다. '단테'가 '베아트리체'를 처음 본 순간 정도까지는 아니지만, 영화 〈안나 카레니나〉에 나오는 남녀주인공의 첫 만남 같은 느낌이었다. 자그마한 키에 계속 재잘거리며 모든 것에 호기심 많은 여자였다. 장난스럽거나 애매한 질문에도 망설임 없이 척척 대답했다.

식이 끝나고 피로연에서 그녀는 계속 옆에 앉았다. 마음에 드는 아가씨와 자연스럽게 파트너가 된 것이다. 그녀는 처음 만난 남녀사이가 어색하지 않게 즐거운 분위기로 행사를 이끌었다.

손잡고 어깨동무하는 등 스킨십도 있었다. 피로연을 마치고 종로 2가까지 나와 나이트클럽에 갔다. 얼큰한 상태에서 선남선녀가 떼를 지어 길거리를 큰소리치며 돌아다니니 온 세상이 내 것 같았다. 부드러운 바람이 몸을 스치는 봄날의 청춘은 영원하였다.

시간 가는 줄 모르고 놀다가 밤늦게 헤어졌다. 여인과 다음 약속을 하지 않은 것이 아쉬웠다. 그 당시 이성과의 만남은 결혼을 전제로 해야 하므로 용기가 없었다. 그녀가 대구에 살고 있는 것도 망설임에 원인이었다. 며칠 동안 그녀에 관한 그리움으로 잠 못 이루었다. 그날의 기억이 비디오처럼 생생하게 그려졌다. 당장 만나러 대구로 내려가고 싶은 충동마저 느꼈다. 역시 세월이 약이었다.

결혼 후 친구를 통하여 그녀를 만날 수 있었다. 약속 날짜가 다가올수록 '내가 그녀를 왜 만나지?' 의문이 생겼다. 그녀가 술 먹고 품에 안겨 "그때 애프터 신청하지 않은 이유가 뭐냐?"고 따질 것만 같았다. 여러 생각으로 심경이 복잡했다.

여름날 저녁 6시 '명동'에서 만났다. 그녀의 모습을 보고 가슴이 아팠다. 영특함은 사라지고 파마머리에 핏기 없는 얼굴, 무채색 계통의 수수한 원피스까지 고생한 흔적이 역력했다. 말수도 적었다. 둘이 무슨 대화를 나누었는지는 기억이 안 난다. 서먹서먹한 분위기에서 식사보다 술 한 잔 하는 것이 더 나았다.

레스토랑에 들어갔다. 술이 나오자 말없이 잔을 기울였다. 그녀는 술 몇 잔 마시더니 갑자기 고개를 푹 숙였다. 질문을 해도 반응이 없었다. 완전히 취해 정신을 잃었다. 응급상황이 발생했다. 겨드랑이에 팔을 끼고 부축하여 밖으로 나오자마자 토하기 시작했다. 지나가는 사람들이 등 두드려주는 내 모습을 슬쩍슬쩍 곁눈질했다.

그녀를 업고 여관으로 옮겨야만 했다. 계속 토하여 옷을 버리지 않을까 하는 불안함, 지나가는 사람들의 '딴생각 있어 여자에게 강제로 술 먹였구나!' 하는 모멸감, 등짝에 가해지는 무게를 못 이겨 곧 쓰러질 것 같은 절박함을 안고 주변을 두리번거렸다. 뜻밖에 여관 찾기가 힘들었다. 골목 깊숙이 싸구려 여인숙 간판이 보였다. 2층으로 올라가는 계단은 천하장사의 힘을 요구했다. 핸드백 끈이 난간 돌출부에 걸려 하마터면 넘어질 뻔했다. 방 안에 들어가자 그녀는 정신이 드는지 몽롱한 눈빛으로 바라보았다. 방어본능으로 원피스 가슴부분을 움켜쥐었다. 그녀를 홀로 두고 집에 왔다.

밤새 잠이 안 왔다. 술에 취하여 사경을 헤매거나 출입문 잠금장치 부실로 불상사가 발생할 것 같았다. 다음 날 일어나자마자 여인숙에 갔다. 얼굴을 마주치자 그녀는 겸연쩍은 표정을 짓고 있었다. 사고 없이 보내서 오히려 고마웠다. 아침식사고 뭐고 고속버스 태워 보내고 출근했다. 며칠 후 편지가 왔다. '미안했어요. 오빠 같은 느낌이 드네요…'

이후 그녀의 소식을 친구가 전해주었다. 아들이 천재여서 좋은 학교에 들어갔다는 소식을 접하고 손해 보는 느낌이었다. 머리 좋은 것이 엄마를 닮았기 때문이다. 아프다는 소리를 들었다. 증후군에 걸려 치료도 불가능하며 거동할 수 없을 지경이라고 했다. 아내는 지금까지 건강하다.

'사랑의 고백'이란 단어가 '못다 한 사랑'과 병치되어 후회스러운 인생으로 귀결되기도 한다. 하지만 고백하지 않은 경우가 더 나을 수도 있으므로 과거에 대한 미련을 깨끗이 지워버리고 현실에 만족하며 사는 것이 어떨지…

16

로맨스그레이romance grey

로맨스그레이를 직역하면 '낭만적인 회색'이고, 국어사전에서는 명사로서 '머리가 희끗희끗한 로맨틱한 초로初老의 신사'로 표현하지만, 머리카락 없는 사람도 로맨틱한 멋쟁이가 될 수 있기에 '나이를 먹었으나 젊은이 못지않게 색다른 연애를 즐기는 것'으로 해석하고 싶다. 얼마 전 술자리에서 만난 지인이 자신의 로맨스그레이 경험을 차분하게 전해주었다.

그는 명예퇴직 신청하면서 고민을 많이 했다. 아내와 자식이 직장생활 하므로 금전적으로는 전혀 신경 쓸 일이 없지만, 앞으로 남은 기나긴 세월을 어떻게 보낼지가 걱정스러웠다. 시간을 보내기 위하여 택시 운전까지 생각해 보았으나 용기가 없었다. 퇴직 후 집에서만 죽치고 있자 아내가 "제발 여행을 가든지 뭘 하든지 밖에 좀 나가시오" 하고 바가지를 긁었다. 궁리 끝에 산악동우회에 가입하여 매주 한 번씩 전국 명산을 찾아 나서기로 했다.

산악회에 혼자 다니는 것이 쑥스러웠지만, 산 위에 펼쳐진 아름다운 풍경에 흠뻑 빠져 즐겁게 보냈다. 한 달 정도 지나자 회원들과 차츰 친해졌다. 산행하면서 홀로 점심을 먹고 있으면 또래의 아주머니들이 같이 먹자고 불렀다. 집에서 싸 가지고 온 음식과 과일 등 진수성찬을 대접받았다. 여성들은 그와 부담 없이 가까이하려고 했다. 그런 와중에 산악회원 중 한 여성을 우연히 알게 되었다.

그녀는 그와 동년배로 아담한 체구에 조용한 성격이었지만, 파란만장한 인생을 살았으며 오래전부터 솔로였다. 만나는 횟수가 거듭될수록 그녀는 수수한 얼굴과 평범한 옷차림에서 단아한 얼굴에 세련된 여성으로 바뀌었으며, 어렵게 살았어도 고생티는커녕 우아함과 고상함으로 가득 찬 여인이 되어 갔다. 경상도 억양에 나긋나긋한 서울 말씨의 목소리는 헤어져도 귓가를 맴돌았다.

그녀와의 만남은 더없이 재미있었다. 친구들로부터 "직장 관두고 외로울 텐데 신경 못 써 줘서 미안하다. 이번에 너를 위로하려고 골프모임을 하기로 했다"며 '공짜골프'에 초청받았지만, 응하지 않았다. 그들에게는 "나 혼자 잘 있으니까 신경 쓰지 마!" 하고 적당히 거절했지만, 사실 친구를 만나는 것보다 그녀와 함께하는 시간이 훨씬 좋았다.

그녀는 평생 받아 본 적 없는 관심, 헌신, 배려를 주었다. 그녀를 통해 상대방을 너그럽게 이해하는 태도와 오랫동안 이야기를 들어주는 인내를 배웠다. 인간으로서의 진정한 대우를 받는 느낌이었다. 오랫동안 만남을 지속하고 싶어 깊은 관계는 상상만 할 뿐 실행에 옮기지 않았다. 함께 있는 것만으로도 만족하여 절제할 수 있었다.

아내에게 미안한 마음은 없었다. 아내는 "다시 태어나면 당신 같은 사람하고 절대 결혼하지 않을 거야!"라는 말을 공공연하게 하였으며, 아내와 각방 살이 한 지도 오래되었다. 얼마 전에는 용돈 문제로 부부 싸움을 했다. 이런 식으로 살기가 싫어 이혼하자고까지 했다. 과거에는 가장으로서 경제력을 앞세워 위엄을 갖추었지만, 지금은 오히려 아내에게 의지하고 있어 체면이 말이 아니었다.

홀로 있는 시간에는 그녀와 만난 순간을 떠올리며 미소 지었다. 잠자리에 들면서 그녀를 생각하면 행복했다. 가족들에게 들키지 않기 위하여 핸드폰 관리, 사진관리 등을 해야 하는 불편이 뒤따랐지만 견딜 수 있었다. 그녀에게 선물 사 주고, 최고의 레스토랑에서 식사해도 돈이 아깝지 않았다. 아내와 아이들에게 찬밥 신세지만, 그녀와는 편했다. 그녀의 따뜻한 한마디 위로가 생명수가 되었다.

시간이 흐를수록 그녀 생각에 아무것도 할 수 없었다. 가슴이 터질 것 같은 그리움에 쌓이다가 '나 혼자만 좋아하는 것 아니야?' 하는 의구심으로 실망하는 등 시시각각으로 변하는 심정이 괴로웠다. 모든 것 포기하고 사랑의 도피를 하고 싶을 정도로 마음이 통째로 흔들렸다.

아내와 그녀 사이에 양다리 걸치는 상황이 스릴은 있지만 너무 힘들었다. 두 사람 중 어느 한 곳을 선택해야만 했다. 그녀와의 사랑이 당장에는 끝이 보이지 않는 절실한 감정 같지만 언젠가는 지나가고 말 것이라는 생각이 들었다. 아내와 자식을 버리고 갈 정도로 주변상황이 엉망인 것도 아니었다. 다소 아쉬움이 남지만, 그녀와의 관계를 정리하는 방향으로 가닥을 잡았다.

번뇌와 번뇌를 거듭하여 마음을 결정하자 폭풍우가 지나간 기분이었다. 평소 꿈꾸어 왔던 사랑을 늦게나마 느끼게 해 준 그녀가 고마웠다. 가슴속 깊은 곳에 자리 잡았던 허무한 인생에 대한 우울증도 가라앉았다. 이성에 관해 아득한 동경에서 나오는 향수병이 치유되었다. 이제 주어진 여건에 만족하면서 가정에 충실해야겠다고 다짐했다.

그의 로맨스그레이는 여기까지였다. 살아생전에 잠시나마 사랑의 열병을 앓았던 지인이 부러웠다. 나는 언제 그러한 애틋한 사랑을 경험할까? 나이가 먹어 갈수록 로맨스그레이 기회는 줄어든다. 아무리 급하다고 사랑 찾아 길거리를 헤맬 수는 없지 않은가! 운명적인 연인이 가까운 미래에 나타나기를 간절히 바랄 뿐이다.

17

기혼남성의 이성에 대한 욕망

미국에 거주하는 지인과 식사할 기회가 있었다. 그는 요즈음 만연한 우리나라 기혼남성들의 일탈에 대하여 질문을 했다. 다소 이해가 되지 않는다면서도 진지한 표정을 지었다. 지인과 나눈 말을 대화형식으로 간추려 보겠다.

오래간만에 한국에 와 보니 기혼남성 대부분이 아내 몰래 애인을 두고 있는 것 같아요. 미국에서는 상상도 못 하는 일인데 실태가 어떻습니까?

대부분이라는 말은 오해입니다. 일부 사람들이 여러 명하고 교제하니까 다들 그러는 줄 아는데 실제는 그렇지 않습니다. 월급쟁이는 '애인을 갖는다는 것'이 로망일 뿐 행동으로 옮기지 못합니다. 간혹 사업하는 사람들 중 그러한 사람들이 있는데 사업이 잘 나갈 때면 자연히 여자들이 많이 따른다고 합니다.

여자를 사귀려면 우선 시간이 있어야 합니다.
자영업자들은 바쁠 때는 밤을 새우면서 업무에 몰두하지만, 시간이 남으면 자기 맘대로 활용할 수 있지요. 지방출장 간다며 며칠 동안 러브여행을 다녀올 수도 있겠죠. 애인과의 만남은 주로 평일에 호젓한 곳이어야 하는데, 월급쟁이는 평일에 회사를 빠질 수 없고 주말은 가족과 함께 보내야 하니 시간마련하기가 대단히 힘들죠. 요즘은 지방출장도 그날 갔다가 오므로 외박할 기회가 거의 없답니다.

그다음에는 돈이 있어야 합니다.

월급쟁이는 월급봉투를 아내에게 빼앗긴 상태로 비자금이 있다고 하지만, 애인을 사귀면 금방 빵꾸납니다. 하지만 개인사업자는 로비한다며 회사자금을 얼마든지 가수금 처리하여 펑펑 쓰고 다닐 수 있습니다. 결국, 일반인들은 애인이라는 사치를 거의 누릴 수 없으나 잘나가는 개인사업자들은 주변에 여자들이 파리 꼬이듯 꼬여 가만히 두지 않을 것입니다.

미국은 황인종끼리 거리를 다니면 금방 눈에 띄어서 비밀유지가 곤란하거든요. 애인하고 다니다가 가족에게 걸리면 어떻게 되는 겁니까?

무조건 오리발을 내밀어야 합니다. 무슨 이유를 대든, 가족들이 이해하든 안 하든 그녀와의 관계가 아무것도 아니라고 해야 합니다. 얼마 전에 친구가 애인하고 술 마신 상태에서 운전하다가 교통사고를 냈습니다. 법원에 출두하여 재판까지 받았지만 까딱없었어요. 재판과정 등에 대한 비밀유지가 철저했습니다. 피해자와 합의 보는 데 돈이 들어갔을 뿐 가족들이 전혀 모르는 상태에서 마무리되었답니다.

사람들 말을 들어 보니까 여자 사귈 때 남편이 있는 여자를 더 선호한다고 합니다. 이유가 뭘까요?

남녀가 만날 때는 시간 가는 줄 모르다가 헤어지고 집에 가면 죄지은 듯하여 배우자의 눈치를 보며 조심합니다. 하지만 홀로 사는 사람은 집에서도 만날 당시를 생각하며 외로움에 잠 못 이루는 경우가 많아 술 왕창 마시고 새벽에 핸드폰 문자 보내는 등 통제 불가능한 행동을 하니까 상대적으로 위험합니다.

여자는 남자를 진실로 사랑할까요? 여자를 사귀려면 돈이 많이 들어간다고 하는데 왜 그럽니까?

자신의 나이와 비슷한 여성을 친구사이로 사귀면 돈이 별로 안 들어갑니다. 그러나 나이가 어린 여자들을 애인으로 두려면 돈이 들어가죠. 여자들이 나이 먹은 노땅들 만나는 이유가 뭐겠습니까? 당연히 돈입니다. 남자들은 파트너가 자기를 좋아한다고 오해하는데 여자는 돈 때문에 만나는 경우가 대부분입니다. 돈이 아니면 자기 또래의 이성과 사귀지 왜 나이 먹은 사람과 함께하겠습니까?

남자는 애인을 진실로 사랑할까요? 아예 이혼하고 애인과 새살림 차리는 게 낫지 않겠어요?

처음에는 남자가 여자에게 잘 보이려고 얼마나 노력을 많이 하겠습니까? 여자는 남자가 자기를 부인보다 더 사랑할 거라고 착각하기도 합니다. 하지만 남자는 애인과 아내를 구분합니다. 가정적으로 문제가 생기면 곧바로 애인을 정리합니다. 남자는 단지 아내에게서 채우지 못하는 일부분만을 애인에게서 채우기 때문이죠. 이때 여자들은 배신당했다며 흥분을 가라앉히지 못하고 난리 치는 경우가 종종 있습니다.

대화를 마치고 집에 돌아오면서 이상한 기분에 휩싸였다. 지인이 "자식, 지가 다 경험했으면서 남의 이야기 하듯이 말하네. 뻔뻔스러운 놈이야!" 하는 것 같았다. 지인의 질문에 그냥 웃으며 지나가면 될 일을 결론 내며 그럴듯하고 장황하게 설명하는 것을 보면, 이성에 대한 욕망을 간접적으로 보여주는 것 같아 뒤통수가 따끔따끔했다.

. II .

깃털 같은 단상들

1

아침 식사

아내가 차린 아침식사는 언제나 진수성찬이다.

바삭바삭한 김,
노릇노릇 구운 갈치,
노른자를 반만 익힌 계란프라이,
참기름으로 무쳐 고소하면서 윤기가 흐르는 나물.

국은 손이 많이 가서 차리지 말라고 해도
여지없이 시원한 국물을 담은 그릇이
방금 해서 김이 모락모락 나는 밥그릇 옆에 있다.
밥을 한술 떠 입에 넣으면 살살 녹는다.

아내는 항상 아침 식사 할 때
같이 먹지 않고 내 앞에 다소곳이 앉아 있다.
속은 어떨지 몰라도 겉으로는
맛있게 먹는 남편의 모습을 보며 즐긴다.
아침 밥상 차리는 것을 당연한 의무로 여긴다.

아내와 마주 앉은 아침 식사 시간이 행복하다.
비록 돈 못 버는 백수남편이지만
아내는 아침밥 먹을 자격 같은 것 안 따진다.
친구들이 '삼식이' 운운하며 떠들어대도
이 여자는 콧방귀도 안 뀐다.

직장 다닐 때는 아침에 일어나자마자
정신이 없어 거의 매일 식사를 거른 채 출근했는데
놀다보니 아침 식사가 중요한 일이 되었다.

아내 덕분에 아침밥을 꼬박꼬박 든든하게 먹는다.
그녀가 차려주는 밥을 날마다 먹으므로
이 정도의 건강을 유지할 수 있다.

아내가 어디 가고 없을 때 그리운 것은
그녀의 정성스러운 아침밥 때문이다.
아내의 심한 잔소리를 참을 수 있는 것도
그녀의 한결같은 아침밥 때문이다.

아내가 아프면 아침 식사를 누가 차려 줄까?
지금까지 아내가 아프지 않았다는 게 다행이다.
아내는 아침밥을 차려주어야 하므로 절대 아프면 안 된다.

"아침식사 안 해요? 오늘은 웬 늦잠까지 자는 거요!

이제부터 아침식사는 본인이 알아서 챙겨 먹어욧!"

아내의 짜증스러운 목소리에 잠이 퍼뜩 깨 버렸다.
동시에 거하게 차려진 아침 밥상도 사라졌다.
평소 갈망했던 아침식사가 꿈속에 나타난 것이다.

눈 비비며 식탁의자에 앉아 정신을 차려보니
떡과 과일 몇 조각 담긴 그릇만 덩그러니 놓여 있을 뿐
아내의 모습은 어디에도 보이지 않았다.

2

정체성이 어디인가?

동유럽의 체코와 폴란드는
위치적으로 인접해 있지만, 민족성이 다르다.

체코는 2차 대전 때 나치 독일을 저항 없이 받아들여
수도 '프라하'의 유물이 훼손되지 않아
관광객들이 붐비는 곳 중에 하나가 되었으며,

폴란드는 나치와 끝까지 항쟁하다가
수도 '바르샤바'의 유적 대부분이 소실되었다.
그만큼 폴란드 사람들은 다혈질이다.

바르샤바는 폴란드 대표적인 작곡가 '쇼팽의 도시'다.
도시 곳곳에 설치된 '쇼팽 벤치'는 버튼을 누르면
쇼팽의 아름다운 음악이 흘러나온다.

구시가지 입구에는 쇼팽의 심장이 묻힌 곳으로 유명한
'성 십자가 교회'가 우뚝 서 있고
쇼팽 박물관, 쇼팽 동상, 쇼팽 생가 등

바르샤바를 돌아다니면 쇼팽과 함께하는 여행이 된다.

쇼팽의 피아노곡은 멜랑콜리와 시가 있다.
그의 아버지는 프랑스 사람이며
폴란드에서 직장생활 하던 중 쇼팽을 낳았다.

쇼팽은 바르샤바에 20세까지 머물렀고
이후에 파리로 이사와 살다가 39세 때 사망했다.
인생의 반은 폴란드에 나머지는 프랑스에서 산 셈이므로
유럽 제일의 나라인 프랑스인이라는 의식 속에서
살았을 것으로 생각하기 쉬우나 사실은 정반대였다.

그는 자신이 폴란드인이라고 확실히 믿고 있었으니,
"내가 죽으면 시체에서 심장을 꺼내어 바르샤바에 묻어 달라"
주변사람에게 부탁한 유언이 이를 증명했다.

그가 프랑스사람이라고 주장했더라면
파리에 그의 흔적이 얼마나 남아있겠는가?
약소국이고 안타까운 나라가 자신의 정체성이라는
그의 숭고한 정신을 고귀하게 여겨
바르샤바 사람들은 쇼팽을 기억하는 것이다.

나도 정체성이 헷갈리는 경우가 있다.
어머니가 전라도 '전주'사람이고

아내는 전라도 '광주'에서 태어나고 자랐다.

아버지는 충청도와 전라도 경계에 있는
'논산'이라는 곳에 본적지가 있고
조상의 선산이 그곳에 있어 매년 성묘를 간다.

나는 아버지가 전주에서 직장생활 할 때 태어났으며
4살 때 서울로 올라와 시골분위기를 모른다.
본적지는 아버지를 따라 '충남 논산'으로 되어 있다.

나의 정체성은 전라도인가? 충청도인가? 서울인가?
한 번도 산 적이 없는 충청도라고 하기는 뭐하고,
태어났지만, 기억이 없는 전라도라고 하기도 거시기하고
서울토박이라고 말하기는 쑥스럽다.

사람을 만날 때마다 부모님 본적이 어디고
어디서 태어나고, 어디서 자라고, 아내가 어디 사람이고…
이러한 말을 계속 이어가기도 우습다.

나의 정체성에 대하여 생각해 본다.
진보와 서민을 대표하는 '좌파'를 지향하며
상대적으로 약자인 전라도를 사랑하니
'범백제권'이라는 결론을 내리고 싶다.

3

나의 핸디캡

어려서부터 두 가지 핸디캡을 가지고 자랐다.
홍역의 후유증으로 눈이 '심한 원시'를 일으켰으며
가려움증으로 손톱이 항상 피로 물들었다.

원시로 돋보기안경을 껴서 별명이 '왕 눈'이었다.
룸살롱에 가면 아가씨가 안경을 자세히 보고
"눈이 나쁘시네요. 어질어질하네요." 신경을 건드렸다.
멀리서 다가오는 아내의 머리 스타일이
조금 바뀌었어도 알아보지 못했다.

피부병은 학창시절 체육복 갈아입을 때 괴로웠고
"징그럽다"를 넘어 "전염되는 것 아니야?"란 말은
반박하기에 앞서 쥐구멍이라도 찾게 했다.

지금이야 '아토피'라는 평범한 병이지만,
옛날엔 원인도 모르는 희소병이었다.
결혼 첫날밤 갑자기 일어나 득득 긁는 남편을
의아하다는 표정으로 물끄러미 바라보던

아내의 모습이 떠오른다.

심한 원시와 피부병으로 모욕을 느낄 때는
'나는 왜 이렇게 태어났을까?' 하고 부모를 원망했다.
'어린 아들의 고통 받는 모습을 바라보던 부모 속이
얼마나 타들어 갔을까!'는 자식 키우면서 알았다.

대학졸업 후 입사할 당시 면접관이
"이 사람 눈 나빠서 일하겠어?" 시비 건 것 외
핸디캡이 인생에 영향을 미친 적은 없었다.
"책을 많이 읽어서 눈이 나쁘냐?"며
책벌레로 착각하는 사람도 있었다.

핸디캡은 '남에게 어떻게 보일까?'가 문제다.
감추려고 할 때 이상한 모습으로 비친다.
사람들은 내 코가 석 자로 남의 일에 신경 안 쓴다.
무감각한 반응이 핸디캡의 간단한 대처방안이다.

더욱더 당당함과 뻔뻔함이 곁들이면 좋다.
상대방이 핸디캡을 유심히 보고 관심 가질 때
한 점 부끄러움 없는 순진무구한 눈을 하고
미소로 답하면 된다.
오히려 겸연쩍어 할 것이다.

한술 더 떠 핸디캡을
인정하고 극복하려고 노력하면
보는 이에게는 아름다운 모습으로 다가온다.

핸디캡을 이기는 훌륭한 방법이 있다.

'첼리스트인 토스카니니가 지독한 근시를 극복하려고
평소 악보란 악보는 모두 외우는 습관을 길들여,
지휘자가 사고로 지휘할 수 없을 때 대신 무대에 올라
최연소 오케스트라 지휘자가 될 수 있었던 것'과 같이
약점을 강점으로 '승화시키는 것이다.

한번 승화시켜 보자.
'왕 눈'은 미남의 상징으로 시원스러운 인상을 풍긴다.
아토피 치료는 채식, 청결 등 좋은 습관이 필수적인데,
이를 생활화하면 다른 병을 미리 차단할 수 있다.

말도 안 되나?
너무 작위적이잖아!

승화를 넘어 '소명'의 차원으로 극복하는 방안도 있다.

"사고로 뼈가 붙지 않아 고생하던 중
달팽이를 먹고 낫는 바람에 달팽이사업을 시작했다"는

성공한 사업가의 이야기.

"자신에게 오는 불행이 '그 분야에 관심을 가지라'는
하느님의 메시지일 수도 있겠구나!"

4

장모와의 대화

추석에 80대 중반인 장모와 둘이서 대화할 기회가 있었다.

"자네 나르시시즘이 뭔지 아나?"

"우물에 비친 자신의 모습에 반해서
만지려다가 우물에 빠져 죽은 소년과 같이
자기도취 또는 자기만족을 뜻합니다."

"어! 자네는 나르시시즘의 뜻을 아는구먼!
그러면 매카시즘이 뭔지는 아나?"

"나라에 대해서 조금만 욕해도
빨갱이로 뒤집어씌우는 경우를 말하죠."

"그렇군! 이석기 때문에
방송에서 매카시즘이라는 말을 여러 번 들었어.
자네는 두 단어의 뜻을 다 아는 사람이네."

외출한 아내가 들어와 저녁 먹고
응접실에 홀로 앉아 텔레비전을 보는데
안방에서 아내와 장모의 대화내용이 들렸다.

"윤 서방이 참 똑똑하고 모르는 게 없더라."
"그게 뭔 소리요?"
"매카시즘을 물어봤더니 잘 설명해 주더라.
'자기모습을 보고 도취되어 우물 속에 빠졌다'며
자세히도 설명해 주더라."
"윤 서방이 그렇게 설명했다고?
그건 매카시즘이 아니고 나르시시즘이야!"
"내가 나르시시즘을 모르냐?
난 분명 윤 서방한테 매카시즘만 물어보았는데?"
"그럼 윤 서방이 매카시즘에 대하여 잘 모르구먼,
똑똑하긴 개뿔?"

장모와 아내는 목소리가 점점 커지더니
"엄마가 무슨 말만 하면 너는 꼭 토를 달더라!"
장모의 마뜩잖은 목소리를 마지막으로 잠잠해졌다.

장모는 '자신보다 훨씬 무식하다고 생각한 딸이
오히려 자신을 무시했다'며 속이 상한 모양이었다.

장모는 '나르시시즘'과 '매카시즘'을

'카이로스(논리적 시간)'와 '크로노스(물리적 시간)'같이
서로 상관있는 단어로 생각했다.

이런 선입관념을 가진 분에게 아무리 설명해도
당시에는 이해한 것 같지만 뒤돌아서면 헷갈린다.
더욱더 나이 들면 기억력과 집중력이 점점 희미해진다.

가끔 노인들이 말을 잘못 전달하여 문제를 일으킨다.
그것은 평소 감정이 있는 사이라면
커다란 싸움의 불씨를 제공하기도 한다.

노인 양반의 말을 곧이곧대로 받아들이지 말고
긍정적인 방향으로 해석하는 습관을 갖는 것이
삶의 지혜가 아닌지 생각해 본다.

5

행복을 주는 사람

텔레비전에 게스트로 뻔질나게 등장하는 여의사가
'바쁘게 사는 자신의 모습'을
다큐멘터리 형식으로 보여주는 방송이 있었다.

같은 의사이며 성격 좋고 인물도 출중한 남편,
인텔리면서 인자하기 그지없는 시부모,
부모 손 안 타도 속 썩이지 않고 잘 자라는 자식 등
어디 내놔도 꿀리지 않는 여성이었다.

방송을 보며 약이 올랐다.
그녀가 내 신세와 비교하면 너무나 월등한 것이다.
시청자한테 '무엇을 보여주려고 하는지' 의도를 모르겠다.

부지런하고 똑똑한 전문직 여성의 일상을 소개하며
"너는 어떻게 사는 거냐?" 야단치는 것 같았다.
예약제로만 운영한다는 그녀의 병원을
광고하는 느낌마저 들었다.

소설도 그렇다.

주인공이 잘나고, 돈 많고, 성격 좋으면 실패한다.

주인공의 팔자가 드세서 독특한 생각을 하여

힘들고 외로워야 성공한다.

그래야 독자들이 자신과 비교하여

'나보다 더 어려운 사람이 있구나!' 생각하며

읽고 나면 영혼이 치유되어 마음의 안정을 찾는다.

나에 대하여 생각해 보았다.

두뇌가 뛰어나지 못할 뿐만 아니라 게을러

학교 다닐 때 공부 못했다는 것이

수많은 사람으로 하여금 동질감을 느끼게 한다.

대머리 까져가지고 살찐 얼굴이

상대방에게 질투의 대상이 되지 못한다.

오죽하면 아내가 절대로 바람 안 피울 사람으로 여겨

여자이야기를 꺼내도 전혀 반응이 없다.

오랜 백수생활로 인하여

자식에게는 짠돌이 아빠 취급받고

아내한테 "평소 도움이 안 되는 사람" 소리 들으며

가족들로부터 비난의 대상이 되지만,

"우리 아버지는 고위직에 있으니까
내 직장은 걱정할 것 없어!"
자랑하며 친구에게 상처 줄 자식은 없을 것이며,

"내 남편은 아직 현역이야!"
뽐내는 아내의 모습을 볼 수가 없어
주변사람에게 편안한 사람으로 대접받을 것이다.

이문세 노래가사처럼
'나는 나는 행복한 사람'이 절대 아니다.
나는 나는 행복을 주는 사람이다.

6

대머리로 산다는 것

할아버지 자손 중에서 아버지만 대머리며
나는 아버지 유전자를 이어받아 머리숱이 부족하여
장발을 경험한 적이 한 번도 없다.

젊어서부터 대머리 조짐이 보이기 시작하여
장가가는 데 지장이 있지 않을까 노심초사했으며
머리숱 많은 사람이 부러웠다.

어느 정도 가까스로 머리카락을 유지하다가 결혼했다.
이후로는 대머리에 대한 고민이 사라졌다.
한번은 의사 동창생과 술 마시면서 대화를 나누었다.

"벌써부터 지방간이 있어 걱정이야!"
건강에 대한 화재를 꺼내자 친구는 답했다.
"지방간은 아무것도 아니다. 대머리나 걱정해라."
동창생의 말이 대머리에 대한 인식을
'장가만 가면 된다'에서 '심각한 장애'로 바꾸어 놓았다.

나이 40을 넘기자 빳빳한 머리카락이
비단결같이 부드럽고 얇아지기 시작하더니
머리 감을 때마다 본격적으로 빠졌다.
아침에 일어나면 빠진 머리카락으로 방이 가득했다.

지금은 완전 대머리가 되었다.
아내는 "내 남편이 저렇게 대머리가 될 줄은 꿈에도 몰랐어!"
딸들은 "우리가 아들 낳으면 아빠같이 되는 거 아니야?"
이구동성으로 떠드는 바람에 풀이 죽었다.

"대머리는 남성호르몬이 왕성하여 정력이 세다."
"머리 나쁜 사람이 머리를 굴리면 대머리가 되고,
머리 좋은 사람이 머리를 쓰면 흰머리가 된다."
머리카락 많은 사람들이 빈정거렸다.

아무리 옷을 젊게 입고 패션신발을 신어도
대머리가 실제나이보다 더 늙게 보이게 하여
전철 타면 젊은이들이 자리를 양보했다.

아버지께서 훈계하셨다.
"젊은 애가, 머리가 그게 뭐냐?
대머리를 자랑하고 다니는 것도 아니고…
요즘은 성형이 흔하듯이 가발 쓴 사람도 많더라."

대머리로 태어난 것을
가발로 감추거나 모자로 가리고 싶지는 않다.
조상을 원망해 보았자 머리털이 나는 것도 아니다.

미국 액션영화 〈다이 하드〉의 주인공
'브루스 윌리스'를 벤치마킹하면서 살겠다.
상상만 해도 멋있다.
아줌마들이 줄줄 따르겠다.

유머와 진지함을 겸비하고
운동으로 균형 잡힌 몸매를 유지하며
깨끗한 피부와 날렵한 걸음걸이…

7

무자식이 상팔자인가?

얼마 전 낙향한 지인이 사는 곳을 방문했다.
지인은 사회적으로 성공했지만
부부사이에 자식이 없었다.

부부가 낙향을 결정한 사연이 궁금했다.
지인과 이런저런 이야기를 나누면서
낙향한 이유를 대략 짐작할 수 있었다.

'죽어라고 노력하여 돈 벌어 보았자
자식이 없으니 쓰거나 물려줄 사람이 없다.
은퇴한 도시생활은 심심하고 지루하다.
무료한 생활로 우울증 걸리지 말고
시골에서 농작물 재배하고 반려동물 키우며
바쁘게 몸을 움직이자'는 의미였다.

개와 고양이를 6마리나 키우고
과일주와 효소, 말린 과일, 옻나무 삶은 물 등
온갖 건강식품이 저장창고에 가득했다.

부부는 "할 일이 많아 정신없다"고 하는데
자식이 없다는 선입관이 있어서 그런지 몰라도
언뜻언뜻 외로움이 묻어났다.

자식이 없는 사람들은 두 가지 부류가 있다.
남편은 남편대로 부인은 부인대로 즐겁게 사는 부부와
부부간의 정이 깊어 서로 의지하는 부부다.

팔자에 없는 자식 어쩔 수 없으니
자기가 좋아하는 것 하면서 인생을 즐기는 부부가 좋다.
애틋한 부부를 볼 때는 '아이 하나 있었더라면…'
안타까움이 생겨 쓸쓸함으로 물들어진다.

자식이란 속 썩이고 돈도 많이 들어가
'웬수'라는 속어로 표현하지만
'무자식 상팔자'란 말은 유자식자들의 푸념이다.

유부남 작곡가 '이봉조'와 결혼한 가수 '현미'는
이혼하여 홀로 사생아인 두 아들을 키웠다.
어려서부터 미국으로 보낸 아이들을 키울 때는 짐이었다.
두 아들은 현재 심근경색과 당뇨로 고생한다.

현미는 나약한 아들의 영원한 스폰서로서
텔레비전이나 행사장을 뛰어다니며 고생하지만,

자식들과 LA 바닷가를 거닐면서
"이게 행복이다!"를 외쳤다.

결혼은 필수가 아닐지라도
능력이 있다면 자식은 필수라는 생각이다.
반드시 자신의 유전자를 고집할 필요는 없다.
아들은 키우기 힘드니 속 깊은 딸아이가 어떨지…

젊은 시절에는 자식 없는 사람을 보아도
전혀 외로워 보이지 않았는데
나이 먹으니 이런저런 생각이 들었다.

서울로 돌아오면서 늙는다는 것이 서러워지자
영혼이 치유되기는커녕 가슴만 답답했다.

8

처세술에 대하여

사회생활하다 보면 두 부류의 윗사람을 만난다.
매너, 성격, 인간성 등이 나무랄 데 없이 좋은 상사와
그 반대 사람이다.

좋은 상사는 편하고 접근하기 쉬우나
모든 사람과 친하여 귀여움을 독차지할 수 없다.
경쟁에서 끌어 줄 것 같지만 매너가 있으므로
다른 사람에게 부탁하는 것을 꺼린다.
야로가 없고 원칙과 실력을 강조한다.

반대 사람은 가까이하기에 너무 먼 당신이다.
실력은 뒷전이고 오직 충성도만 따진다.
'자기를 씹는다' 싶으면 끝까지 따라가서 조진다.
내 식구라는 확신만 서면 불 속으로도 들어가 구한다.

잘나갈 때는 윗사람의 도움이 필요 없다.
곤경에 처할 때 줄을 잡게 되는데
좋은 상사는 새끼줄이요, 반대 사람은 동아줄이다.

좋은 상사는 남의 이목을 의식해 꼬리를 감추지만
반대 사람은 전면에 나서서 감싸 주며
자신의 불이익을 감수하더라도 온몸으로 돕는다.
이것을 소위 '의리'라고 하며
나쁜 사람이 가지는 덕목 중 하나다.

직장생활 하면서 실력이 독보적이라면
어떤 상사든 상관없이 일로 승부 걸 수 있다.
실력이 고만고만할 때 '처세술'이 중요한 역할을 한다.

처세술이란
'나쁜 상사와의 관계설정'이라고 정의할 수 있다.
손금이 지워질 정도로 비비는 것이 최고의 처세술이다.
일등은 아닐지라도 중간 정도 가는 처세술이 있다.

'나쁜 사람과 가까이하면 주변사람들에게 욕먹고
몰려다닌다는 소리를 들으므로 가능하면 피하자.
그러나 누군가 그들을 공개적으로 욕할 때 입 다물자.
당사자 귀에 들어가기 때문이다.'

공자 왈 '군자는 화이부동和而不同'이라고 했다.
자신의 마음에 들지 않아도 사이좋게 지내지만
소신 없이 그들이 하는 대로 따라가지 않고
항상 자기중심을 잡는다는 말이다.

처세술이란 '화이부동의 자세'라고 요약할 수 있다.

나쁜 사람을 너그러이 이해하자.
어차피 인간의 속성이 다 그렇고 그런 거니까!
속 시원하게 모조리 까발리고 살면 고생문이 훤하다.

9

고교시절 은사

얼마 전 밥상머리에 앉아
아내에게 탄식하며 고백을 했다.

"고등학교시절을 생각하면
남들은 아련한 추억에 젖는다고 하는데
나는 선생님한테 얻어터진 기억밖에 없어!"

아내는 인상을 찌푸리며 응수한다.
"기가 막히네!
그러면서 애들이 조금만 맘에 안 들면 호통친 거요?"

고등학교시절, '순진미'라고는 전혀 없이
선생님을 존경하기는커녕 투쟁의 대상으로 삼았다.
특히 2학년 때는 싸가지가 극도로 없었다.

그 당시 담임은 '조태휘' 선생님이었다.
이름을 세게 발음하면 '좆때 위'로 별명이 '배꼽'이다.
선생님의 만행은 이루 말할 수 없었다.

주 타깃은 평소 버르장머리 없다고 찍어 둔 아이들이며
아무 이유도 없이 기분에 따라 폭력을 행사하였다.
선생님한테 대갈통 맞지 않는 날이 거의 없을 정도였다.

사회에 나와 오랜 세월이 흘렀는데
악연도 인연인지 모르겠지만, 배꼽선생님이 그리웠다.
학교에 찾아가 식사라도 한번 모시고 싶었다.

그러던 어느 날 지방출장 가기 위하여
고속버스 터미널에서 표 끊고 버스 안에 앉아 있는데
창밖에 배꼽선생님이 친구 분과 함께 계셨다.
헐레벌떡 버스에서 내려 선생님께 인사드렸다.

"조태휘 선생님이시죠?"
"맞는데, 누구?"
"윤홍깁니다. 75년도에 선생님 담임 반이었죠."
"그래? 제자들이 하도 많아서…
그러면 삼성 병원에 있는 '최동철'이와 동기겠네!"
선생님의 반응이 뜻밖이어서 당황스러웠다.

"어, 홍기구나! 오랜만이다. 너 직장이 어디니?"
하고 껴안으며 반길 줄 알았는데
호주머니에 넣은 두 손을 꺼내지도 않은 채
데면데면한 태도를 보였다.

반가워서 어쩔 줄 모르는 제자를 앞에 두고
친구하고 이야기만 했다.

작별 인사 하고 곧바로 버스에 올랐다.
'혼자만 짝사랑했나?' 생각에 속이 상했다.
그렇게도 그리웠던 선생님이었는데…

무지막지한 폭력을 당한 사람은 기억이 생생한데
가해자는 전혀 기억을 못 했다.
오직 공부 잘하는 제자만 염두에 두었다.

학교 다닐 때 선생님에 대한 추억 운운하며
'그 당시 선생님은 지금 뭐 하실까?
인사드리지 못해 죄짓는 것 같다.'
걱정하는 사람 있으면 꿈 깨기를 바란다.

제자도 다 제자가 아니었다.
민초들은 기억에서 벌써 지워졌다.
출세한 자들만 제자로 알고 자랑하며 다녔다.
기분 더러운 하루였다.

10

춤이나 한번 배워 볼까?

부산에서 근무할 때 일이다.
발령받아 홀로 부산에 내려간다고 하니
지인들이 이구동성으로 하는 말이,
"이번 기회에 사교댄스 꼭 배워라" 하는 충고였다.

강남 제비가 되어 친구들을 깜짝 놀라게 해 주고
성인카바레에서 멋쟁이 미시족과 부킹할 목적으로
'서면'에 있는 댄스강습소 문을 두들겼다.
중간에 빠질 때를 대비하여
기간이 아닌 30회 강습료를 일시불로 지급했다.

예쁜 아줌마에게 레슨 받을 줄 알았는데
날씬하긴 하지만 얼굴이 온통 주름살투성이의
늙수그레한 할머니가 선생이었다.

그녀는 내 손을 잡고 "하나 둘 셋 넷, 턴" 하면서
앞으로 가고 뒤로 가며 스텝을 밟았다.
"음악이 몸에 착착 달라붙어 소질 있어 보이네!"

자신감을 불어넣어 주기까지 했다.

선생은 5분 정도 기본스텝을 잡아주고 나자
"계속 혼자 연습하세요."라는 말을 남기고 사라졌다.
파트너와 춤추는 포즈를 취하며 홀로 연습했다.
강습을 마치고 지하철 기다리면서도
스텝을 머릿속에 그리며 움직였다.

강습소 나가는 횟수가 거듭될수록
배운 것도 숙달이 안 되어 헤매는 마당에
연결동작이 추가로 더해지자 정신이 하나도 없었다.

구석에서 홀로 같은 동작을 반복하는데,
중앙에서는 나이 지긋한 부산제비 암수 두 마리가
날렵한 솜씨로 홀 전체를 휘젓고 다니면서 기를 죽였다.

숙소에서나 사무실에서 부지런히 연습하여
스텝이 자연스럽게 연결되어야 진도를 나갈 수 있다.
연습부족으로 선생한테 야단맞자
춤에 대한 흥미가 점점 옅어져갔다.

춤 배우기보다 술 마시는 것이 훨씬 더 재미있었다.
강습소를 한 번 빠지니까 더는 가기가 싫었다.
10회도 못 채우고 춤을 포기했다.

춤 배우는 것을 너무 쉽게 생각한 것이 문제였다.
2년 이상 완전히 몰입하여 연습하다가
어느 정도 물이 오르면 선생님과 함께 실무를 거쳐
나이트클럽에 정식 데뷔해야 한다.

대충 연습해서는 아무리 오랫동안 배워도
써먹을 수가 없는 것이 춤이었다.

11

측은지심

부부사이의 근본은
측은지심(惻隱之心, 가엾고 불쌍히 여김)이다.
쌍방 간 이것이 없으면 외톨이라는 느낌을 갖는다.

몇 년 전 입원할 당시 아내가 문병을 왔다.
기운 없어 말도 제대로 못 하는 환자를
'마누라 말은 개코로 알고 매일 술만 퍼마시다가
젊어서 병 걸려 꼴좋다!'며 한심하다는 듯이 바라보았다.
옆에 있는 아내가 민망스러워 집으로 돌아가라고 재촉했다.

내가 갑자기 죽는다면 아내의 속은 어떨까?

'평소 도움이 안 되고 피곤하게만 굴던 인간이
사라지니 드디어 봄날이 왔다.
남은 돈 가지고 입에 풀칠은 할 수 있다.
우선은 표정관리하고 나중에 웃자.'고 생각하지 않을지…

슬퍼할 자는 부모와 형제들밖에 없구나!

부모님은 기가 막혀 몸져눕고,
형과 누나는 동생이 그리워 우울증 걸리지 않을지…

남편에 대한 부정적인 사고로 가득한 아내의 마음을
측은지심으로 채울 방법은 없을까?

딸들이 밤늦게 올 때 비가 오나 눈이 오나
버스 정류장 앞에서 기다려야 한다.
맛있는 음식이 내 입으로 들어가면 아깝고
아내가 먹을 때는 행복해야 한다.
아내가 아프면 주방 일을 비롯하여 빨래, 청소,
아이들 뒤치다꺼리 등을 도맡는다.

새로운 각오로 노력했다.
몸이 조금 피곤할 따름이지 아무것도 아니었다.
아내는 계속 의심의 눈초리를 보냈다.

그러던 어느 날,
밤늦게 출출하여 동네에서 막걸리와 빈대떡을 먹었다.
술은 안 마시고 안주만 축내는 아내가 눈에 거슬렸다.
안주 없이 막걸리를 들이켰다.
돈 계산하면서 은근히 화가 났다.

"이 사람이 안주를 다 처먹어서 깡술만 마셨어요."

무심코 가게주인에게 던진 말이었다.

그 소리 듣자마자 기가 차다는 표정으로 아내는 말했다.
"어쩌나 했더니… 당신은 구제불능이야!"
따발총을 쏘고는 총총걸음으로 앞질러갔다.

'처'라는 속된 말이 이렇게 치명적일 줄이야…
평상시 밖에서 술에 취해 험하게 하던 말버릇이
습관처럼 튀어나온 것이다.

12

동창생이 생각나서

서울에 살면서 이리저리 이사 다니다 보니
지금까지 연락 닿는 초등학교동창생이 없다.
시골에서 초등학교 나온 사람들의
"여동창생과 재밌게 놀았다"는 소리가 부러웠다.

며칠 전 초등학교동창생이 생각났다.
졸업앨범에서 이름을 찾아 인터넷을 뒤져보았다.
어렸을 때부터 착실하고 공부 잘한 아이들은
역시 한 자리씩 차지하고 있었다.

홍익대 교수 '이호경'과 서울대 교수 '백구현'이 있었다.
홍익대가 편해서 이호경한테 먼저 전화 걸었다.

"혹시 이호경 교수님 맞으십니까?"
자신도 모르게 사근사근한 목소리로 변했다.
"네, 맞아요. 누구세요?"
떨떠름한 목소리가 긴장하게 하였지만,
어차피 내지른 것 용기를 냈다.

"나, 미동국민학교 나온 윤홍긴데 모르냐?"

"글쎄, 모르겠는데!"

"우리 외기 노조 아파트에 살았고, 같이 공부했잖아?"

"아파트는 맞는데, 기억이 안 나네."

거만한 태도로 시시껄렁하게 답했다.

더욱더 확실한 정보를 들이댔다.

"니네 아버지가 미군부대 다니시고…"

"야! 나 지금 전화 왔다. 다음에 걸어라"

전화 끊고 10분 뒤 다시 걸었다.

신호가 계속 가도 이호경이는 안 받았다.

연이어 전화했다.

수화기 내려놓은 기계음이 들렸다.

어린 시절 기억이 되살아나

이리저리 알아봐서 전화 건 동창생을,

자동차나 잡지사 영업직원 정도로 대했다.

이호경과의 통화에 속이 부글부글 끓어올랐다.

열등감이 노여움을 자극했다.

'지금까지 사람들한테 얼마나 당했을까!'

각박하게 사는 이호경이가 안타깝기도 했다.

그렇다고 전화 좀 다정하게 받으면 안 되나!

나에게 이런 전화가 왔다면 어땠을까?
'할 일도 없고 심심해 죽겠는데 잘됐다.'며
오랫동안 이야기할 것이다.
상대방이 만나자면 당장 만날 수도 있다.

아~ 이래서 명함이 필요하구나!
"나 삼성전자 사장으로 있는데…"라고 통화했다면
이호경의 태도가 어떻게 돌변했을까?
상상만 해도 코미디다.

명함 없는 사람은 함부로 아는 척도 못 한다.
상대방이 '무슨 꿍꿍이속이지?' 하며
방어적으로 나오기 때문이다.

'백구현'에게는 무서워서 전화 걸 수가 없었다.

13

피해자와 가해자

코골이가 심하여 단체생활에 어려움이 많다.
여러 사람이 한방에서 잘 때
잠 못 잤다는 사람의 볼멘소리를 듣기 때문이다.

"탱크 지나가는 소리에 밤새 한숨도 못 잤다."는
불평을 들으면 겉으로 웃어넘기지만
속으로는 괴로웠다.

혼자 여행가서 모르는 사람과 함께 자야 할 때
여행의 즐거움보다 잠자리 걱정 때문에
여행기간 내내 한방 쓰는 사람의 눈치를 본다.

코골이 방지 약을 준비하여 코에 삽입하거나,
상대방이 먼저 잘 때까지 안 잔다거나,
코파 비코파를 구분해 달라고 주최 측에 요청하지만,
항상 파트너는 예민한 사람이 걸리는 경우가 많았다.

여행 중 한 번은 젊은 사람과 파트너가 되었다.

잠잘 때는 나란히 누워 있었는데 깨어보니
젊은이는 침대 아래에서 쭈그린 상태로 자고 있었다.
여행 내내 젊은이에게 큰 빚을 진 것 같았다.

얼마 전 5인용 병실에 입원할 때의 일이다.
옆 침대 환자의 핸드폰 벨소리와 통화 소리 때문에
짜증이 날 정도였다.

"소리는 진동으로 돌리고 밖에서 통화하시죠?"
경고하지 않으면 병실 분위기가 엉망일 것 같아 나섰다.
상대방은 기분이 안 좋은 태도를 보였다.

무서운 밤이 찾아왔다.
코 골지 않으려고 낮잠을 충분히 잤지만,
입원환자들의 면면을 살펴보니 철저히 예민했다.

깊은 잠을 자지 않으려고 노력했으므로 반수면 상태였다.
병실이 너무 고요해 숨소리 하나 안 들렸다.
몸을 뒤척일 때 나는 소리도 부담스러울 정도로 조용했다.

밖에 나가 한참 동안 시간을 보내고 와서
조심하다가 깜빡 잠이 들었다 깼다.
옆 침대에서 소곤대는 부부의 이야기가 들렸다.

"옆 사람 코 되게 고네."

"이래서 다인용 병실은 문제가 있어!"

"아까는 갑자기 소리를 지르더라고, 깜짝 놀랐어."

"맞아, 잠꼬대까지 하던데…"

"입원실에서 심장마비 걸릴 뻔했어."

"핸드폰 가지고 뭐라고 하더니 자기가 더 하네."

피해자에서 가해자로 바뀌는 순간이었다.

'왜 흑기사 노릇을 했는지?' 후회했다.

인생에 있어 참을 인忍 자가 얼마나 중요한지를 느꼈다.

14

못생겨서 미안하다

젊어서부터 뚱뚱하고 머리숱이 없어 나이 들어 보였다.
아내하고 두 살 차이밖에 나지 않지만
부부가 함께 여행 갈 때는 종종 불륜으로 오해받았다.

그래도 얼굴타령 한 번 하지 않았던 아내가
요즘 와서 "당신은 얼굴이 못생겼어!"라는 말을 자주 했다.
좋은 말도 한두 번이지 자꾸 들으니 뿔다귀가 났다.

"도대체 뭐가 못생겼다는 거야?"
"그럼 당신이 잘생겼어?"
"잘생긴 것은 아니지만 남자답게 생겼고 지적이며
얼굴이 커서 남들에게 위엄 있게 보이잖아."

"자고로 남자는 코가 커야 하는데
큰 얼굴에 살까지 쪄서 작은 코가 유난히 작게 보이고
머리카락마저 없으니 당연히 못생겼지!"

"지금이야 얼큰이가 천대받는 세상이지만

옛날 당신 선 볼 때 얼굴이 조막만하여 복 없이 생겼다며
어머니가 결혼 반대한 것 기억 안 나?"

이때 옆에 있던 딸들이 끼어들었다.
"우리가 엄마 닮아서 다행이지,
아빠를 조금만 닮았어도 큰일 날 뻔했어!"

생명체의 존재목적이 종족보존이며
더군다나 인간은 자신의 복제품을 위하여 모든 걸 바치는데
전혀 닮지 않은 게 다행이라니 불쾌했다.
자신의 유전자와 다른 것은 입양과 다를 바 없다.

"아빠는 살면서 못생겼다고 생각해 본 적이 한 번도 없다.
코 큰 놈들은 대체로 싸가지가 없지!"
아내와 딸들은 어이없다는 표정으로 더는 말을 안 했다.

아내 몰래 앨범을 뒤적이며 옛날 사진을 훑어보았다.
뚱뚱한 몸매에 옷도 챙겨 입지 않아 엉망이었다.
자신의 얼굴을 매일 보니까 익숙해져서
객관적인 평가를 못 내렸던 것이다.

가족 간에도 외모에 대하여 왈가왈부하는 것을 보면
이 시대의 외모지상주의는 뿌리 깊게 박혀 있는 것 같다.
그렇다고 이 나이에 성형수술을 할 수도 없고…

얼마 전 멋쟁이 친구와 술 한 잔 하는데
옆 테이블에 앉은 아줌마들이 합석할 의사를 비쳤다.
넷이서 즐거운 자리를 갖고 2차로 노래방에 갔다.

노래 한 순배가 지나자 분위기가 무르익었다.
술이 얼큰하여 용기를 내서 한 여인에게 춤을 추자고 하였다.
"못생긴 주제에 감히 나에게…" 일언지하에 거절당했다.

얼마든지 농담으로 받아들일 수 있는 소리지만
술이 확 깨면서 아내의 말이 떠올랐다.
흥분하여 싸우지 않은 것만도 커다란 인내가 필요했다.
기분 잡쳐서 더는 노래방에 머물 수가 없었다.

며칠 동안 여러 생각에 잠기었다.

'내가 진짜 못생겼나?
내가 못 생기는데 뭐 보태준 것 있나?'
'그래, 못생겨서 미안하다!!!'

15

나이트클럽 방문기

얼마 전 마음이 젊은 친구와 동네에서 만나 한잔하고
술 취한 김에 나이트클럽에 갔다.
맨 정신에는 상상도 못 할 일을 벌인 것이다.

분당 야탑에 있는 '퐁퐁 나이트'가
젊은 미시족이 많아 활기차고 수질이 좋긴 하지만
나이 먹은 사람이 가면 부킹이 잘 안 되고
재수 없어 소금 뿌리기까지 한다는 흉흉한 소문이 들려
성남 모란에 위치한 '국빈관 나이트'로 갔다.

나이트클럽은 옛날과 하나도 다를 바가 없었다.
입구에 들어서자 깜깜한 굴속을 헤매는 느낌이었고
자욱한 담배연기의 매캐한 냄새가 코를 찔렀다.

무대에서는 '이정현'의 노래 '와'에 맞추어
미친 듯이 흔들어대는 사람들이 물결을 이루었다.
웨이터의 안내로 테이블을 배정받았다.

룸을 잡아 양주시키거나 웨이터에게 팁을 찔러주면
부킹물이 달라진다는 것을 알지만
맥주 기본만 시키고 분위기에 적응하려고 애썼다.

'김수희'의 흐느끼는 노래가 나오자
무대에서 춤추던 사람들이 각자 테이블로 돌아갔다.
부킹이 이루어지는 순간이었다.

부킹에도 '매너'라는 것이 있었다.
부킹을 원하고자 할 때는 좌석 안쪽에 앉아
부킹녀가 드나들기 쉽게 하여야 하고,
파트너가 마음에 들면 맥주부터 가득 따라주어야 했다.
나이 지긋한 아주머니가 웨이터의 손에 이끌려 왔다.

'이게 웬 떡이냐?' 싶어 맥주를 가득 따라 주었다.
"나이가 어떻게 되세요?" 그녀가 물었다.
"50대 초반인데요, 거기는요?"
"40대 후반입니다."
나보다 더 자신의 나이를 낮추었다.
그녀는 조금 있다가 맥주만 축내고 슬그머니 사라졌다.

빠른 템포의 노래가 시작되었다.
오랜만에 무대에 나가니 낯간지러웠다.
슬로우로 스텝 밟고 손뼉 치면서 주변을 두리번거렸다.

춤추는 사람들이 대체로 나이 들긴 했지만,
주름살투성이 얼굴에 대머리는 무대와 안 어울렸다.
젊은이 눈으로 바라본 나의 모습을 떠올렸다.
뒤통수에 대고 욕하는 것 같았다.

곧바로 테이블에 와서 맥주를 마셨다.
계속 혼자 있으니까 웨이터가 근심어린 목소리로
"형님 괜찮아요?" 물었다.

"오늘밤은 최고의 밤, 영원히 못 잊을 밤!"
디스크자키가 계속 악을 쓰고 있었다.
조금 전 부킹한 아줌마가 옆 테이블에서 젊은이와 술 마셨다.

11시 넘어 물갈이가 시작되었다.
청각과 후각이 괴로움에서 벗어날 수 있었다.
노인들을 대신하여 젊은이들이 줄서서 들어오고 있었다.
나의 나이트클럽 방문은 민폐였다.

얼마 전 지인과 함께 대화 중에 춤 이야기가 나왔다.
춤에 대한 미련이 있어 무도회장을 찾았다.

밖은 대낮인데 컴컴한 무도회장은 사람들로 북적거렸다.
춤추는 남녀의 인상이 끈적끈적하게 보였다.
맨 정신이어서 그런지 분위기가 싫었다.

살면서 스스로 도덕적이라고 여겨 본 적은 없지만
'이것은 아니다.' 하는 생각이 들었다.
한 시간 정도 구경하고 무도회장을 나왔다.
춤에 대한 환상을 거두기로 했다.

며칠 전 비극적인 사건이 벌어졌다.
80대 남성이 70대 남성과 60대 여성에게 흉기를 휘둘렀다.
이들은 평소 무도회장에서 아는 사이라고 한다.
노인 양반들의 치정사건이라나 뭐라나…

16

중고품과 골동품

인터넷에서 '알리'라는 가수가 '이미자'의 '울어라 열풍아'를 편곡하여 부르는 동영상을 보았다. 열창에 감동하여 정신이 얼얼했다. 절절한 가사가 이어지고 중간의 아리랑 연주장면에서는 눈가에 이슬이 맺혔다.

"당신 '알리'라는 가수 알아? 대단하데!"

아내에게 넌지시 말을 걸었다.

"응, 알아, '조용필'의 '킬리만자로의 표범'을 부르는데 가창력이 풍부하여 소름 돋더라고!"

오래간만에 부부가 의견 일치되는 순간이었다.

"킬리만자론지 뭔지 그게 노래야? 책 읽는 거지! 당신 '울어라 열풍아' 들어보면 뿅 갈 거야."

비꼬는 말투로 살짝 아내 속을 긁었다.

"아이고, 몰라도 한참 모르네, 그 노래가 어때서? 얼마나 힘찬데!"

"노래라는 게 사람의 감정을 파고들어야지…"

"난 당신과 달라, 빠른 노래가 좋지 늘어지는 노래는 질색이라고! 누가 노인네 아니랄까 봐 맨날 '가요무대'나 보고! 당신을 보면 한심해 죽겠어."

숨도 안 쉬며 일갈하고 안방으로 사라졌다. 무방비 상태에서 아내의 공격을 당하자 황당했다. 어쩌다 이 지경까지 왔는지!

젊은 시절에는 집안을 완전히 장악했다. 가족을 먹여 살린다는 자부심(?)으로 기세등등했다. 내 말은 법이었고 감히 누구도 대들지 않았다. 조금이라도 토를 달면 반항으로 간주하여 긴장과 불안 속으로 몰아넣었다. 딸들은 아빠를 '윤틀러'라 불렀고, 나는 그 별명을 자랑스럽게 받아들였다.

명퇴 후 아내와 치열한 주도권 다툼을 벌였다. 오죽하면 작은딸이 "엄마 아빠가 너무 자주 싸우니까 집에 들어오기가 싫어." 라고 말할 정도였다. 중늙은이가 되자 성격이 변했다. 가을 낙엽만 봐도 눈물이 솟는데 아내는 갈수록 목소리가 커지고 당당했다.

큰딸이 오랜 유학생활을 마치고 귀국한 때의 일이다. 딸은 황소만 한 고양이를 안고 나타났다. 아빠와 상의 없이 자기 멋대로 한 행동에 화가 났다. 아내와 두 딸이 고양이를 기를 수 있게 해 달라고 사정했다. 고양이하고 세 여자 모두 나가라고 소리 질렀다. 한참 승강이를 벌이다가 고양이 맡길 곳이 나타날 때까지만 키우기로 했다. 가장의 알량한 권위를 놓지 않으려고 발버둥치는 모습이 고독을 자초했다.

내년에 큰딸이 결혼할 계획이다. 네 식구가 한 지붕 아래 머물 날도 1년여 남았다. 이런 상태에서 딸이 시집가면 아빠를 영원한 독재자로 생각할 것이다. 이미지 개선이 필요했다. 자상한 아빠로 기억되기를 바랐다. 자식한테 다가가려면 변해야만 되었다. 대화 나눌 때 훈계조에서 듣기로 방향을 틀었으며 강요에서 존중으로 전환했다. 아내 모르게 용돈도 쥐어주었다. 부부 싸움을 중단했다.

어느덧 석 달이 지났다. 큰딸에게서 "아빠와 트러블을 걱정했는데 막상 와 보니 오히려 아빠가 측은할 정도"라는 소리를 들었다. 머릿속에 가득했던 '자식은 짐'이란 고정관념은 사라지고 '자식은 소중함'으로 채워졌다. 징그럽던 고양이마저 귀엽게 보였다. 모든 게 좋은 것만은 아니었다. 아내가 점점 공격적으로 되어갔다. 알리의 노래에 대해서도 "당신은 감수성이 풍부하여 그런 노래를 좋아하지만 나는 빠른 노래가 좋아" 하면 될 걸, '한심하다'며 삐딱하게 말한다. 내 가슴의 이 상처를 그 누가 알아주나?

해결책은 생각을 바꾸는 것이다. 아내를 이기는 자는 졸장부다. 나하나 참으면 가정에 평화가 온다. 아내의 눈치를 잘 살피고 심한 소리나오기 전에 자리를 피하든지 비굴한 웃음으로 아내의 화를 누그러뜨리거나, 아니면 재롱떠는 것도 괜찮다.

아내는 요리하기, 고장 난 전자제품 고치기, 집안 물건 찾기 등 다방면의 기술자지만, 나는 잘하는 것이 하나도 없다. 결혼할 당시 아내는 갓 구운 도자기였고 나는 최신형 전자제품이었다. 30여 년이라는 세월이 흘러 도자기는 골동품이 되었고 전자제품은 중고품이 되었다.

17

아전인수 我田引水

"아빠, 군대 안 갔다 왔지?"

"응!"

"아빠는 군대 안 가려고 애썼을 것이고, 안 가게 되니까 좋았잖아."

"그랬지!"

"근데 왜 연예인이나 축구선수가 군대 안 가면 욕 해?"

"……."

옆에서 부녀父女 간의 대화를 듣고 있던 아내 하는 말.

"그러니까 자기가 하면 로맨스고 남이 하면 불륜인 거야!"

아내와 딸한테 한 방 먹었다.

젊은 시절 아내가 해외여행 가자고 하면 "외화낭비하며 무슨 해외여행이야?" 하고 알레르기 반응을 일으켰다. 해외여행객이 많다는 뉴스를 접할 때마다 화가 났고 여행가는 사람들을 비판했다. 하지만 2002년 처음으로 해외여행을 다녀온 이후에는 '살아생전에 오대양 육대주는 가 봐야지!' 하며 해외여행을 당연시하였다.

"젊은 사람이 일은 안 하고 여행에 빠지면 안 된다." 충고하는 아버지에게 "대부분 사람들이 여행 갔다 오면 여행지에서 무엇을 보았는지 금방 잊어버리지만, 저는 자세히 보고 기록하여 집에 오자마자 여행기를 정리하기 때문에 오랫동안 기억합니다." 자신의 여행 병(?)을 합리화 시켰다. 다른 사람의 여행과 달리 본인의 여행은 대단한 의미가 있다는 말이다.

'여행기'에 공을 들이는 이유는 순간순간을 잊어버리지 않기 위함이 기도 하지만, 책으로 묶어 여행지에 가지 못한 사람들과 자료를 공유하 는 데 목적이 있었다. 지난 15여 년 간 여행을 다녀올 때마다 여행지에 서 느꼈던 감정을 여과 없이 여행기에 담고자 수많은 시간과 노력을 투 자했다.

그런데 여행기를 책으로 만들려고 다시 읽어보니 자신이 없다. 사람 들이 "맨날 죽는소리만 하더니 팔자 좋게 많이도 놀러 다녔구나!" 빈정 거릴 것이 뻔했다. 더불어 여행기에 '한 폭의 그림이다. 환상적인 맛이 다. 경이적이다.' 등등의 감탄사를 동원하여 여행지의 아름다움을 생생 하게 표현했어도 '실제 그 자리에 없었던 사람들은 배경과 분위기가 떠 오르지 않아 이해하기가 힘들겠구나!' 하는 생각이 머리를 스쳐갔다.

'여행기를 쓰기 위하여 여행을 다닌다'는 자기합리화에 사로잡혀 '남 들도 여행기를 보기만 하면 다 나와 같이 느낄 수 있다'는 착각에 빠진 것이다. 재미나게 놀았으면 조용히 본인만 알 일이지 '나 여기저기 여행 안 가본 데 없이 다녀왔소.' 하고 주변사람들에게 광고하기 위하여 책을 만드는 꼴이 되었다.

텔레비전에서 알래스카 개썰매관광, 아프리카 국립공원 사파리관광,

카리브 해 크루즈관광 등 화려한 여행을 진행하는 프로를 접할 때 주변경관이 아름답다고 느끼기에 앞서 우선 짜증부터 난다. '누구는 엄청난 시간과 생돈 들여가며 관광하는데 누구는 초호화판 여행을 출연료 받으면서 즐긴다.'고 생각하기 때문이다. 배 쫄쫄 굶어가며 신천지를 발견하는 장면, 생명을 담보로 하는 위험지역으로 일반인의 접근이 금지된 지역이나 건강한 체력을 요구하는 오지관광 등을 고생하며 찍은 프로만이 시청자가 공감한다.

살다보면 '기쁨과 슬픔을 같이 나누자'는 말을 많이 듣지만, 이는 틀린 말이다. 좋았던 것은 남한테 자랑하지 말고 혼자 좋아하며 만족하고, 고통과 슬픔은 적나라하게 표현하여 상대방에게 애처로운 모습을 보여주어야 한다. '기쁨은 혼자 누리고 고통과 슬픔은 나누자'는 말이 맞는 말이다. 이러한 생각을 미리 했더라면 '나는 여행기를 쓰므로 여행갈 자격이 있고 남들보다 우수하다'며 아전인수 격으로 해석하지 않았을 것이다. 개인의 단상을 간단간단하게 적어 기억을 되살리는 데만 이용했을 것이다.

여행기에 대하여 결론을 내렸다. 독자는 나 한 사람으로 족하다고 생각했다. 여행국가의 역사나 문화 등 인터넷에서 볼 수 있는 모든 내용은 삭제하였다. 보고, 냄새 맡고, 먹고 마시고, 듣는 것에 관련된 내용 위주로 실었다. 사망선고 받았을 때 한 장 한 장 넘기면서 육체적 고통과 심리적 고독을 잊으며 한 시절 재미나게 살았다는 추억을 더듬기 위하여 다섯 권을 만들었다. 자식들에게 한 권씩 물려주고 나머지는 죽을 때 가져가겠다.

.Ⅲ.

삼이 전하는 메시지

1

똘똘이와 똑똑이

A는 논리적이며 공부 잘하는
소위 우리나라 사회가 요구하는 사람이며,
B는 개구쟁이지만 똘똘하다.
하루는 둘이 산길을 걸어가는데 호랑이가 나타났다.

똑똑한 A는 호랑이와 사람이 달리는 속도를 생각하며
"이젠 죽었구나!" 하고 당황한다.
그런데 옆에 있던 B는 신발 끈을 동여맨다.

"죽는 일만 남았는데 뭐 하고 있는 거냐?" A가 말하자
"모르는 소리 마! 너보다만 빨리 달리면 되거든?
호랑이는 한 사람만 잡아먹으니까!" B는 대답한다.

이처럼 성공의 조건은 다양하며
오히려 똘똘이가 성공의 조건을 더 만족하게 할 수도 있다.
학교성적은 성공 조건의 극히 일부밖에 안 되는데,
왜 우리 사회는 모든 사람을 똑똑이로만 만들려고
혈안이 되어 있는지 모르겠다.

동창들을 봐도 공부 잘하는 사람 중에서
의사와 변호사 등 '자격증' 가진 자를 제외하면
공부와 성공이 비례하지 않았다.

오히려 공부는 다소 뒤처지지만
활발한 성격과 원만한 대인관계, 두둑한 배짱으로
리더십을 발휘한 사람이 성공하였다.

공부 잘하는 친구들 대부분은
좋은 대학 나오고 대기업 취직하여 임원까지 하다가
정년퇴직하여 말년을 쓸쓸히 보낸다.

공부는 중간쯤 했더라도 남의 밑에 조금 있다가
뛰쳐나와 모험을 감수하며 사업한 사람이
나이가 먹어서도 자기 할 일이 있고
이를 자식에게 물려주기까지 한다.

둘째사위를 보려면 어느 정도 시간적인 여유가 있다.
똘똘이와 똑똑이 중에서 누구를 택할까?

남자라면 술도 좀 마시고,
얼렁뚱땅 넘어가는 기지도 있어야 하며,
뻥을 치더라도 자신감으로 가득 찬 똘똘이가 좋다.

하지만 아내는 술을 입에도 대지 않고
한번 말한 것에 대해서는 반드시 약속을 지키며
가정에 충실한 똑똑이를 원할 것이다.
지금까지 살아온 남편하고 전혀 반대의 사람 말이다.

선택은 딸이 할 것이다.
똑똑이 스타일을 좋아하는 딸이 되기를 바랄 따름이다.
그렇다고 내가 '똑똑이'라는 것은 절대 아니다.
나는 이것도 저것도 아닌 맹물이다.

2

모든 것은 지나간다

어느 날 다윗왕은 반지가 하나 갖고 싶었다.
반지 세공사를 불러 말했다.

"나를 위한 아름다운 반지를 만들되
내가 승리를 거두고 기쁠 때 교만하지 않게 하고
시련에 처했을 때 용기를 줄 수 있는 글귀를 넣어라."

"네 알겠습니다. 폐하."
세공사는 멋진 반지를 만들었다.

그는 어떤 글귀를 넣을지 계속 생각했지만
고민하고 고민해도
두 가지 의미를 지닌 글귀가 떠오르지 않아
다윗의 아들이자 '지혜의 왕자'인 솔로몬을 찾아갔다.

"왕자시여, 다윗왕께서 기쁠 때 교만하지 않게 하고
절망에 빠졌을 때 용기를 줄 수 있는 글귀를
반지에 새기라고 하시는데,

어떤 글귀를 적으면 좋겠나이까?"
솔로몬이 잠시 생각한 후 말했다.

"This, too, shall pass away(이것 또한 지나가리라)."

유대인 지혜서 《미드라쉬》에 나오는 글이다.
얼마 전 개그우먼 '조혜련'이 '힐링캠프'라는 프로에 나와서
중국유학 당시 이혼의 아픔을 달랜 글귀라고 했다.

그녀는 이 구절을 중국작가 '우단'의 《장자심득》에서 보았다.
중국의 사상가인 '장자'도 이 글귀를 언급했듯이
'모든 것은 지나간다'는 다양한 교훈서에 인용되어 있다.

지금 잘 나간다고 우쭐대는가?
이것 또한 지나가리라.
지금 너무 괴롭고 슬퍼서 하루도 살기 힘든가?
이것 또한 지나가리라.
아름답고 팔팔한 젊음이 영원할 것 같은가?
이것 또한 지나가리라.

살면서 무슨 일이든지 일어난다.
그리고 모든 것이 지나가지만, 우리는 성장해 나간다.
이전과는 다르게 변할 것이다.
변하지 않으면 저항에 부딪혀 불행을 낳는다.

성장하여 변하는 삶이 행복을 지속해 준다.

솔로몬의 지혜에 한술 더 뜨고 싶다.
기쁠 때나 슬플 때 항상 도사처럼 '지나간다'며
나른하게 사는 것은 재미가 없다.

기쁠 때 마음껏 즐기고
슬플 때 '지나갈 것이다'로 해석하는 게 낫다.
세상은 즐거운 일이 그리 많지 않으므로
기쁨은 두 배로 만끽하고
슬픔은 빨리 잊어버리는 것이다.

3

피그말리온 효과

백수생활은 한가하여 심심하기까지 하다.
들어오는 것 없어도 바쁜 사람이 부럽다.
의미 없이 허송세월로 보내기는 싫다.
노력한 결과가 차곡차곡 쌓이는 나날을 살고 싶다.

목표는 노력하여 달성해야만 하는 부담을 끌어안지만,
꿈은 자신의 노력과 상관없으며
싫증난다고 포기하는 것이 아니라 즐기는 것이다.
꿈을 갖고 '피그말리온 효과'를 믿어보자.

피그말리온이란 그리스 신화에 나오는 사람으로,
자신이 직접 상아로 '여인상'을 조각하여
'조각상을 실제 여인으로 변하게 해 주세요!'라고
사랑의 여신인 '아프로디테'에게 간절히 기도한다.

정성에 감동한 여신은 피그말리온의 소원대로
조각상에 생명력을 불어넣어준다.
피그말리온은 그녀를 아내로 맞아들여 행복하게 살았다.

피그말리온 효과란

'어떤 것에 대한 간절한 믿음이나 기대, 예측을 하면

그 대상에게 영향을 미쳐 그대로 실현된다'는 뜻이다.

왕년의 프로권투 세계챔피언 '홍수환'은 말한다.

"챔피언 벨트에 대한 간절한 바람은

주먹을 막 휘둘러도 상대방을 정통으로 까고,

턱을 맞아 다운되어도 벌떡벌떡 일어나고,

난타전을 벌일 때도 넘어지지 않고 버틴다.

그래서 4전 5기(4번 넘어지면 5번 일어난다)의

꿈이 이루어지는 것이다."

무언가 희망을 품고 살아보자.

간절히 기도하면 이루어진다는 확신을 하자.

완성되는 순간의 기쁨을 만끽하자.

꿈이 없는 인생은 사는 게 아니라 버티는 것이다.

'희망'이 삶을 지탱해주는 보약 중의 보약이다.

"다 늙어서 무슨 희망이냐?" 한숨짓는 사람은

복권을 사 가지고 당첨되기를 바래보자.

경제적으로는 복권구매가 손해 보는 행위지만

행운의 가능성을 열어놓으며

무미건조한 생활에 활력소가 되지 않겠는가!

복권을 몇 장 구매하여 당첨되면
여행가고 기부하는 꿈을 꾼다.
실제로 그렇게 되기를 간절히 기도하고
피그말리온 효과를 기대해본다.

이번 주 '로또 633회' 1등 당첨자 중 한 사람은
마트에 근무하는 계약직 사원이다.
그녀는 벅찬 감정을 억누르며 다음과 같이 말했다.

"돈벌이를 위하여 가족들이 뿔뿔이 흩어졌는데
이제 남편과 아이들과 다 함께 살게 되어 매우 기뻐요.
로또 당첨되는 꿈을 3일 연속으로 꿨습니다.
당첨되어야 한다는 강박관념이 있었던 것 같아요.
정말 너무나 간절했습니다."

4

헝그리 정신

2002년 월드컵에서 우리나라 대표팀은
포르투갈을 물리치고 꿈에도 그리던 16강에 진출했다.
곧바로 이어진 기자회견에서 '히딩크' 감독은 명언을 남겼다.
"나는 아직도 배가 고프다."
'헝그리 정신'을 선수들에게 부탁한 것이다.

과거 배고픈 시절에 헝그리 정신은
배고픔을 이겨내며 목표를 위하여 매진하는
'악바리 정신'을 가리켰지만,
현재의 헝그리 정신을 두고 어느 책에서는 이렇게 정의했다.

'지난날을 잊지 않고 지금 어디에 있는지 살펴보는 반성,
풍요로부터 발생한 나태와 무기력을 치유하는 활력,
고난 속에서 꿈과 희망을 갖고 줄기차게 전진하는 도전,
초심을 잃지 않고 항상 견지하는 겸손'

풍요로워지면 스스로 절제하고 통제하지 않는 한
게으름과 무기력의 늪에 빠지게 된다.

벼랑 끝에 섰을 때 기발한 생존법이 나오고
악착같이 할 때 창의력이 발휘된다.
이처럼 헝그리 정신은 '위기의식'을 의미한다.

테니스 스타 '김형택'은 헝그리 정신에 대하여 말한다.

"요즈음 '무슨 헝그리 정신이냐?'고 반문할지 모르지만
선수들에게는 절대로 그런 정신이 필요하다.
헝그리 정신은 위기에서 기회를 찾는 것으로
기술보다는 마음가짐과 애절함이다."

프로 야구 선수 '리오스'의 헝그리 정신은 이렇다.

"일류선수가 되자 회사에서는 비행기의 비즈니스 석을 제공했다.
그러나 헝그리 정신을 잊지 않기 위해 일반석을 고집했다."

나의 요즈음 생각은 어떤가?

오랜 백수생활로 무엇을 해야겠다는 생각이 있긴 한데
막상 구체화하면 자신이 없다.
위기의식을 가지고 일자리를 찾으려 하다가는
"먹고살 만 한 놈이 그것까지 차지한다면
진짜 필요한 놈은 굶어죽는다."는 비난을 받을 것 같다.
헝그리 정신과 정반대되는 생각으로 살고 있다.

어떻게 하면 헝그리 정신으로 재무장할 수 있을까?

과거를 뒤돌아보고 반성해 보지만,
새로운 도전이란 멀고 험한 길이라는 생각이 나를 압도한다.
위기의식을 떠올리면 극복하지 못하고 까무러질 것 같다.
워낙 쪼그라들어 겸손할 건더기도 없다.

'헝그리 정신'이란 주제는 내가 감당하기에 너무 버겁다.
젊은 사람들을 상대로 훈계할 때나 써먹어야겠다.

5

인류학자적인 태도

'인류학'에 대하여 백과사전을 살펴보면
'인간을 종합적으로 연구하는 학문'이라고 하지만
'사람들이 살아가는 방식에 관심을 두는 것'으로
나름대로 쉽게 정의해본다.

그렇다면 '인류학자적인 태도'는
누군가의 사고방식에 대하여 시시비비를 가리는 대신
'호기심을 갖고 이해하는 태도'라고 생각한다.

따라서 타인에게 인류학자적인 태도를 보인다면
그들의 행동에 대해 분노를 느끼지 않고
친절을 베풀기까지도 한다.

가끔 전철에서 심한 애정행위를 하는 젊은 연인이나
험한 인상을 하고 팔뚝에는 살벌한 문신을 새겨
주변사람에게 공포감을 주는 부류 등
혐오스러운 사람들을 보면 인상이 찌푸려진다.

불쾌한 태도로 곁눈질해 보다가
'상대방에게 공격당하지 않을까?' 하는 두려움을 느껴
그 자리를 피하고 싶은 마음이 굴뚝같다.

이럴 때 인류학자적인 태도를 보이면
관점이 변하여 유연한 생각을 하게 된다.
책망하는 데 힘을 낭비하는 대신
그들에게 관심을 두게 되어 선입관이 사라진다.

애정표현은 젊은이의 당연한 특권처럼 보이고,
험한 인상은 강렬한 남성미로
팔뚝의 문신은 독특한 개성으로 이해되어,
그들에게 선한 눈길을 보낼 수 있다.

누군가의 행동이 못마땅한 경우가 있을 때
이렇게 말해 보자.
"그 사람에 대하여 인류학자적인 태도를 보이기로 했어!"
얼마나 품격 있고 지적인 표현인가?

'역지사지易地思之'라는 사자성어로 간단히 설명할 말을
너무 어렵고 길게 나불거렸다.
누구나 다 아는 이야기를 다시 강조하는 것은
글 노동을 강요하는 것이기도 하다.

하지만 이것만은 분명했다.

실제로 눈꼴사나운 모습을 접할 때
분노를 느낄수록 오히려 두려움이 더욱 심화되었으며
그 사람에 대하여 관심을 두고 이해하니까
마음이 편하고 미소를 지을 수 있었다.

6

욕심이 끝도 없다

욕심은 권력욕과 금전욕으로 나눌 수 있다.
금전욕이야 적법하게 노력으로 채울 수 있지만
권력욕은 페어플레이가 없다.

고관대작들이 실력만으로 그 자리에 올랐다고 생각하는데
천만의 말씀 만만의 콩떡이다.
무조건 경쟁자와 싸워 이겨야 한다.

그들이 승승장구한 것은
운이 좋았거나, 자기를 귀여워해주는 고위층이 있거나,
본인이 그 자리에 앉기 위하여
주변사람들에게 못할 짓을 한 경우 중 하나다.

많은 나이에도 권력부근에서 밀려나지 않고
건재한 사람들은 특징이 있다.
학벌과 실력은 기본이다.
여기에 권력을 놓으면 절대 안 된다는
강박관념을 가진 사람이다.

이들은 언제나 줄서기를 한다.
여러 군데 다리를 놓아 정권이 바뀌어도
이 줄 저 줄 옮겨 타면서 버틴다.
권좌에 있을 때 아래는 거들떠보지도 않는다.
오직 윗선의 동태만 살핀다.

사건에 휘말릴 경우에도 빳빳하게 버틴다.
시간이 지나면 사그라질 것이라고 믿기 때문이다.
모든 잘못은 다른 사람이 저질렀으므로
자기는 억울하다고 항변한다.

그러나 권력에 대한 미련과 주변상황인식 부족으로
물러날 시기를 파악하지 못하고 머뭇머뭇하다가
쫓겨나다시피 자리를 떠나 마무리가 개운치 못하다.

은퇴하여 모임에 나가면 항상 대접받던 습관 탓에
식당에서 먼저 계산할 줄을 모른다.
운전도 못 하고 지하철 타는 방법도 모르며
집 잊어버릴까 봐 아내 손 꽉 잡고 동네주위만 뱅뱅 돈다.

부인은 평생 사모님으로 품 나게 살다가
거치적거리는 남편 때문에 신경쇠약에 걸린다.
결국, 과거의 고관은 아내한테 구박받으며 노년을 보낸다.

과거 생각에 사로잡혀 모든 사람을 원망한다.
누구를 만난다는 자체가 두려워 대인기피증에 시달리고
세상에 대한 허무함으로 우울증 걸린다.

어찌 보면 이들이 불쌍하기까지 하다.
인생의 뒤안길에서 여유로운 생활을 하거나
높은 경륜을 쌓은 존경받는 인사로서
사회에 봉사하는 기회를 놓치는 게 안타깝다.

열변을 토하자 무심코 듣던 지인이 말했다.

"누가 너를 안 부르니까 배 아파서 그렇지?
주위에서 '같이 일해 봅시다' 하는 소리 한번 들어봐라!
버선발로 뛰어가서 별 따까리 노릇 다 할 것이다."

7

긴장과 집중

"바짝 긴장하며 살아라!"
"더욱 집중해야 한다!"와 같이
'긴장'과 '집중'이란 단어는 헷갈리게 사용하지만,
두 낱말은 엄연한 차이가 있다.

콩쿠르나 시합에 나가는 사람에게는
"절대 긴장하지 말고 집중하라"고 격려한다.
'이완 상태에서 집중하는 것'이
실력 발휘할 수 있는 최적의 상태라는 말이다.

긴장할 때는 집중하지 못한다.
야구에서 동점에 9회 말 투아웃 만루상황을 맞은
투수를 떠올려 보면 이해가 쉽다.

최고의 투수라면 아무리 위기일지라도
긴장하여 몸에 힘이 들어가서 굳어지는 일이 없다.
머리가 뻣뻣해지지 않는다.

투수판 앞에서 그는 믿기지 않을 정도로
몸과 마음이 부드럽고 편안하게 이완된 상태로
'집중'은 오직 타자 한 사람에게 몰입되어 있다.
이런 풀어짐이야말로 한 곳에 집중할 수 있는 힘이다.

집중하려 할 때 긴장이 뒤따르는 것은
인간이기에 당연하다.
어떻게 하면 긴장을 이완상태로 바꿀 수 있을까?
종교, 명상 등 마음을 비우는 도구를 개발해야 한다.

더불어 자신감이 있어야 한다.
부단한 연습을 통하여 몸에 배게 함으로써
한 곳에 집중할 때 나머지는 자연히 따라오게 만든다.

어느 골프 카페에서 퍼 왔다.

전 후반 생난리를 치르고 더블에 트리플에 양파까지
갖은 주접 다 떨고 세 홀 남겼는데
'에라, 이왕 버린 몸' 욕심 없이 샷 하니까 환상이었던 기억,

혹은 첫 홀 시작 때 전날의 과음으로 신중해져
공만 맞히자고 시작한 골프가 환상적으로 맞아 줄 때
그래서 두 홀을 줄버디 하고 '어라? 욕심 좀 내 볼까' 하니까
바로 다음 홀부터 트리플에 양파가 속출하던 기억.

긴장은 무조건 잘해야 한다는 욕심에서 출발하고
상대를 이겨야 한다는 절박감에 그 뿌리를 두고 있지만,
집중은 무념의 마음으로 시작하는 것,
욕심 없고 잡념 없이 골프와 나만 있는 것이다.

집중이란,
인위적으로 다른 것을 배제해 버리는 긴장이 아니라
의도하지 않아도 한 가지만을 생각하게 되는 자연스러움이다.
욕심, 불안, 압박, 내기, 체면, 비바람, 동반자의 방해…
집중은 이 모든 것으로부터의 자유다.

8

근심 걱정

얼마 전 집안일로 우울하게 보내다가
미국 여류 작가 '펄벅'의 《대지》를 읽고 치유했다.
책을 간단히 요약한 주인공 '왕릉'의 독백은 이렇다.

'사람에게는 누구든지 근심이 있게 마련이다.
근심을 가진 채로 살아가는 방법을 생각해 봐야겠다.
나를 겁주는 삼촌은 나이가 많으니까 나보다 먼저 죽을 거고
망나니 큰놈도 장가를 들이면 속을 차릴 것이다.
괜히 걱정하면서 스스로 애태울 필요가 없다.'

사는 게 한순간의 바람인데 걱정조차 없으면 무슨 재미!
'근심 걱정을 끌어안고 친구처럼 지내야 한다.'는
소설의 주제가 우울한 마음을 평온하게 해 주었다.

나이를 생각하면 세월이 금방 흘러갔지만
'왜 이렇게 시간이 안 가지?' 하며
기나긴 하루를 가슴 졸이고 보내던 날이 많았다.
무슨 놈의 근심 걱정이 끊이지 않는지!

백 년도 못사는 인간이 천 년의 근심으로 살아간다.

자질구레한 걱정으로 마음이 어두운 터에
갑자기 더 센 고민거리가 터지면
이전에 가슴을 억누르던 근심 걱정은
'아무것도 아닌데 왜 고민했지?' 할 만큼 하찮은 것이었다.

위기의 순간을 아슬아슬하게 넘기거나
걱정이 실제로 연결되어 상처를 남기고 간 후
마음에 평화가 찾아오면 잠시 쉴 틈도 없이
새로운 걱정거리가 등장하여 머리를 쥐나게 했다.

그래도 근심 걱정으로 번뇌했던 젊은 시절이 좋았다.
고민을 풀어가는 과정에서 고통이 따르지만
해결하는 순간의 해방감은 말할 수 없이 행복했다.

삶이라는 것이 기나긴 고통과 짧은 행복의 교차였다.
'행복한 순간을 모두 합쳤을 때 반나절만 되어도 성공한 삶'
이라는 말이 나올 정도로 행복에 젖는 시간은 짧았다.
'짧은 고통과 오랜 행복'을 추구하기 위하여
부단히 노력하며 사는 것이 인생이었다.

일선에서 물러난 생활은 인간관계에 얽매이지 않고
루틴한 일이 반복되어 커다란 걱정 근심으로부터 자유롭다.

하지만 가슴 속에는 항상 세세한 고민으로 가득하다.
젊었을 때라면 자신감으로 대수롭지 않게 여겼던 것들이
수면위로 떠올라 두려움으로 다가온다.

조그만 곳에서 행복을 찾으려고 노력하지만,
욕심과 집착을 버리라는 충고를 듣지만,
순간만 다짐할 뿐 지속되지 못하고
뒤돌아서면 근심, 걱정거리로 머릿속이 복잡하다.

8세 때 소아암에 걸려 13년 동안 투병생활 하던 소녀가
생을 마감하면서 쓴 글이 오랜 여운을 남겼다.

"인생은 다가올 폭풍을 기다리는 것이 아니라
빗속에서 춤추는 것이다."

9

블루오션을 찾아서

1인당 국민소득이 2만 달러 후반에 들어섰다.
4인 가족 기준 연봉이 1억은 되어야 중간이다.
평균 따라가기도 가랑이가 찢어진다.
사는 게 힘든데 아라비아 숫자는 왜 올라갈까?

수출만 잘되고 내수가 죽었기 때문이다.

수출한 돈은 그대로 재벌금고에 들어가므로
일반서민의 체감경기와 연관이 없으며,
내수가 죽었다는 뜻은 서민이 쓸 돈이 없어
가게가 파리만 날린다는 말이다.

과거에는 대학 가고 직장에 취직하면 중산층이 되었다.
열심히 공부해서 전문직이 되면 상류층이었다.
서민들이 '공부'라는 통로를 이용하여
'신분상승'을 노릴 수 있었다.

국민소득이 2만 달러가 넘어 사회적으로 안정되면

당대의 계층상승은 불가능하며
2~3세대 정도 지나야 신분이동이 가능하다.

전문직인 의사나 변호사도
쎄빠지게 노력하여 자격증 따면 고민이 깊어진다.
부모가 기반 닦은 병원이나 법률사무소를
물려받은 자만이 성공을 보장받기 때문이다.

당대에 신분상승하는 방법이란 오직 스캔들밖에 없다.
영국 왕세자와 결혼한 평민출신의 '케이트 미들턴',
신세계 '정용진' 부회장과 '고현정'이 결혼하듯이 말이다.

국민소득이 올라갈수록 기득권층만 혜택을 본다.
막강한 자금과 정보를 가진 자들이 모든 분야를 장악하여
일반인들이 엉덩이를 들이밀 자리가 없기 때문이다.

검증이 안 된 새로운 분야를 '벤처'라고 한다.
서민들이 주로 창업하는 벤처기업은 99%가 망한다.
"벤처에 투자하여 떼돈 벌어주겠다"는 사람을
절대 가까이하지 말고 아는 척하지도 말자.

치열한 경쟁에 노출된 젊은이들이 안타깝다.
피 터지는 레드오션을 떠나
블루오션을 추구하는 방법이 없을까?

고 3 수험생을 자식으로 둔 지인의 말이다.

"전국대학 중 하나밖에 없는 '학과'를 조사한 결과
'부산외국어대학'의 '미얀마어과'를 찾아냈다.
어느 분야든 최고가 되어야 하므로
대학 다니며 1등으로 언어를 습득한 후
미얀마로 유학 가서 유력 집안 자제와 교류하고
한국과 미얀마 간의 관계개선에 이바지하겠다."

탁월한 선택이었다.
주변 젊은이에게 권하고 싶다.
동남아시아에서 젊음을 불사르라고!

10년 동안 시간과 열정을 한 나라에 투자하면
그 나라의 모든 분야에 정통할 수 있다.
베트남에서 맨땅에 헤딩하기는 이미 늦었다.
캄보디아도 만만치 않다.
라오스와 미얀마가 신천지다.

10

가치관에 대하여

　작년에 큰딸이 결혼을 했다. 사위가 재미교포여서 축하객이 많지 않을 뿐만 아니라 평상시 결혼식장에 쫓아다니지 않아 초대할 사람이 별로 없었다. 주례를 부탁할 사람도 마땅치 않았다. 주례가 없으면 '신부 아버지의 덕담'이라는 코너가 주례사를 대신했다.

　덕담을 어떻게 하는지 알기 위하여 인터넷을 뒤져 보았다. '아직도 품속의 아기인 것 같은데 그런 딸이 어느덧 결혼한다.' 등등 눈물콧물 빼는 식이었다. 결혼이라는 축제자리에 안 어울렸다. 아내는 가능한 한 짧게 하라고 주문했다. 그렇다고 결혼식이라는 엄숙한 자리에서 "잘 먹고 잘 살아라" 는 간단한 말만 던지고 내려올 수는 없었다. 가능한 한 감성을 자극하는 말은 지양하고 경건한 쪽으로 방향을 잡았다. '가치관'이라는 주제를 선택했다. 며칠 동안 글을 작성하여 결혼당사자에게 검증을 받았다. 딸을 시집보내면 누구는 아쉬움에 눈물이 앞을 가린다고 하는데, 학예회 발표하는 어린이 심정으로 긴장하였다. 덕담의 내용을 적어본다.

　가치관이란 '가치를 보는 기준'입니다. 신랑과 신부는 성장배경이 달라서 가치관이 다릅니다. 연애시절은 사랑만이 전부이고 다른 것은 보이지 않지만, 결혼하여 부부가 함께하는 일상생활은 갈등발생이 필연적입니다.

예를 들어보겠습니다. 아이가 공부를 잘하면 아무 문제가 없는데 공부에 취미가 없습니다. 물론 학생 때 공부를 잘해야 한다는 것은 다 압니다. 이건 그냥 생각이지요. 생각이라는 출발선을 떠난 다음의 '의지'가 바로 '가치관'입니다.

'학생 때에는 무조건 공부를 잘해야 한다'며 아내는 모든 수단과 방법을 동원해서라도 아이가 공부하도록 만듭니다. 남편은 공부를 못해도 얼마든지 아름다운 인생을 즐길 수 있으므로 아이에게 맡겨둡니다. 이 두 사람의 가치관 차이가 극명하게 드러난 것입니다.

가치관의 차이는 취미생활, 성격과 습관, 사물을 바라보는 눈 등 모든 부분에 있을 수 있습니다. "상대방이 추구하는 가치관을 절대로, 죽어도 안 된다"며 상대방을 무참히 짓밟는 부부가 있습니다. 이들의 부부생활은 바람 잘 날 없습니다. 나중에는 상대방의 약점까지 노출해 싸움은 점점 더 커 갑니다. 이래서 스타일이 다른 부부는 살아도 가치관이 정반대인 부부는 못 산다고 합니다.

살아가면서 가치관은 변합니다. 자기가 혐오하는 것도 살다 보면 좋아지게 됩니다. 서로의 차이에 대해 인내심을 가지고 대화하며 두 사람의 가치관이 근접할 때까지 상대방을 존중해주어야 합니다. 이와 같은 노력으로 둘만의 가치관이 정립된다면 둘의 생각에 공통점이 생기고 하나가 됩니다.

즉, '가족이 왜 존재하는지, 더 중요시하는 기준이 무엇인지, 가족의 미래가 무엇인지'를 생각하고 그 가치를 중심으로 가족이 통합하는 것입니다. 방금 태어난 부부인 창훈이와 숙경이는 어떤 생각과 가치관으로 이 뜨거운 세상을 견뎌야 하는지 고민을 많이 해야 합니다.

마지막으로, 두 사람을 묶어주는 힘은 부부가 같은 방향으로 삶을 이끌어 나갈 '부부 공동의 가치관'이라는 사실을 명심하기 바라며 덕담을 마칩니다.

귀하게 여기리라

"잘 나가는 커리어 우먼이 되라"고 딸을 유학 보냈더니 목적달성은 뒤로 미룬 채 남자 친구를 만들어가지고 왔다. 그것도 두 살 어린 연하였다. 이 남자가 우리 집 사위로 들어온 지도 벌써 1년이 다가온다. 다른 사람들은 사위에 대하여 아들같이 의지가 되고 어떨 때는 어려운 부분도 있다고 하는데, 연하의 사위는 미국에 살고 있어 자주 볼 수 없지만, 항상 챙겨주어야 하며 조심스럽기는커녕 귀엽기까지 하다.

얼마 전 사위가 서울에 와서 한 달 정도 머물렀다. 사위는 회계사를 소개해 달라, 변호사를 소개해 달라, 물청소기를 사 달라는 둥 온갖 심부름을 시키더니, "며칠 전 감기 들어 고생했는데 약을 먹자마자 나았어요. 감기약 좀 더 지을 수 있을까요?"라며 아내에게 상비약을 부탁했다.

아내의 설명을 듣고 "이젠 이런 것까지도 시키는 거야?" 하고 투덜댔다. 약사 친구가 있는 동서에게 "감기약"을 부탁했다. 동서는 감기약뿐만 아니라 설사약, 소화제를 비롯하여 가려움증 약까지 상비약 한 보따리를 가져왔다. 속으로 간단히 감기약만 준비하면 되는데 왜 이렇게 많은 약을 준비했나 의아했다. 아내에게 약을 전달하며 "약값이 20만 원

나왔으니 당장 내놔!" 했다. 그러자 아내는 "당신이 언제 흔쾌히 부탁을 들어준 적 있어? 생색내고 하지! 사위한테 줄 약 좀 샀다고 돈을 달라니 말이 돼?"라며 핀잔을 주었다. 돈 내놓으라고 빡빡 우기다가 주겠다는 아내의 약속을 믿고 멈추었다.

나중에 아내를 통해서 들었다.

"감기약만 준비하면 되는데 이렇게 많은 약을 사 주시니 너무 죄송합니다. 아버님께 감사드립니다." 약 보따리를 받아들고 사위가 감탄한 것이었다.

아내의 말에 뒤가 켕기었다.

"장인이 약값 달라고 했다는 말은 차마 못 했어."라는 아내 말에 아찔했다.

"약값 안 받을 테니 내가 돈 달라고 했다는 말 아무한테도 하지 마."

"창훈이한테는 안 하겠지만, 숙경이한테는 이야기해야겠어."

"숙경이한테도 하지 마."

"숙경이에게는 '네 아빠가 그런 사람이다.'라는 말을 해 줄 거야."

"숙경이에게 말하려면 20만 원 내놔!" 목청을 돋웠다.

"당신같이 기본적으로 받기만 하고 베풀지 않는 사람은 어쩔 수 없어. 당신이 아무리 그래보았자 본성은 자기도 모르게 튀어나오지. 그런 성격을 사위가 좋아할 것 같아? 형부를 봐, 얼마나 자상한가!"

나도 자상한 사람이 되고 싶다. 텔레비전에서 아빠가 자식 사랑하는 장면을 보면 뭉클하여 자상한 아빠가 되기를 맹세한다. 하지만 머리로만 생각하지 막상 자상함을 발휘할 때가 오면 몸이 말을 안 듣는다.

밤에 갑자기 비가 쏟아질 때 우산 없는 딸이 비 맞을까 봐 아내가 "우산 들고 전철역에서 기다려요." 하고 부탁하면 "우산이 몇 푼 간다고 그래. 편의점에서 사지." 하며 반발한다. 아내는 조용히 우산을 가지고 밖으로 나간다. 아내의 뒷모습을 보며 후회하지만, 이미 상황은 종료되고 인정머리 없는 인간으로 다시 찍힌다.

돌아가신 장인 생각이 났다. 장인의 사랑을 많이 받았다. "너는 뭔가 있어서 앞으로 잘 살 것이다." 장인은 늘 사위를 신뢰하며 흐뭇해 하셨다. 자연히 장인에 대해 아름다운 기억들이 많았다. 돌아가실 때 영정 앞에서 많은 눈물을 흘렸다. 든든한 빽을 잃은 느낌이었다. 장인이 나에게 베푼 만큼 사위에게 잘해주어야겠다. 사위의 말 한마디라도 허투루 듣지 말고 '어떻게 하면 감탄시킬까?'를 생각하며 행동으로 옮겨야겠다. 감탄시키는 방법은 돈이 아니다. 귀하게 여기는 것이다.

12

상식과 다른 세상

사건이 터져서 옆 사무소 직원이 잡혀갔다. 사람들이 삼삼오오 모여 웅성거렸지만, 아무리 생각해도 죄가 없어 떳떳했다. 다음 날 아침! 건장한 청년들이 사무실에 들이닥쳐 "잠깐 밖에 좀 나가시죠." 하며 낚아채 갔다.

취조과정에서 "저는 모르는 일입니다." 하고 강하게 부정했다. 그러자 이번 사건과 전혀 관계없는 일, 즉 '지금까지 관행으로 여겨왔던 일'을 제시하며 윽박질렀다. 검사가 작성한 진술서에 서명할 수밖에 없었다. "다른 직원들도 다 그랬습니다." 하고 물귀신작전 펴면 죄가 감해질 줄 알았는데 "의리 없는 놈!"이라며 수사관한테 뺨만 맞았다. 면회 온 직원에게 하소연하자 위로받기는커녕 "겨우 몇 시간도 못 참고 다 불었느냐? 아무리 겁주더라도 오리발 내밀어야지!" 욕만 바가지로 먹었다. 혼자 당하는 것이 너무 억울했다. 모든 수사는 속전속결로 마무리되었다. 더 이상 다른 직원에게까지 확대하지 않는 선에서 검찰 측과 변호인 측이 합의를 본 듯했다. 낙동강 오리알 되었다. 불쌍히 여기는 직장상사와 동료도 없었다. "재수 더럽게 없는 놈!"이라며 뒤에서 손가락질만 했다.

이처럼 본의 아니게 사건에 휘말렸을 때 '이번 사건은 나하고 아무 상관도 없는데!' 라고 가볍게 생각하면 낭패 볼 수 있다. 주변에 사건이 터지면 공식이 있다. 일 도, 남이 뭐라고 하더라도 일단 도망부터 간다. 이 빽, 동원할 수 있는 모든 빽을 동원한다. 삼 금, 마지막으로 비싼 변호사를 사야 한다. 검찰에 잡히면 끝장이다. 어느 정도 맷집이 있는 사람도 검찰청에 들어가면 손쓸 시간도 없이 모두 불어 버린다. 이상한 방향으로 엮어서 조서에 도장 찍는다. 사건이 확대될 낌새만 보이면 잽싸게 튀는 것이 상책이다. 도망가서 사건을 정리해야 한다. 그리고 동원할 수 있는 빽을 모두 동원하여 검찰의 수사방향을 파악하고 대처방안을 강구해 관련자와 충분한 대화를 나누고 입을 맞춘다. 어느 정도 사건의 가닥이 잡히면 변호사를 구한다. 방금 옷 벗은 따끈따끈한 변호사여야 한다. 변호사와 함께 '자수' 형식으로 검찰에 출두한다. 어리벙벙하다가 잡혀가는 것보다 작전을 완벽히 짠 후 태연히 자수하는 것이 정상을 참작하여 형량이 훨씬 가볍다. 세상은 이렇게 상식과 전혀 다르게 움직인다.

산속에 홀로 살면 모를까 사회생활하면서 털어 먼지 안 날 사람 없다. 검찰에서 엮으려고 하면 아내하고 오랫동안 섹스 안 한 것도 가정의 평화를 깨뜨린 죄로 감방에 넣을 수 있다. 앞으로 이와 유사한 일이 주위에서 벌어질 경우 죄가 있든지 없든지, 남이 뭐라고 수군거리든지 말든지, 쪽이 팔리든 안 팔리든, 무조건 '일 도, 이 빽, 삼 금!'이다. 이것이 바로 삶의 지혜다.

최근 '최순실' 사건이 터지며 풍속도가 바뀌었다. 검찰출신 변호사가 방송에 나와 팁을 주었다. 사건이 터지면 "일 도, 이 부, 삼 빽"이라고 주장했다. 일단 도망가서 정리한 다음에 사건이 잠잠해지면 출두하여 완전히 부인하고 최종적으로는 빽을 동원하는 것이다.

13

경험과 독서

2013년 봄, 미국에서 딸이 취직했을 때 일이다. 이메일을 보냈다.

"일은 즐겨야 하며 메모를 생활화해라. 항상 남보다 일찍 출근하고 늦게 퇴근해라. '이외수'가 말하는 '존버(존나게 버티는) 정신'을 가져라. '줄리아 로버츠' 주연의 영화 〈에린 브로코비치〉를 보고 역경을 헤쳐 나가는 맹렬여성이 돼라."

'사회에 첫발을 디디는 젊은이의 가슴 속에 아로새겨 줄 수 있는 말이 무엇일까?' 하고 머리 굴리며 공들여 썼는데 내용을 읽어보니 진부한 말이었다. 딸의 답신이 왔다. "아빠 글 잘 읽었어요. 좋은 말들이 필요한 순간인데 타이밍이 맞는군요. 공감하는 점이 많네요. 직장생활에 도움이 될 것 같습니다."

몇 달 후 딸의 이메일이 또 왔다. "소 도살장 끌려가는 기분으로 출근합니다. 윗사람이 어찌나 자존심을 상하게 하는지 들이박고 싶습니다. 회사에 나와서 '지금 뭐 하는 것인가?' 생각이 들고 고객과 전화할 때는 가슴이 조마조마합니다." 아빠가 당부한 말을 모두 잊었다.

방송을 보면 성공한 사람들이 출연하여 '나는 이러저러해서 성공했다'고 자랑한다. 내용을 들으면 다 아는 소리다. 열정, 배려, 겸손 등 좋은 단어들의 나열일 뿐이다. 이처럼 눈이나 귀로 들어오는 지식은 도움이 안 된다. 급박한 상황에 부딪히면 잊어버린다. 인생의 노하우는 오직 '경험'으로부터 얻어진다. 경험적 가치에 의미를 부여하여 교훈으로 삼아야 한다. 한 판 질러 성공한 사람은 필연적으로 망한다. 너무 젊어서 돈방석에 앉은 사람 역시 반드시 망한다. 실패의 경험이 없기 때문이다. 아이돌 가수로 잘 나갔던 사람이 실패한 후 미용사로 전직하여 TV에 나와 한 말이다. "나는 학생들에게 '사회에 나가서 실패를 하루빨리 경험하라'고 말한다. '절대 성공부터 하지 말고 실패부터 해라'고 한다. 실패 후 성공이 진정한 성공이다."

독서란 경험에 비추어 볼 때 하찮은 것이다. 책 읽고 며칠 지나면 기억이 가물가물하다. 제목도 기억 안 난다. 책 내용을 정리하여 '엮음집'을 냈더니 '무슨 책을 읽었는지'는 알겠다. 그런데 책에 쓰인 내용을 몸에 스며들게 하고 실행에 옮기는 데 어려움이 많았다. 아내가 부부 싸움할 때 노상 써먹는 레퍼토리다. "책을 아무리 읽으면 뭐해? 인간이 돼야지. 나 봐! 책은 별로 안 읽었어도 당신보다 훨씬 낫잖아." 머리를 빳빳하게 쳐들고 핏대를 올린다. 《나를 찾아가는 여행》이란 책에 실린 목표실천방안이다.

① 원하던 바가 이루어지는 모습을 마음속으로 그린다.
　살을 빼고 싶다면 날씬한 체격을 상상해본다.
② 성취동기를 불어넣기 위하여 자신에게 압력을 가한다.
　잘 지킬 경우 상을 주고 안 지킬 경우 벌을 주는 것이다.
③ 21일 동안 똑같은 시간에 반복한다.
　새로운 행동이 습관으로 정착되기까지 21일이 걸린다.

책에서 하라는 대로 해 보았다. 시작은 고통스러웠으나 날이 갈수록 몸에 배었다. 점점 좋은 습관으로 변하는 듯했다. 갑자기 일상에서 벗어난 평지풍파가 몰아쳤다. 우여곡절 끝에 간신히 어려움을 극복했다. 자리 잡아가던 좋은 습관은 온데간데없이 사라지고 원위치 시키려면 '21일간의 고통'을 다시 겪어야 했으며, 두 번째 시도는 신선도가 떨어져 목표를 이룰 수 없었다.

독서의 목적은 마음의 평화를 얻고자 또는 간접 경험에 있다. 실행에 옮기려면 별도의 혹독한 훈련이 필요했다. 책이 인격에 도움이 될 것이라는 기대를 걸지 말자. 당연히 안 되는 행동의 변화를 '왜 안 될까?' 고민하는 것도 시간낭비다. 단지, 책을 읽으면 필요한 정보를 얻을 수 있다. 순간적으로 힐링이 된다. 최고의 시간 보내기다.

14

재능과 적성

젊은이들이 직장잡기가 하늘의 별 따기다. 그런데 치열한 경쟁을 뚫고 직장에 들어가더라도 좌불안석이다. 자신이 담당하는 업무에 재능이 없어 잘할 자신이 없다거나 적성에 맞지 않아 허송세월하는 느낌이라는 말을 떠벌리며 직장생활 지속여부에 대하여 고민한다. '어떻게 들어간 직장인데! 수없이 제출한 입사 원서에 대한 핸드폰 낙방통보 메시지, 좌로 굴러 우로 굴러 하며 비인간적인 취급당하고 간신히 통과한 입사시험, 인턴과 수습사원을 거쳐 어렵게 도달한 정규직인데!' 갑자기 자식이 직장을 때려치울까 봐 부모가슴은 조마조마하다.

과거에는 학교 졸업하고 직장에 들어가면 그곳이 천직이라고 생각하여 온갖 수모를 당해도 부모님 모시고 동생들 학비 대느라 감히 사표낼 생각을 하지 않았다. 요즘 젊은이들은 직장을 안 다녀도 영원히 책임져 줄 부모가 있어서 그런지 근무 중 어려움에 봉착하면 참지 못하고 골치 아픈 환경에서 벗어나고자 한다.

재능이란 '어떤 일을 잘할 수 있는 타고난 능력'을 말하고, 적성이란 '어떤 일에 적응능력'을 말한다. 간단히 말하면 '재능은 잘하는 것이고 적성은 좋아하는 것'이다. 두 낱말이 엄연히 다른데도 '적성검사'를 '재능과 적성을 파악하는 검사'라는 의미로 해석한다. 대문호 톨스토이는 재능이란 '어떤 일에 엄청나게 집중할 수 있는 능력과 다른 이들이 보지 못하는 것을 볼 수 있는 능력'이라고 말했다. 이처럼 재능은 조상으로부터 물려받은 것으로, 극히 일부사람만 소유한 능력이다. 직장에서 수행하는 업무는 일정 교육을 받은 보통 사람들이 처리할 수 있는 범주에 속하는 것이지 특별한 재능을 가진 사람만이 할 수 있는 것이 아니다. 직장생활은 성실성이 성공여부를 결정한다.

적성에 맞는 일을 한다면 얼마나 행복하겠는가? 인문학 강의를 들으면 "자기가 하고 싶은 일을 하라"며 열변을 토하는 강사들이 있다. 그런데 아무리 적성에 맞는 일이라도 돈이 결부되면 싫어지게 된다. 즐거운 마음으로 재미있는 일을 하면서 돈벌이마저 되는 직업이 없다는 뜻이다.

나는 여행이 적성에 맞는다. '여행 가이드가 되어 전 세계를 누비면 얼마나 좋을까?'를 상상하곤 한다. 무료로 여행 가이드 할 때는 봉사하는 기쁨도 있고 상대방에게 고맙다는 소리를 들으므로 엔도르핀이 저절로 솟았다. 그러나 월급을 받고 가이드 생활을 한다고 가정해보자. 월급 주는 사람에게 이익을 주어야 하고, 돈 내고 서비스 받는 사람들의 끊임없는 요구를 미소로 받아들여야 하며, 노력에 비하여 높은 이익을 얻기 위하여 편한 보직을 받으려고 동료들과 음으로 양으로 경쟁을 해야 한다. 세상 모든 이치가 경쟁이 도입되면 피곤이 수반된다. 적성에 맞는 것은 뒷전이요, 인간관계에 지쳐 일에 대한 흥미를 잃고 말 것이다. 평소 생각해왔던 가이드라는 직업의 미션은 잊어버리고 오직 목구멍이 포도청이라는 생각으로 다닐 것이다.

'재능이 부족하여 적성에 맞지 않아 직장생활을 접는다'는 것은 사치다. 단지 불평불만을 늘어놓는 수준밖에 되지 않으며, 듣는 사람들에게 피곤만 안길 뿐이다. 고생이라는 것은 전혀 경험해보지 않은 '온실 속 화초'라는 비웃는 소리만 들을 뿐이다.

다시 한 번 강조한다. 재능이 부족하여 못 다닐 회사는 없으며 즐기면서 하는 돈벌이도 없다. 직장생활이 돈 버는 행위라고 정의할 때 이는 인내에 대한 보상이요, 본인이 책임지는 만큼에 대한 반대급부다.

15

자식에게 바라는 마음

자식에 대하여 생각해 본다. 젊어서는 부속품 정도로 알고 좌지우지 했는데, 아이들이 커 가니까 서운할 때가 있다. 자식교육을 잘못했는지 반성을 하고, '요즘 아이들은 모두 그렇지.' 하며 위로도 해 보지만 '자식을 왜 키우는지?' 의문이 갈 때가 있다.

할머니가 아이들을 끔찍이 생각하여 보고 싶어 한다. 아이들은 할머니 집에 갈 생각도 안 하지만, 아빠가 가자고 해도 무슨 이유를 댄다. 할머니 집 가는 것보다 자기 일이 더 중요한 것이다. 내가 늙으면 아이들이 어떨지 뻔하다. 실버타운에 있을 때 일 년에 몇 번 찾아올지, 안 오면 아빠가 짜증내니까 억지로 오는 것은 아닌지! 누구는 한 번 찾아올 때마다 백만 원씩 준다고 한다. 억지로라도 부모를 자주 찾다 보면 나중에는 부모를 보는 것이 습관화되어 자연스럽게 부모자식 간의 교류가 이루어질 수 있겠지만, 그럴만한 경제적인 여유가 없다. 애지중지 키운 자식은 부모에 대해 고마움을 모르고 자기밖에 모르는 이기적인 인간이 된다고 한다. 고생하여 키운 자식은 부모를 귀하게 여긴다고 한다. 그렇다고 아이들을 억지로 고생시킨다는 것은 말이 안 된다.

자식은 '의무감'이 아니라 '정성'이었다. 정성이란 '집중'과 '기도하는 마음'의 합성어다. '간절하게 기도하는 마음'으로 대해야 했다. 아이들은 아버지의 진정성을 느껴야 마음을 열고 대화하며 친근하게 다가온다. 괴로울 때나 의지하고 싶을 때 아빠를 찾을 것이다. 부족한 부모지만 자식에게 바라는 마음을 적어본다.

　잔정 많은 사람이 되었으면 좋겠다. '세월호' 같은 엄청난 사고를 보고 무관심한 태도를 보이기보다는 유족입장에서 슬퍼하는 인간이 되기를 바란다. 편히 먹고 사는 것에 대한 특권의식을 갖지 말고 자신이 편한 만큼 어디서 누군가가 대신 고생하는 사람이 있다는 사실을 알았으면 한다. '을'을 대할 때 존중하는 자세를 취하며 다소 대접을 못 받을지라도 "왜?" 하고 따지지 말고 그냥 넘어가는 포근한 사람이었으면 아름답겠다. 지하철에서 젊은이가 자리 양보하는 장면을 보면 삭막한 세상에 엷은 미소가 절로 나온다. 노약자를 생각하는 고운심성이 어찌나 예쁜지! 이런 마음 씀씀이를 가졌으면 좋겠다.

　아빠 코앞에서 남자 친구를 "우리 오빠, 우리 오빠" 하며 끔찍이 생각하거나 그쪽 집안을 두둔하는 말은 아빠에게 상처로 남는다는 생각을 잊지 말았으면 한다. 갑자기 소나기 내릴 때 밖에 있는 아빠가 걱정되어 전화로 우산을 확인하는 딸이 되어주었으면 하고, 아빠가 여행 중일 때 탈 없이 잘 보내는지 잠깐씩 아빠를 생각해주면 더 이상 바랄 게 없다. 공부 잘하여 좋은 대학 나오는 것, 대기업 취직하여 아빠에게 주는 용돈, 생일에 선물하는 고급향수 등 큰 것 원하지 않는다. 추운 겨울 해질 녘 집에 들어올 때 고생하는 동네 포장마차 아주머니에게 가서 방금 구운 '잉어 빵' 한 보따리 사 가지고 들어와 "아빠 먹으라고 거금 주고 사 왔어!" 하고 내민 따끈따끈한 잉어 빵이 그립다. 빵을 맛있게 먹는 아빠를 지켜보며 "뜨거워, 천천히 먹어! 누가 쫓아와?" 야단치는 딸의 심각한 얼굴이 보고 싶다.

지금 무슨 소리를 지껄였는지 모르겠다. 자기는 남 의식하지 않고 제멋대로 살았으면서 감히 자식한테 이러한 잔정을 바라다니 꿈도 크구나! 스스로 생각해보면 원래 인정머리가 없다. 정情도 받아본 사람이 베풀 줄 알지 안 받은 사람은 모른다. 이제 와서 자식이 잔정 없다고 해보았자 소용없다. 자식에게 가끔 농이라도 걸면서 대화를 청할 때 '아빠가 무슨 못 먹을 것 먹었나?' 하는 어리둥절한 표정으로 "네, 아니오." 만 간단히 대꾸하는 딸을 보면 당황스럽다. 그렇더라도 대화를 계속해야 한다. 망가지고, 바보가 되고, 웃음거리가 되더라도 잔정이 오가는 부녀지간이어야 한다. 잔정이 깊어지면 사랑은 반드시 따라올 것이다.

.IV.

바람처럼 구름처럼

1

공업용 전자계산기

'전자계산기'라는 단어를 떠올리면 씁쓸하다.
78년도 대학교 다닐 때의 일이다.
학생 신분으로 도저히 이해 안 가는 일을 저질렀다.

2학년에 올라가자 전공과목을 수강신청하면서
공대생에게는 공업용 전자계산기가 필수품이 되었다.
그 당시 카시오 공업용계산기는 3만 원 정도로
현재 돈으로 환산하면 30만 원이 넘는 거금이었다.

계산기 살 돈을 주머니 속에 넣고 다니면서
청계천 세운 상가에 가는 것을 차일피일 미루었다.
친구와 함께 소주 마신 다음에 이성을 잃고 호기부리며
2차로 학교 근처에 있는 '매미 집'을 향했다.
매미 집이란 여자가 나오는 값싼 선술집을 말한다.

난생처음으로 여자를 옆에 두고 술을 마셨다.
한복을 차려입은 통통한 아가씨와 함께
젓가락으로 술상이 부서져라 두드리며 신 나게 놀았다.

'울고 넘는 박달재'부터 '돌아와요 부산항'까지
남녀 네 사람이 메들리로 엮어가며 합창으로 불렀다.
아가씨들의 젓가락 반주솜씨는 최고의 분위기를 연출했고,
우리들의 커다란 노랫소리는 밤하늘에 울려 퍼졌다.

눈 깜짝할 사이에 안주접시와 막걸리 병이 쌓였다.
중간 계산해보니 더 이상 시킬 수 없었다.
술값을 계산기 살 돈으로 지급하고 허겁지겁 나왔다.
술에 취하기는 고사하고 오히려 말짱했다.

매미 집을 경험하고 난 후유증은 대단히 컸다.

수업에 지장 받을 정도로 아가씨 얼굴이 아른거렸으며
파트너에 대한 연민의 정이 발동하여
악마의 소굴에서 꺼내 올바른 길로 이끌고 싶었다.
지금 생각해보면 순진한 시절이었다.

계산기가 없어 불편한 점이 한둘이 아니었다.
리포트 작성할 때 친구의 계산기를 빌려야 했으며
시험 볼 때는 커다란 약점으로 작용했다.

덕분에 암산실력은 늘었지만,
삼각함수, 로그 등 특수문자가 나오면 막막했다.
다른 아이들은 계산기를 작동하여 문제를 착착 푸는데

나는 시험지에 깨알 같은 계산흔적을 남겨야 했다.

순간의 즐거움이 졸업할 때까지 3년 동안 영향을 미쳤다.
'왜 계산기를 사지 않고 그러한 고통을 감수했는지'
아무리 생각해봐도 이해가 되지 않는다.

계산기 없이 어영부영 공부해도 취직하는 데 지장 없었다.
지금이라면 엄두도 못 낼 일이다.
우리는 진짜로 복 받은 시절에 태어났다.

2

겸손의 어려움

사람들은 '겸손'을 쉽게 생각한다.
모든 책에는 겸손이라는 단어를 달고 산다.
하지만 겸손할 상황에 맞닥트려서 겸손하려면
대단한 인내와 노력을 요구한다.

시원찮게 직장생활하면서 빌빌대다가
부도난 사업장을 정상화시키는 일에 발탁되어
성공적으로 마무리한 적이 있다.
미운 오리새끼가 화려한 백조로 변신한 것이다.

이후 본사에 들어와 보여 준 나의 행동은 가관이었다.

결재 받을 때 윗사람이 의견을 달면
'내 생각이 옳다'며 빡빡 우겼다.
회의 시 직원들 앞에서 상관을 무안 주었다.
사내를 돌아다니면서도 어깨에 힘이 들어갔으며
회사 일을 혼자 하는 것처럼 기고만장했다.

몇 달이 지나자 후폭풍이 불었다.

회사에 불미스러운 사건이 터졌는데
화살의 방향이 내 쪽을 향했다.
사람들은 삼삼오오 몰려다니며 수군댔다.
나에게는 쉬쉬하고 모두 윗사람에게 매달렸다.

성공하고 돌아오면 곧바로 몸을 낮추어야 한다.
경쟁자들의 견제가 얼마나 심하겠는가!
하물며 설쳤으니 결과는 뻔했다.

사장 표창이 잉크도 마르기 전에
감봉, 견책 등 중징계를 두 번이나 먹었다.
충신이 역적 되는 순간이었다.

그제야 '아차!' 하며 발자취를 돌아보았다.
상관과의 반목은 정보의 부재를 가져왔다.
대변해주는 직원이 없어
마녀사냥으로 억울하게 당할 수밖에 없었다.

재심 청구하여 명예는 회복했으나
이미 당한 징계는 철회가 불가능했으며
책임져야 할 직원이 추가 징계 받는 선에서 끝났다.

이렇게 어려운 겸손을
야구스타 '이승엽'과 축구스타 '박지성'은
어린 나이에도 어찌나 잘 소화하는지 존경스럽다.

겸손이라는 것은 타고나야 한다.
그렇지 않다면 엄청난 노력의 결과로 나온다.
시나리오 짜서 시뮬레이션까지 해야 한다.

공功은 '상대방' 또는 '운'으로 돌려야 한다.
칭찬받으면 자부심과 뿌듯함 등 속내는 감추고
"별것도 아닌데 과대평가 받는다"며
살짝 넘기는 쇼맨십을 발휘해야 한다.

그래야 "야, 저 친구 정말 겸손해!" 소리 듣는다.

평상시에는 각고의 노력으로 겸손한 척할 수 있다.
하지만 술 한 잔 걸치고 긴장이 풀어지면
지금까지 보여주었던 겉 겸손은 슬며시 사라지고
속마음이 표출되어 산통을 다 깬다.

겸손한 상태를 유지하기가 이렇게 힘든데
사람들은 겸손을 너무 쉽게 생각한다.

3

친구에게 부탁

"내 친구는 ㅇㅇㅇ야."라며 자랑하는 사람이 있다.
친구를 빌미로 자신을 올린다.

잘된 친구가 있다는 것만으로도 고마운 일인데
친구에게 뭘 바라는 경우가 있다.
바람이 제대로 이루어지면 다행이지만
안될 때는 실망하기도 한다.

몇 년 전 친구와 통화한 내용이다.

"오랜만이다. 니네 회사 인사과에 ㅇㅇㅇ라고 있냐?"
"모올라, 왜 그러는데?"
"누가 그 사람을 안다고 해서."
"무슨 일로 그러는 거야? 빨리 말해 봐!"
"사실은 은경이가 니네 회사에 입사원서 냈는데,
누가 인사과에 아는 사람이 있다고 해서 부탁하려고."
"야! 그런 것 있으면 나한테 말해야지,
너와 나 사이가 그 정도도 안 되니?"

"그래? 그럼 부탁 좀 하자."

친구에게 우연찮게 청탁하게 되었다.
며칠 후 확인 차 전화 걸었다.

"내가 할 일은 다 했어. 더 이상 할 게 없어!"
친구는 차분한 목소리로 선을 그었다.
자식문제로 더 이상 전화하지 말라는 뜻이다.

전혀 예상치 못한 답변에 할 말을 잊었다.
'수그리' 하고 애원하려다 차마 못 했다.
친구의 돌직구가 괘씸하기까지 했다.

불행히도 딸은 미끄러졌다.
발표일 며칠 지나서 친구한테
"도움 못 주어 정말 미안하다"는 전화가 왔다.

괜히 부탁해서 친구사이만 서먹해졌고
비참하기 짝이 없었다.
"더 이상 할 게 없다"는 친구의 말에 못이 박혔다.

부탁에는 투자가 따라야 한다.
투자비가 많으면 많을수록 결과가 좋다.
친구라며 믿고 공짜로 개기면 후회만 남는다.

'친구니까 알아서 해 주겠지'란 수는 패착이었다.

확인통화 대신 식사하면서 자연스럽게 대화해야 한다.

마지막은 술집에서 확실히 찜해두어야 한다.

먹여야 나오는데 쑥스러워 못 했다.

성공불이라고?

노, 모든 건 선불!

친구란 '접근하기 쉽다'는 것으로 만족해야 한다.

모르는 사람하고는 그러한 자리도 마련할 수 없다.

4

인생살이 팔자소관

며칠 전 '가요 무대' 프로를 보았다.
'조용필'의 '허공'이라는 노래가 나오면서
자막에 '85년도 유행했던 곡'이라는 해설이 붙었다.

'85'라는 숫자가 눈에 꽂히는 순간 가슴이 두근거리며
'그 해에 무엇을 했을까?'를 회상하게 되었다.
기억이 가물가물한 30여 년 전이다.

20대 후반의 '꿈 많은 총각'이어야 했는데
고상한 추억이 서려 있기는 고사하고 공사판을 휘저으며
고스톱 치고, 술 마시고, 깽판 친 기억밖에 없다.

현장에 떴다하면 시공회사 직원들이 모두 굽실대어
자기만큼 출세한 자가 없는 것으로 착각했으며,
귀족으로 태어나서 대우해주는 줄 알았다.

젊은 나이에 완장을 차니 말투가 공격적이고
참을성이라고는 눈곱만큼도 없었으며

'어떻게 하면 상대방을 골탕 먹이냐'만 연구했다.
'놀부 심보'를 차고 다니며 성격이 점점 더 나빠져 갔다.

"옛날에 그러지 않았는데 직장생활 하더니
네 성격이 많이 달라졌구나! 조심하면서 살아야 한다."는
부모님의 충고도 깡그리 무시하며
"다 알아요. 내가 알아서 한다니까요?" 마이동풍이었다.

망나니짓 결과
계장승진시험을 4번이나 치러야 했고
토목기술자임에도 기사자격증을 취득하지 못했으며
알코올 과다섭취로 항상 80㎏ 이상의 비만을 유지했다.

철없던 시절 무절제한 행동에 대하여 통렬히 반성한다.
그 당시 상처받았던 사람들에게 늦게나마 정중히 사죄드린다.
속죄하는 마음으로 살겠다.

만약 30년 전의 젊은 시절이 다시 온다면
술은 취하지 않을 정도로 일주일에 한 번씩 마실 것이며
자기계발을 위하여 빡세게 매진하고
규칙적인 운동으로 몸과 마음을 단련시키겠다.

'됐다, 새끼야, 고만 좀 해라!
네가 아무리 떠들어도 청춘으로 돌아갈 리 만무하고,

설령 그렇다 쳐도 너는 똥개야!'
비위가 상하여 욕지기가 치밀어 올라왔다.

'놀기는 원 없이 놀았어!
시공회사 괴롭히며 꽁술 엄청나게 마셔댔지!
방탕아로 막장까지 간 적이 한두 번이었나?'
노곤한 마음이 안정을 찾았다.

인생살이 모든 것이 팔자소관이다.

5

직장생활의 기억

텔레비전에서 연속극 '미생' 재방송을 보았다.
미생未生이란 바둑에서 사용하는 용어로
완전히 죽거나 완벽하게 살아 있지 않은 상태이다.

살 수도 있고 죽을 수도 있는 미완성 단계를 말한다.
임시직 남자사원이 주인공으로,
실업자도 아니고 정식직원도 아니라는 것이다.

직장생활의 애환을 다소 극단적으로 표현했지만
다양한 형태의 조직문화를 보여주었다.
연속극을 보면서 과거 직장생활이 떠올랐다.

학창시절은 선생님 말씀을 잘 들어야 하듯이
직장생활 할 때는 열정을 가지고
회사 일에 충실해야만 했다.

학생은 공부 열심히 하는 모습이 가장 아름다우며
월급쟁이는 회사를 위하여 와이셔츠 소매 걷어붙이고

고민하는 모습이 매력적이다.
'왜 그 당시에는 그런 생각을 못 했는지?'

열심히 일하면 승진이 자연히 따라오는데
노력은 하나도 하지 않고
인사 때마다 밀린 이유를 남의 탓으로 돌리며
불만으로 지냈던 직장생활이 한심했다.

매일 회사에 출근하면 놀 궁리만 하였고
회사일 보다 개인 일이 앞섰다.
윗사람에 대한 불만투성이로 하루를 보냈고
열심히 일하는 동료에 대한 시기심으로 불탔다.

월급을 꼬박꼬박 챙겨 준 회사에 대하여
고마운 줄 모르고 부모와 같이 당연히 책임지고
나를 평생 먹여 살려야 한다고 생각했다.

이렇게 행동하면서도 중간에 안 잘린 이유가 있다.
다닌 회사가 국영기업체이기 때문이다.

사장이나 나나 똑같은 월급쟁이며
사장은 몇 년 있으면 나가야 할 임시직이고
나는 정년까지 다녀야 할 정규직이므로
내가 주인이며 내 회사였다.

직장생활을 이렇게 했으니 경쟁력이 빵점이다.
퇴직 후 새로운 직장 알아보러 돌아다녔지만,
마땅한 곳이 하나도 없다.
과거를 후회해 보았자 버스는 이미 떠났다.

연속극 대사가 머리에 박혀 지워지지 않는다.

"회사가 전쟁터라고?
밀어낼 때까지 그만두지 마라.
밖은 지옥이야!"

6

나이 먹으면서 길러야하는 습관

동네 '평생 학습관'에서 인터넷 교육을 받는데
컴퓨터에 대한 기본지식이 없어 뒤돌아서자마자 잊어버린다.
진도를 못 따라가 선생님께 매일 지적당하여
스스로 바보가 된 느낌이다.

컴퓨터란 놈이 용케 나이를 알아먹어
혼자서는 아무리 만져도 답을 못 찾고 헤매지만
딸이 작동하면 신기하게도 금세 해결된다.

딸에게 부탁했을 때 곧바로 달려오지 않고
자기 일 다 마치고 한참 후에 나타나
"아빠! 뭐가 또 문제야?" 하는데,
귀찮아하는 모습을 볼 때 속으로 끓는다.

신입사원으로 고생하는 딸의 모습이 안타까워
선배로서 경험담을 들려주려고 말을 걸면
"아빠, 그렇게 할 일이 없어?
내 일은 내가 알아서 할 테니까 아빠 일이나 신경 써!"

하고 매몰차게 대꾸할 때도 화가 난다.

젊은 사람이 나이 든 사람에게
불손하거나 무시하는 태도를 보일 때
참지 못하고 당장 싸울 것 같은 표정을 짓곤 한다.

본인은 이렇게 꼰대 행동하지만 남이 하면 꼴을 못 본다.

전철 안에서 노인들이 나이 먹은 것이 벼슬도 아닌데
노약자석이 아닌 일반좌석 앞에서
자리 양보하지 않는 젊은이에 대한 불만으로
인상 쓰는 모습을 자주 목격한다.
나이 먹은 사람으로서 젊은이에게 미안하다.

망설임 없이 자리에서 벌떡 일어나는 젊은이에게
"괜찮아! 나보다 너희들이 더 힘들지.
걱정하지 말고 편히 앉아 있어."
극구 사양하는 노인을 보면 고개가 절로 숙여진다.

봉사활동을 생활화하고 있는 지인 중 하나는
"앞으로는 주로 아이들을 상대로 활동하겠다."고 한다.
바쁜 시간을 쪼개서 봉사활동 갔을 때
노인들은 당연한 것으로 알고 감사할 줄도 모르며
푸념만 늘어놓고 불만이 많아 찜찜하지만

아이들은 외로움을 달래주는 것에 대하여 고마워하고
다음에 또 와주기를 바라는 그들의 간절한 눈빛을 보면
뿌듯한 감정을 안고 집으로 온다고 한다.

나이 먹을수록 푸근해야 하며
시간이 오래 걸리고 고통이 수반될지라도
남에게 의지하지 않고 홀로 서야 한다.

부득이 신세 질 경우 진정으로 고마워해야 하며
만약 실수를 저지른다면 '배 째라' 하지 말고
잘못을 뉘우치고 즉시 사과해야 한다.
그것도 상대방이 미안해할 정도로 과하게 표현해야 한다.

젊은이에게 먼저 질문을 던지지 말며
그들의 질문에 대한 답만 간단하게 해야 한다.
'나이 먹은 사람이 말이 많다'는 소리를 듣기 때문이다.

자식들이 힘들다며 기대려고 할 때
'이렇게 저렇게 해야 한다'고 장황하게 늘어놓으면 안 된다.
"아빠는 너를 믿는다. 너는 잘할 수 있을 거야!"
격려해주는 것 이외 다른 말은 오직 잔소리일 뿐이다.

이러한 것들이 나이 먹으면서 길러야하는 습관이다.

7

듣는 자세의 미학

상대편이 심각한 표정을 지으면서 말할 때
웃음이 나오는 습관이 있다.
불쾌한 감정을 심어주어 오해를 받는다.

IMF 때 회사에 출근하면 매일 회의를 했다.
사장은 골프가 어쩌고저쩌고 깔깔대다가
회의가 시작되면 금방 심각한 표정으로 바뀌었다.
"회사가 돈 빌릴 곳이 없어 곧 문 닫을지도 모른다."
참석한 간부들을 겁주기까지 했다.

쇼하는 모습이 너무 우스워 피식 웃었다.
웃는 소리가 고요하고 엄숙한 분위기를 깼다.
사장한테 공개석상에서 작살났다.

딸이 말도 안 되는 소리를 해서 웃었다.
"아빠는 사람을 무시하는 경향이 있어!"
나중에 아내가 이 말을 전달하며 조심하라고 했다.

상대방이 아무리 허무맹랑한 말을 할지라도
진정성 있는 태도로 받아들이며 유머로 넘겨야지
냉소적이면 살벌하게 반응한다.

나이 먹은 사람의 냉소는 특히 심하다.
그만큼 세상살이에 대한 경험이 많기 때문이다.
나이 먹을수록 더욱더 냉소적인 태도가
잘못임을 알고 조심해야 한다.

수많은 '성공학' 책에는
말하는 사람의 입장을 충분히 이해하는 자세,
같이 슬퍼하고 기뻐하는 태도를 강조한다.

누구나 그러한 습관이 좋은지 알지만
책만 읽어서는 절대로 습관화되지 않는다.
노력과 훈련이 필요하다.

듣는 자세에 대하여 '미국에 살고 있는 지인'의 말이다.

그녀는 동양인 간호사로 영어를 잘하지 못하기도 하지만
나이 먹어 컴퓨터 다루는 솜씨가 서툴러
언제 병원에서 쫓겨날지 몰라 걱정이 태산이었다.

그러나 오랫동안 병원에 다닐 수 있었다.

병원에서는 실수만 하는 그녀를 해고하고 싶었지만
정작 고객인 환자들이 그녀를 찾았기 때문이다.
그녀의 노하우는 대략 이랬다.

"환자들이 불러 통증을 호소하면
'당신의 고통이 이해갑니다.
얼마나 아프면 그렇겠어요.
내가 도와드릴게요.' 란 마음이 저절로 생겨
어두운 표정을 짓게 되고
자연스럽게 눈가에 이슬이 맺힌다." 는 것이다.

의사소통이 원활하지는 않지만
'진정성 있는 태도'가 환자들에게 감동을 주었다.
'자신의 고통을 이해해 준다'는 것에서
위로가 되고 고맙기까지 한 것이다.

8

천국행 티켓

2013년 2월 패혈증에 걸렸다.
4년 전에 이어 이번에도 똑같은 병이다.

처음 병이 찾아왔을 때는 별 느낌이 없었으나
이번은 가슴에 커다란 상처를 남기고 떠났다.
'이러다가 저세상으로 가겠구나!' 하는 마음이 가득하다.

세상일이 허무해지고
과거에 소중히 여겼던 사연들이 무의미하고
미래의 꿈이 산산조각이 나고
'죽으면 그만인데 뭐!' 하는 생각만 든다.

누가 패혈증으로 사망했다는 소리를 들을 때마다
지울 수 없는 멍에를 지닌 양 숙연해지고,
음주가무와 노류장화 등 세속의 즐거움과 이별하고
건강만을 위하여 도 닦으며 살아야 하는지!
좋은 시절 다 보내고 한심하다.

부모님 내 손으로 묻고 두 딸 시집보내면,
태어나서 할 일 다 했으므로 여한이 없다.
그때까지는 살기 좋든 싫든 무조건 살아야 한다.

죽음이 주변에 있다는 것을 인지하며 산다는 것이
생에 활력을 잃고 우울증마저 일으키지만,
오랜 세월에 걸쳐 죽음과 친숙해지는 것도 괜찮다.
멀쩡하다가 갑자기 죽으면 얼마나 허망할까?
"더 살고 싶다, 죽음이 두렵다." 며 울부짖겠지.

패혈증이 다시 오거나 교통사고 또는 각종 암에 걸려
저승사자가 데리고 가겠다면 어떡하겠는가?
"괜히 왔다 간다." 며 '중광스님'의 어깃장 놓는 소리 대신
'천상병' 시인처럼 "소풍 와서 잘 놀다 갑니다." 며 즐겁게 가야겠다.

어떤 이는 죽음 앞에 당당하기 위하여
'천국행 티켓을 미리 확보하라'는 조언을 한다.
아직은 천국이 있는지 없는지 알 수 없어 망설여진다.

하지만 생의 막바지에 다다르면
천국이 있다고 생각하는 것이 이득이므로
"할렐루야!" 하며 천국행 티켓을 거머쥐고 꼴까닥 해야겠다.

9

경쟁이 심해서 못 해 먹겠다

몇 년 전 지인 덕분에 LH 공사 직원들을 상대로
'부동산 신탁'에 대하여 강의한 적이 있다.
교수님 소리 듣고 두둑한 강의료까지 챙겼다.

쉬는 시간에는 학생들과 대화를 나누었다.
"이렇게 현장과 직결되는 실무교육을 받아야 하는데
회사에서는 엉뚱한 이론교육만 했어요."
불만이 많은 것처럼 보였다.

강의 끝나고 연수담당직원과 커피 한잔 하면서
"강의 내용에 대하여 직원들이 대략 만족한 것 같은데
내년에도 강의하고 싶습니다." 하고 은근히 자랑하자

직원은 "학생들에게 설문조사를 하여
높은 점수 받으면 다시 초빙합니다." 라며 호의적으로 답했다.
다음 해 강의는 떼놓은 당상이었다.

파워 포인트 작성 등 만반의 준비를 했다.

부동산 신탁을 근간으로 하여
'부동산 간접금융' 및 '부동산 시행'까지
부동산에 관한 모든 것을 강의내용에 포함시켰다.

기다려도 연락이 안 와서 LH 공사에 알아보았다.
담당자가 바뀌고 연수원이 분당에서 대전으로 이사 갔단다.
이전에 맺은 관계가 무용지물이 되었다.
새로운 담당자에게 전화 걸었다.

"작년에 '부동산 신탁'에 대하여
두 시간짜리 2회 강의한 윤홍기라는 사람입니다.
저도 토지공사 출신입니다.
계속 강의하고 싶은데 잘 좀 부탁하겠습니다."
"예, 알겠습니다. 나중에 연락드리겠습니다."

답변이 영 시원찮다.
아무리 기다려도 연락이 오지 않았다.
몇 번 전화기를 들었다 놨다 하며 참았다.

강의와 관련하여 지인에게 물어보았다.
"LH 공사에서 강의하려는 사람이 줄 서 있어
직접 만나고 있는 빽, 없는 빽 동원해도 될 둥 말 둥 한데
가만히 앉아서 연락오기 기다리니 말이 되느냐?"
한심하다는 말투의 답변이었다.

객원 교수, 겸임 교수, 특임 교수, 초빙 교수, 석좌 교수 등
앞 글자가 무슨 뜻인지 알 수 없는 교수들이 많다.
교수명함 달기 위하여 **빽**을 동원한 사람이다.

LH 공사 연수담당 본부장에게 문서 보내고
적극적으로 대시하려다 갑자기 만사가 귀찮아졌다.

'싫으면 관둬라!
더럽고 치사해서 안 하겠다.
잘난 놈들끼리 다 해 먹어라…'

10

인생의 첫 번째 기회

오래전 일이다. 지방출장 중에 구례 '화엄사' 근처를 지나갈 때였다. 갑자기 절이 보고 싶어 차를 세웠다. 광주지점장하고 양복입고 구두신은 채로 등산을 했다. 한참 올라가는데 숨이 턱까지 찼다. 조그만 암자 툇마루에 걸터앉아 쉬었다. 갑자기 암자의 문이 열리더니 스님도 아니고 일반인도 아닌 40대 여성이 절복을 입고 나타났다. '온종일 사람 하나 지나가지 않아 말하고 싶어 죽겠던 터에 당신들을 보니 반갑다'는 표정이었다. 그녀는 따끈한 차를 내왔다.

"어디서 오셨어요?"

"서울에서 왔는데요."

"나도 서울인데 반갑네요. 양복 입고 등산하는 모습이 멋지네요. 둘 사이는 어떤 관계인가요?"

"직장 동료입니다."

"두 분은 어느 고등학교 나오셨어요?"

"왜 묻습니까?"

"좋은 고등학교 나온 것 같아서요."

"저는 중대부고 나왔고, 이 사람은 경복고등학교 나왔습니다."

"도대체 중대부고가 뭐요? 어울리지 않게…"

갑자기 머리가 멍해졌다. 고등학교 나온 지 25년이 지났고, 학력 콤플렉스가 항상 주위를 맴돌았는데 절간에 있는 땡중까지도 학교차별을 했다.

중학교 때 남들보다 머리가 늦게 깨어 중간 정도 성적을 유지했다. 목표하는 고등학교에 낙방하여 재수하기로 맘먹었다. 고등학교 재수는 대학재수와 달리 공부의 범위가 한정되어, 어느 정도 노력하고 성실하기만 하면 완벽하게 터득할 수 있기 때문이었다.

1973년 봄! 갑자기 고등학교 입학시험 제도가 폐지되었다. '연합고사'라는 자격시험을 통과하면 로또 당첨번호 결정하듯이 본인이 직접 '뽑기'를 하여 자기가 가야 할 고등학교를 정하는 방식이 채택되었다. 새로운 제도를 도입하려면 유예기간이 있어야 하는데 그때까지만 해도 정부 마음대로였다. 박정희 대통령 아들 '박지만'이가 중3이기 때문이라는 설도 떠돌았다. 하루아침에 목표가 사라졌다. '아무 학교나 들어갈 것을…' 하며 후회했다. 괜히 1년 허송세월한 꼴이었다.

직장생활하면서 '고등학교 동문들이 잘 뭉친다'는 사실을 뼈저리게 느꼈다. 일류고등학교 출신들이 서로 밀어주고 이끌어주었다. 승진이나 주요보직은 그들의 차지였다. 똑같이 술 마시고 깽판을 쳐도 좋은 고등학교 출신에게는 "똑똑한 놈이 왜 그러는 거야?" 하며 고개를 갸우뚱하지만, 나에게는 "맨날 술만 마시고 언제 일하는지 모르겠어!"라며 냉소적이었다. 과거에는 고등학교만 좋은 데 나오면 평생 알겨먹던 시절이었다. 조직사회에 있지 않은 사람에게는 헛소리로 들릴지 모르지만, 직장생활이나 사업할 때 고등학교 학벌은 갖추어야 할 최고의 덕목이었다. 그들은 "형님, 동생, 차렷, 열중쉬어" 등 자기들만의 리그를 형성하고 다른 사람들에게는 폐쇄적이었다. 뽑기로 입시제도가 바뀌었어도 과도기이므로 좋은 고등학교 뽑은 아이들은 그 학교 출신이 되어 선배들이 끌어주었다.

문학작품 저자의 프로필은 최종학력만 간단히 소개한다. 유명한 작가들은 아예 학력을 표시하지 않는다. 고만고만한 작가들이 좋은 학교 나올 경우 고등학교 학력부터 나열하며 자신을 높인다. 그들의 글을 읽어보면 고교동창, 선후배 등 잘나가는 사람들과 어울리는 장면이 자주 등장한다. 이를 접할 때면 "이 좁은 나라를 몇몇 고등학교 동문끼리 다 해 먹어!" 하고 욕이 나온다.

나이를 먹어가면서 학창시절이 그리워진다. 철모른 상태에서 첫사랑도 해 보고, 빈부격차를 따지지 않는 순수한 시절이 고등학교 때다. 하물며 일류고등학교에 다니면서 자부심으로 기세등등했던 사람들은 고등학교시절을 잊지 못하고 항상 그 시절로 돌아가고 싶은 꿈에 사로잡혀 살아갈 것이다. 좋은 고등학교만 나왔더라면 선후배 따져가며 편하게 지냈을 텐데 아쉽다. 입시제도가 시행되어 일류고등학교에 들어갈 기회가 주어졌음에도 불구하고 못 찾아먹었다. 내 인생의 첫 번째 기회를 놓쳐버린 것이다.

11

순간의 잘못이 커다란 변화를 야기했다

고등학교 1학년 때 인생의 전환점이 될 만한 사건이 있었다. 40여 년 전 일이지만 아직도 기억이 또렷하다. 당시에는 시험 볼 때 시간이 종료되면 맨 뒤에 앉은 아이가 그 줄의 답안지를 걷어서 시험감독 선생님에게 제출했다.

눈이 나빠 앞에 앉았는데 답안지 회수하는 아이가 내 책상 앞에서 자기 답안지를 습관적으로 수정했다. 모르는 문제가 있으면 빈칸으로 남겨놓고 답안지 걷으면서 공부 잘하는 아이들의 답을 확인하고 자기 답안지에 정답을 기입하는 것이었다.

상대방의 부정행위가 자주 목격될수록 그 아이의 잘못을 지적해 주는 것이 아니라 괜히 손해 보는 느낌이었다. 나도 끼어들어야 했다. 2학기 중간고사 영어시험이었다. 그날도 맨 뒤의 아이는 내 앞에서 정답을 적어 넣었다. 그 아이에게 말을 걸었다.

"3번 문제 괄호 넣기에 뭐가 들어가니?"
당연하다는 듯이 다그쳤다.
"서치"
그는 주변을 살펴보며 조그만 목소리로 잽싸게 말했다.

"뭐라고? 스펠링?"

"에스 유 씨 에이치"

어수선한 분위기에서 정신없이 답안지를 적는 순간 선생님께 걸렸다. 선생님은 시험지를 빼앗으며 "너희 둘 다 교무실로 와!"란 말을 남기고 사라졌다. 전광석화와 같이 벌어진 일이라 꿈인지 생시인지 정신이 아득했다. '부모님이 아시면 어떻게 할까?' 하는 고민이 제일 먼저 스쳐갔다.

교무실 귀퉁이 차디찬 콘크리트 바닥에 무릎 꿇고 앉아 있었다. 지나가는 선생님마다 "얘들, 왜 여기 있어요?" 하고 큰 소리로 물어보았다. 선생님들은 "커닝하다가 들킨 아이들이에요." 소리를 듣자마자 "남의 것 봐가면서까지 성적을 올리고 싶었냐?"며 커다란 출석부로 머리통을 한 대씩 갈기고 지나갔다. 답을 알려준 아이는 억울하다는 표정으로 옆에서 계속 울고 있었고, 나는 '재수 옴 붙었다'며 똥 씹은 얼굴이었다. 사실은 그 아이가 습관적인 '커닝 환자'이므로 큰 벌을 받고, 나는 처음 시도하다가 걸린 것이므로 정상이 참작되어야 하는데 겉으로는 내가 얌전한 아이를 겁주어 부정행위 한 학생이 된 것이다.

커닝이 발각된 결과는 너무 가혹했다. 영어시험을 포함하여 다음 날 시험과목까지 모두 '0점 처리' 하여 3과목이 0점으로 전교에서 꼴등이었다. 담임선생님께서 부모님 모셔오라고 하여 모욕을 당했다. 더욱더 2주 유기 정학이라는 징계가 뒤따를 것이라는 통보도 받았다. 담임선생님한테 강력히 항의했다. "제가 잘했다는 것은 아닙니다. 커닝한 것은 잘못입니다만, 어린 학생에게 따끔하게 야단치고 용서를 베풀어야지 2주 정학은 전과자로 만들어 인생을 망치는 것입니다." 지금 생각해봐도 말을 잘했다. 선생님께서는 난감한 표정이었지만, 뾰족한 대안을 내놓지 못했다.

며칠 지나자 선생님께서 교무실로 호출했다. "마침 좋은 기회가 왔다. '통학거리가 먼 학생이 집 가까운 곳으로 전학을 원할 경우 학교를 옮겨주라'는 교육청 공문이 접수되었다. 너는 집이 '영등포'니까 교육청 조건에 해당된다. 다른 학교로 전학가면 유기정학을 면할 수 있다." 선택의 여지가 없었다. 곧바로 '명지고등학교'에서 '중대부속고등학교'로 전학했다.

중대부고 교무실에 가서 학생과장님한테 인사드렸다. 게슈타포같이 삐쩍 마르고 다부지게 생긴 과장님은 내 서류를 보고 고개를 갸우뚱했다.

"너 왜 전학 왔어? 그 학교에서 사고 쳤어?"
"아니요? 집이 멀어서 가까운 곳으로 옮긴 겁니다."
"그런데 왜 이번 중간고사에 세 과목이나 빵점이야?"
"예, 갑자기 몸이 아파 시험을 안 봐서 그렇습니다."
"그리고 너 왜 건방지게 안경테를 금테로 한 거야?"
"저번 학교는 안경테 가지고 뭐라고 안 하던데요?"
"이거 완전 문제아가 왔구먼. 선생님들 이 아이를 누구 반에 넣을까요?"

간신히 반 배정을 받았다. 담임선생님은 나이 지긋하시고 이웃에 쌀집 아저씨같이 생긴 음악선생님이셨다. 모든 선생님들이 싫다고 하니 할 수 없이 떠맡은 것이다. 한순간의 잘못이 이렇게 커다란 변화를 낳을지 몰랐다. 나중에 알아보니 나에게 답을 알려 준 아이는 2주 유기정학을 당했다.

새로운 학교는 저번학교와 비교할 수 없을 정도로 엉망이었다. 저번학교는 쉬는 시간에 학생들이 조용히 다음과목을 준비하며, 옆에 아이하고 이야기할 때도 주변에 방해되지 않도록 조그만 목소리로 속삭였는데 새로운 학교는 난장판이었다. 쉬는 시간에 공부는커녕 아이들이 책상위로 걸어 다니고 소란스러워 정신을 차릴 수가 없을 정도였다. 명지고등학교에서는 입학성적이 우수하여 '우 반'에 뽑혔으나, 중대부고에서는 기피학생으로 지목하여 '돌 반'으로 떨어뜨렸다. 그 당시 고등학교 진학은 연합고사에 합격한 자에 한하여 컴퓨터 추첨으로 학교를 배정하였으므로 같은 고등학교라도 학생들의 수준 차가 그 정도로 심했다.

지금이야 재미있는 추억으로 미소 지을 수 있지만, 그때는 인생이 어떻게 흘러가는지 모를 정도로 혼란스러웠다. 커닝사건이 내 인생에 어떤 영향을 미쳤는지는 모르겠다. 고등학교 때 오직 공부에만 매진해야 할 상황에서 이렇게 산전수전 다 겪으며 엉뚱한 데 에너지를 소비했으니 대학진학에 영향을 미친 것은 사실이다. 하지만 고등학교를 두 군데 다녀서 학교친구가 더블이 되고, 지나온 삶이 잘 먹고 잘살았던 것을 보면 전학이 잘못된 선택이라고 할 수는 없다. 세상 모든 이치가 잃은 것이 있으면 얻은 것이 있기 때문이다.

12

후회로 점철된 대학시절

"아빠 대학교 때 학점이 얼마야?"
"평점이 1.5 정도 되나?"
"도대체 공부 안 하고 뭐 했어?"
"우리 때는 학점 같은 거 하나도 신경 안 썼다."
"그래도 취직이 돼?"
"졸업만 하면 어디든 갔지."
"아빠는 정말 좋은 때 태어난 줄만 알아!"
모든 사람은 자기가 가장 불행한 시기에 태어난 줄 안다.

인생에 있어 제일 좋았던 시절을 꼽으라면 당연히 대학시절이다. 호
주머니에 돈 있으면 쓰고 없으면 말고, 딸린 식구 없어 '책임감'이라는
단어와 관계없고, 술 먹고 실수해도 크게 흠이 되지 않았다. 수업을 빼
먹어도 무사태평이요, 성적이 불량해도 펑크만 안 나면 걱정할 일이 없
었다.

새 학기가 시작되어 학교정문을 들어서면 교내 방송 반에서 틀어주
는, 성악가 '엄정행'의 '비목'이나 '봄 처녀'가 스피커를 통하여 울려 퍼지
고, 젊은 남녀 학생들이 줄지어 활기찬 걸음으로 교정을 가로질러 각자

의 단과대학으로 들어가던 모습이 떠오른다. 빈 강의시간에는 같은 과 친구들과 잔디광장에 편하게 앉아 지나가는 여학생의 패션을 감상하면서 전날에 있었던 각자의 연애담으로 분위기를 띄웠다. 나른한 5월 봄날 꽃향기가 진동할 때 '일감호'가 한눈에 들어오는 언덕에 누워 따뜻한 햇볕을 즐기다가 벌떡 일어나 거침없이 '헨델'의 '라르고'를 목청껏 불렀던 기억, 늦가을 고즈넉한 캠퍼스에 낙엽 질 때 '삶의 의미'에 대하여 심각한 고민에 빠졌던 낭만 등 가슴 떨리는 추억이 깃들던 시절이었다.

그 당시에는 일단 대학문턱만 들어서면 해방되어 노는 게 일이었다. 갑자기 너무 많은 자유를 넘겨받아 써먹는 방법을 몰랐다. 뒤돌아보면 대학시절의 기나긴 세월 동안 무엇을 하며 보냈는지 딱 부러지게 생각나는 게 없다. 남들처럼 학문에 몰두했다든지, 학생운동에 가담하여 파릇파릇한 좌파의 매력을 경험했다든지, 동아리 활동을 열심히 하여 네트워크를 쌓았다든지, 아니면 열렬한 연애질이라도 하면서 사랑기술을 습득하든지 등등 아무리 생각해 봐도 젊고 패기만만한 4년 동안 뭘 했는지 모르겠다.

공부는 애당초 취미가 없어 거리를 두었으며, 데모는 겁이 많아 뒤꽁무니에서 웅성거리기만 했고, 동아리 활동은 게으름이 문제였다. 연애는 가장 선호하는 종목이었으나 학벌과 인물이 받쳐주지 않았다. 오직 주당들과 함께 어두컴컴한 술집에 모여 노가리 풀며 낮이나 밤이나 퍼마시는 것이 대학생활의 전부였다. 하루는 친구하고 '술내기 시합'하다가 길바닥에 쓰러져 망신당한 일도 있었다. 축제기간에도 파트너 없이 친구들하고 술 마시며 고독을 달랬다.

하지만 꿈은 있었다. 매일 밤에 자면서 상상의 나래를 폈다. 독일 '하이델베르크 대학'으로 유학 가서 고풍이 창연한 도서관에 앉아 공부하는 장면을 그려보고, 국회의원이 되어 많은 사람들 앞에서 봉사(?)하는 모습을 떠올리고, 돈 많이 벌어 아름다운 여인과 멋진 집에서 맛있는 음식 먹으며 재미나게 인생을 즐기는 등 허무맹랑한 꿈에 젖어 잠을 설치곤 했다. 낮에는 일류대학에 대한 콤플렉스로 자신의 처지를 비관하면서 부족한 것을 채우려는 노력 없이 술을 벗 삼다가, 밤에는 술에 취하여 몽롱한 상태로 잠자리에 들었다. 아침에 일어나면 술이 덜 깨어 매스꺼운 속을 간신히 달래며 책가방 들고 집을 나섰다.

이것은 꿈이 아니라 현실과 동떨어진 망상이다. 요즘 게임하면서 밤을 새우는 아이들과 마찬가지다. 한번 엎어지면 거의 회복할 수 없는 냉엄한 현실과 달리 용감무쌍하게 싸우다가 장렬히 전사하면 다시 살아나고, 실수해서 망치면 다시 시작하는 사이버 공간의 매력에 빠진 것과 같다. 환상만 좇다가 깨어날 때쯤 되니까 졸업이 다가왔다. 신입생에게 떠밀려서 학교를 나와 사회에 내동댕이쳐졌다. 동시에 청춘도 시들어갔다.

무언가 미치도록 매달려서 이룩한 희열을 한 번도 경험해 보지 못한 대학시절이 후회스럽다. 주어진 절대의 자유를 마음껏 누리지 못하고 불만으로 가득 찼던 시절을 생각하면 마음이 아프다. 너무나도 소홀히 써버린 그때 그 시절에 대한 회한이 가슴을 헤집는다.

13

생명의 소중함을 새기며

'이사미 이쿠요'라는 일본작가가 쓴 《알을 품은 여우》라는 동화 줄거리다.

어느 날 여우는 커다란 나무 아래에서 새알 하나를 발견했다. "이게 웬 떡이냐?" 여우는 한입에 먹으려다 말고 생각했다. '이렇게 알 하나를 먹는 것 보다는 이 알을 품었다가 알에서 나온 새끼 새를 잡아먹는 것이 더 맛있겠지?' 여우는 나무 아래에 둥지를 만들고 새들처럼 살며시 알을 품고 앉았다. 비가 올 때나 바람 불 때나… 드디어 어느 날 알이 톡 하고 금이 가기 시작했다. 여우가 기뻐서 알을 콕콕 쪼았고, 동시에 '삐약삐약' 소리를 내며 새끼 새가 껍질을 깨고 나왔다. 여우가 맛있게 먹으려는데, 문제가 생겼다.

새끼 새가 여우더러 "엄마, 엄마" 하는 것이었다.
"엄마, 배고파요."
"나는 네 엄마가 아니야."
"거짓말 마요. 울 엄마가 틀림없는걸요. 엄마 배고파요."
난처해진 여우는 새끼 새의 먹이를 찾아 줄 수밖에 없었다.

새끼 새는 그럴수록 더욱 여우를 따르며 "엄마, 엄마" 했다. '에라 모르겠다.' 생각한 여우는 새끼 새 잡아먹기를 포기하고 숲 속으로 도망갔다. 그런데 여우한테 이상한 일이 일어났다. 새끼 새가 보고 싶어진 것이다. 이리 누워도 저리 누워도 새끼 새의 울음소리가 들리는 듯하였다. 여우는 결국 새끼 새의 둥지가 있는 큰 나무 아래로 발걸음을 옮겼다. 멀리서 여우를 발견한 새끼 새가 "엄마, 엄마"를 부르며 달려왔다. 여우와 새끼 새는 푸른 풀밭에서 얼싸안고 뒹굴었다. 들꽃 잎이 살랑살랑 새끼 새와 여우의 머리 위를 날렸다.

우리 집의 검은 고양이가 어엿한 식구로 대접받은 지도 어언 2년이 되었다. 처음에 징그러워서 똑바로 쳐다보지도 못했는데 이제는 집 안에 둥실둥실 떠다니는 고양이털을 지저분하게 생각하지 않고 후후 불면서 자연스럽게 어디에 가라앉기를 바라는 여유마저 생길 정도로 고양이와 친밀해졌다. 고양이를 키우면서 많은 변화가 왔다. 평소 투박한 말씨만 뿌려대던 아내도 고양이에게는 소녀 목소리로 다정다감하게 말을 걸었다. 고양이는 가족들에게 공통적인 화젯거리를 제공해주고 웃음꽃이 피게 하는 분위기 메이커다.

고양이는 메말랐던 마음을 촉촉하게 해 주었다. 예전에는 고양이가 나를 공격할 것 같아 잔뜩 긴장하였는데, '사람하고 친해지고 싶지만 무서워서 접근하기를 망설이는 것'이 고양이의 심정이라는 것을 알았다. 고양이는 자기를 해치지 않으면 덤비지 않으며 조그만 소리에도 놀라서 도망가는 소심증 환자였다. 과거에는 길고양이를 보면 소름이 끼칠 정도로 싫어서 커다란 모션으로 쫓아 버렸으며, 쥐나 고양이가 옆을 지나갈 때 깜짝 놀라곤 했다. 그러나 지금은 '걸음아 나 살려라'고 잽싸게 도망가는 쥐의 마음도 이해할 것 같고, 어슬렁어슬렁 눈치 보며 지나가는 고양이는 귀여운 느낌마저 들어 다가가고 싶을 정도로 변했다.

하지만 주변사람들에게 "고양이를 키우니까 집에서 큰 소리가 사라졌다. 마누라하고 싸울 때도 고양이가 놀랄까 봐 조용조용 말한다."며 고양이 키우는 재미를 이야기하면 '듣기 싫다. 징그럽다. 고양이 이야기 하려면 돈 내고 해라' 등등 비난이 쇄도한다. 개는 몰라도 고양이는 아직 일반인들에게 혐오의 대상인 모양이다.

인도 여행 중 길거리를 다니면서 주인 없는 소가 쓰레기통을 뒤지거나 태평하게 누워있는 모습을 종종 보았다. 개·돼지가 소리 지르며 날뛰고, 지붕 위에서는 원숭이 떼가 지상에서 벌어지는 아수라장을 감시하면서 무언가를 노렸다. 인간과 동물이 함께 살며 서로 간에 자유를 누리고 터치하지 않았다. '스티브 잡스'가 인도에서 영감 받은 이유가 이런 모습 덕분인지도 모르겠다.

고양이를 키우면서 '생명이 소중하다'는 진리를 가슴에 새겼다. 뜨거운 냄비 속으로 들어가며 몸부림치는 낙지를 보고 '싱싱한 해물이다' 하는 생각 이전에 '고통 받는 낙지의 아픔'이 전달되었다. 숲속의 떡갈나무가 '벌목꾼이 지나갈 때는 오금이 저려 하지만, 모차르트를 틀어주면 춤을 춘다'는 사실도 알았다.

밤새 모기가 앵앵거린다. 뺨따귀를 때리며 쫓아내지만, 여지없이 사이렌 소리를 내며 얼굴로 접근한다. 도저히 잠을 이룰 수가 없다. 불을 켜니 모기 한 마리가 천정에 붙어 있다. 파리채를 잡고 노려보다가 차마 죽이지 못하고 문밖으로 쫓아냈다. 내가 지금 뭔 짓거리 하는 거야?????

.V.

추억 속의 그림자

1

결혼은 인연이다

신입사원 때 전라남도 광주에서 근무했다.
나이가 결혼 적령기에 접어들면서
선을 보게 되었는데 여간 고통이 아니었다.

서울과 광주의 처녀들과 수없이 선을 보다가
지금의 아내를 84년 광주의 한 커피숍에서 만났다.
서로 맘에 안 들어 헤어졌다.

수많은 신붓감 공급에도 골인을 못 하자
뜬금없이 중매쟁이가 아내의 근황을 전해주었다.
"총각을 못 잊어 다른 곳에 선도 안 본대!"

이 말은 신선한 충격을 주었다.
겨우 한 번밖에 안 보았는데
나같이 별 볼 일 없는 인간을 못 잊어 하다니…

그 여인이 갸륵하기 이를 데 없었고,
선보러 서울까지 왕래하는 것이

너무 고통스러워 종지부를 찍고 싶었다.

2년 만에 아내를 다시 만나 다짜고짜 결혼 신청하였다.
그녀는 당황한 표정을 지으며 어쩔 줄 몰라 했다.
중매쟁이 말과 다른 느낌이었다.
'내숭 떨기는…'

며칠 지나 양가 부모가 만났다.
쌍방이 맘에 안 든다며 없던 일로 하자고 했다.
연속극에서 나오는 일이 벌어진 것이다.

결혼을 제안한 당사자로서 무책임하지만
부모의 반대를 무릅쓰며 결혼하고 싶지는 않았다.
복잡한 심경을 달래려고 본사근무를 신청했으나
불행히도 발령이 나지 않았다.

우여곡절 끝에 우리는 결혼했다.
결혼하자마자 아버지가 직장을 서울로 옮기고
이어서 나도 본사로 올라왔다.

"이제는 내가 큰소리 좀 치고 살 테니까,
참는 사람의 심정도 이해를 해 봐!"
소리 들으며 아내와 30년 넘게 살고 있다.

얼마 전에 새로운 사실을 알았다.
아내와 부부 싸움 하다가 불쑥
"그래도 당신은 나하고 결혼해서 원 풀었잖아!" 하고
중매쟁이 말을 꺼내자 아내는 기겁하며,
"당신이 나를 못 잊는다고 안 했어?" 한다.

이것 참! 물릴 수도 없고 골 때린다.
중매쟁이가 아내 집에 가서는
남자가 여자를 못 잊는다고 하고
우리 집에 와서는 거꾸로 말한 것이다.

인연이란 어쩔 수가 없다.

아버지 직장근무지라는 사실 외에
연고가 전혀 없던 광주에서 총각시절을 보낸 것,
협상의 달인 중매쟁이의 능청맞은 농간(?),
상사에게 요구한 인사이동 묵살 등 모든 것들이
아내와 함께 살라는 운명이었던 것이다.

2

내 인생의 황금기

'내 인생의 황금기'는 '40대'였다.
40세에 사업팀장으로 순조롭게 승진했고
'IMF 환란기'를 경제적 고통 없이 무사히 넘겼다.

악성민원을 처리하면서 '해결사'라는 별명도 얻었고
어려운 사업을 맡아 무리 없이 끝마쳤다.
바쁜 와중에 대학원을 졸업할 정도로
열정 넘치던 행복한 시절이었다.

그때를 생각하면 흐뭇하다.
가수 '이선희'의 노래가사처럼
'내 생에 이처럼 아름다운 날이 또다시 올 수 있을까요?'
미래를 떠올려보면 그럴 것 같지 않다.

몸은 알코올로 망가져 건강에 빨간 등이 켜지고
오랜 백수생활로 인하여 자신감이 사라졌으며
무엇을 하고 자하는 욕망이 없어졌다.

도대체 왜 사는지 모르겠다.
아침에 눈 뜨면 이불 속에 누워서
'오늘은 무엇을 하며 보내나?'를 고민한다.

저녁에는 '또 하루가 지나갔구나,
이렇게 나이 먹다가 병 걸려 죽겠지!' 허무에 빠진다.
정녕 내 인생의 황금기는 끝난 것일까?

꿈을 가지고 살아야 하는데,
황금기는 아직 오지 않았다고 생각해야 하는데,
과거의 추억만 되새기며 한숨만 내쉬는 것이 슬프다.

깨어나야 한다.
무엇인가 목표를 정해야 한다.
희망가를 불러야 한다.

이 나이에 다시 황금기를 꿈꾸는 것은 우습다.
하지만 가치 있는 삶을 보낼 수가 있다.
지금 감당할 만한 꿈을 가지고
하루하루 이루어가는 맛을 느끼면서
차곡차곡 쌓이는 기쁨을 누리며 살아야겠다.

경제활동과는 이별을 고하고
연인을 만들어 사랑을 키워가며

건강한 신체를 유지하기 위하여 운동을 하자.

그러면 딸은 어떻게 시집보내며 노후대책은?
말년에 로맨스그레이 찾다가 집에서 쫓겨나면 어쩌려고?
술 없는 인생을 산다는 것이 말이 되나?

마음만 굴뚝같고 실행에 옮기려니 걸리는 것이 너무 많다.
황금기는 무슨?
모든 게 부질없는 짓!
그냥 이렇게 살다가 갈 때 되면 가리라…

3

여자의 마음

젊은 세대들은 웃을지 모르겠지만
80년대까지만 해도
남녀 간에는 지켜야 할 도리가 많았다.

그중 여자의 마음을 빼앗는 것은 큰 죄가 되었다.
한 총각이 입사하자마자 세상물정을 모른 채
산골짝 공사현장에 발령받는다.

현장은 다양한 업무를 홀로 처리하므로
업무보조 여직원을 현지에서 채용해야만 한다.
이때 총각과 현지 여성의 로맨스가 도마 위에 오른다.

타 지역에서 파견 나온 총각은
새로운 환경에 적응을 못 하여 외롭다.
교통편이 열악하여 휴일에 집에 가기가 버겁다.

도시총각의 눈에는 여직원이
한 떨기 장미꽃처럼 아름답기 그지없으며

시골여성이어서 착하고 순박하기까지 하다.

두 사람은 항상 붙어서 일을 하다 보니
서로 아껴주고 나중에는 정도 든다.
처녀의 부모님은 푸근한 마음으로 둘을 바라보면서
씨암탉도 잡아주며 사위대접을 하려고 한다.

이렇게 해서 술 한 잔 먹고 손이라도 잡으면
그때부터 상황이 묘하게 흘러간다.
여성은 총각의 그런 행동을
사랑의 표현으로 생각하고 깊은 고민에 빠진다.

이 정도로 끝나면
아름다운 한 편의 드라마쯤으로 여길 수 있지만,
일이 꼬이면 손잡는 것보다 더 진전된 사건이 벌어진다.

여기서부터 드라마가 슬슬 막장으로 변질한다.
여성은 이 일을 부모에게 알리고,
부모는 '책임'이라는 무거운 말을 총각에게 전한다.

총각이 남자로서 당당하게 받아들이면 간단한데
'결혼하면 손해 볼 것 같다'는 얄팍한 생각으로 버티다가
사태는 급속도로 악화한다.

나중에는 직장 상사의 귀에 들어가고
회사에서 문제아로 찍히며
직장생활 지속여부에 대한 선택을 강요받는다.

총각 입장에서 보면 여직원을
귀여운 동생처럼 여기고 싶었는데,
아니면 지나가는 풋사랑 정도로 생각했는데,
평생 모시고 살아야 한다니 억울하기 짝이 없었다.

그저 한 여성의 마음을 건드렸다는 죄가
그때는 무척이나 컸다.

4

명절의 추억

명절이란 우리에게 어떤 의미로 다가오는가? 삶의 활력소를 불어넣는 날인가? 아니면 고통스러운 날인가? 나이를 먹고 세월이 흐르면서 명절에 대한 풍속도가 많이 달라졌다.

어렸을 때 명절이 다가오면 제일 먼저 이발소에 들러 머리를 잘랐다. 키가 작아 의자 팔걸이에 널빤지를 깔고 그 위에 앉아서 깎았다. 앞머리는 이마를 가지런히 덮고 옆머리와 뒷머리는 짧게 추어올린 상고머리가 사내아이들의 공통된 헤어스타일이었다. 다음에는 아버지와 형과 함께 대중목욕탕에 갔다. 당시만 해도 돈 주고 목욕하는 경우가 드물어 명절날 목욕탕은 사람이 가득하여 발 디딜 틈이 없을 정도였다. 탕 속이 사람 반 물 반이었으며 더러운 물속에서 묵은 때를 벗겼다. 이발과 목욕은 명절을 맞이하기 위한 기본자세였다.

어머니는 명절 음식을 며칠 동안 장만했다. 부침개, 잡채, 도라지, 고사리 등 평상시에 먹지 않는 음식을 풍성하게 만들었다. 가족들이 상을 놓고 빙 둘러앉아 송편을 빚었다. 송편 속은 깨와 콩을 넣었는데 달짝지근한 깨 넣은 것만 골라먹으려고 했고, 콩 넣은 것 먹다가 뱉으면 혼날까 봐 꿀꺽 삼켰다. 아버지는 명절 전날 저녁에 항상 종합 선물 세트를 가지고 오셨다. 그 속에는 치약, 비누, 조미료 등 없는 게 없었다. 여러 종류의 과자가 들어있는 선물세트도 있었는데 시골에 계신 할아버지 드린다고 개봉도 하지 않은 채 벽장 속에 고이 간직했다. 그 당시는 물자가 부족한 시절이라 포장만 그럴듯하고 내용물이 부실한 종합세트가 유행이었다.

추석날에는 햅쌀밥에 무를 듬성듬성 썰어 넣은 쇠고깃국을 배불리 먹었으며 설날은 반드시 떡국을 먹었다. 식사 후 친구들이 불러서 밖에 나와 보면 동네 아이들이 한결같이 새 옷을 입고 다녔다. 맨날 물려받은 옷을 입다가 명절만은 옷이나 신발을 새로 샀다. 새 옷은 으레 자기 몸보다 큰 치수이므로 입으면 헐렁거렸으며 새 신발도 커서 질질 끌고 다녔다. 온종일 아이들과 구슬치기, 딱지치기, 다방구 하며 놀다가 해가 뉘엿뉘엿 질 때 집에 가면 새 옷을 버렸다고 어머니한테 혼나곤 했다. 저녁밥 든든하게 먹고 다시 밖으로 나와 동네아이들과 골목을 몰려다니며 폭음탄을 터트렸다. 화약에 불을 붙인 후 대문 앞에 훌쩍 던지고 도망가 숨어서 터지는 소리를 들었다. 대문 안에서 깜짝 놀라 "야, 이놈들아!" 소리 지르는 어른들의 목소리를 들으면 어찌나 통쾌했던지!

학창시절에는 학교 안 가고 집에서 노니까 그저 좋았다. 명절 바로 다음이 중간고사이므로 공부계획을 잔뜩 세우지만, 텔레비전에서 방송되는 외국인 노래자랑, 씨름 대회 등 명절 특집쇼나 스포츠, 특선영화를 보면 어느새 하루해가 저물었다. 책 한 장 안 보고 명절 후유증으로 명한 상태에서 시험을 보니 성적은 항상 개판이었다.

직장생활 하면서 맞이하는 총각시절의 명절은 지금까지와 달랐다. 가족과 함께할 이유가 없었다. 신입사원 때는 윗사람 눈도장 찍으러 다

녔으며 지방이 고향인 직원들을 대신해 숙직을 도맡아했다. 고참 시절
에는 옆 직원과 비교하여 '누가 선물을 더 받나?' 신경이 쓰였다.

결혼한 이후 명절은 아내와 아이들을 데리고 본가에 가는 것에서 시
작한다. 이제 어른이므로 아버지 따라 큰집 제사에 참석하고 사촌들과
교류했다. 본가에 머물면서 윷놀이나 고스톱 치며 부어라, 마셔라 했다.
집에 돌아와 몸무게를 재면 2kg은 족히 늘었다. 아내는 죽을 맛이었겠
지만, 어쩔 수 없었다. 어느 집이나 며느리는 모두 그렇게 했기 때문이
다. 요즘 명절은 본가에서 하루 보내고 그날 집으로 온다. 찾아오는 손
님이나 인사드릴 사람이 없다. 연휴가 길어 지루하게 보낸다. 답답해서
밖에 나가 드라이브나 하려고 하지만 교통 체증 때문에 포기하기 일쑤
다. 문 닫은 식당이 많아 외식은 엄두도 못 낸다. 상대적 박탈감으로 명
절이 더 외롭다.

젊은이들의 명절에 대한 인식도 달라졌다. 정성을 다해 지내는 제사
나 친지들과의 교류 등 명절 고유의 전통과 풍습은 점점 사라지고 있
다. 명절 연휴 기간이면 호텔리조트 캠프장의 빈방 구하기가 하늘의 별
따기며, 인천공항은 해외여행을 즐기는 사람들로 북새통을 이루고 있는
실정이다.

살아가면서 명절에 대하여 느끼는 감정을 떠올려보았다. 과거에는 새
해가 시작되어 달력을 처음 대하면 명절이 언제인지 토요일이나 일요일
이 끼어 있는지 확인하고 그날만을 기다리며 살았다. 명절이 지나면 '다
음 명절까지 어떻게 기다리나?' 무거운 마음이었다. 그 당시의 명절은
서민들의 삶에 있어 청량제 역할을 했다.

5

크리스마스이브

'크리스마스이브'는 아기 예수가 탄생한 '크리스마스'의 전날이다. 기독교 신자라면 자기가 믿는 분의 생일이니까 뜻 깊은 날이다. 교회나 성당을 찾아 경건한 마음으로 성탄절 축하기도를 올려야 한다. 그런데 기독교 신자도 아니면서 크리스마스가 다가오면 괜히 마음이 설레는 이유가 무엇일까? 젊은 시절 크리스마스의 기억을 되살려 보았다.

고등학교 때 시골 외갓집에 놀러 가 크리스마스이브를 보낸 적이 있다. 동네 빈집 한 채를 빌려서 남녀학생 5명씩 짝을 맞추어 놀았다. 막걸리에 취한 상태로 카세트테이프 틀어놓고 알리고고(한쪽 손가락 두 개를 펴서 얼굴 위로 벗겨 올리면서 반대쪽 다리를 뒤로 빼는 춤)를 신나게 추었고, 다이아몬드 스텝 밟다가 어질어질하여 밤새 오바이트를 했다. 연신 뻐끔담배로 연기를 뿜으며 폼도 잡아보고, 새벽에는 좁은 방에서 모두 칼잠 잤다. 평소 학생으로서 하면 안 되는 행동을 어른들이 모두 이해해 주는 줄 알았다.

'크리스마스이브니까!'

신입사원 때 일이다. 크리스마스용 미팅을 했다. 첫 대면인데도 금방 친해졌다. 상대방의 인물이나 직장 등을 따질 필요가 전혀 없다. 오늘

하루의 만남이기 때문이다. 저녁식사 후 술 한 잔 더 먹고 나이트클럽으로 향했다. 경쾌한 디스코 리듬에 맞추어 파트너를 마주보며 춤추고, 컴컴한 분위기에 슬로 템포의 서글픈 발라드가 나올 때는 용기 내어 파트너를 꼭 끌어안고 블루스도 땡겼다. 새벽에 헤어지기가 아쉬워 만약 여관에 빈방이 있다면 들를 기세였다. 그날의 행위는 예수님께서 모두 용서해 주는 줄 알았다.

'크리스마스이브니까!'

우리의 젊은 시절 크리스마스는 특별한 날이었다. 12월에 들어서면 거리 풍경도 달라졌다. 대형스피커를 통하여 빠른 템포의 '징글벨'과 감미로운 목소리를 가진 남자가수 '빙 크로스비'의 크리스마스 캐럴 등이 분위기를 띄우고, 화려한 크리스마스트리 장식과 네온사인이 깜깜한 겨울밤을 달구었다. 자선냄비 앞에서 딸랑이를 흔드는 구세군 아저씨는 크리스마스의 양념이었다. 지금이야 통행금지가 없지만, 그 당시는 자정이면 야간 통행금지가 시행되어 거리에 개미 새끼 하나 지나가지 않았다. 그런데 유독 크리스마스이브에는 통행금지가 해제되어 젊은이들의 마음을 들뜨게 했다. 그날은 반드시 밤을 새워야 하고 이성을 만나는 것이 당연했다. 여관이 일찌감치 매진되어 방값이 두 배며 크리스마스 베이비가 탄생해 어쩔 수 없이 결혼하는 커플도 많았다. 이런 날에 약속이 없는 사람들은 집에서 텔레비전으로 '크리스마스 특집 쇼'를 보며 자신의 신세를 한탄하다가 친구로부터 "미팅 펑크났으니까 메꿔달라거나, 나도 외톨이니 같이 서러움을 달래자"는 전화를 받으면 '이게 웬 떡이냐?' 하며 득달같이 달려가곤 했다. 크리스마스이브를 홀로 보낸다는 것은 불행 중 가장 큰 불행이었다.

몇 년 전 싱가포르에서 크리스마스이브를 보냈다. 이 나라는 국민들 대부분이 불교와 이슬람 신자인데 크리스마스 행사로 도시가 마비될 정도였다. 차도는 차량이 통제되었고 보도는 모든 시민이 거리로 나와 움직일 수 없을 정도였다. 백화점에서는 크리스마스 세일을 대대적으로 실시하였으며, 아기예수 탄생장면을 재현하는 마구간 천장에는 선풍기가 돌아가고 있었다. 여름의 크리스마스가 기이한 모습으로 다가왔다. 크리스마스는 기독교인이고 아니고를 떠나서 전 세계적으로 커다란 대목인 것이 분명했다.

1997년 IMF 환란 이후로 크리스마스 캐럴이 들리지 않고 자중하는 분위기가 시작되더니 요즈음 크리스마스는 너무 조용하다. 젊은이들이 세상살이가 각박해서 그런지 크리스마스의 낭만을 잊어버리고 사는 듯하다. 그들은 여러 사람이 모여서 떠들고 노는 것보다 핸드폰과 게임 등 개인적으로 활동하는 것을 더 좋아한다. 더불어 과거와 비교하면 남녀 간의 만남의 기회도 많고, 통행금지가 없어 언제든지 밤새워 놀 수 있어 크리스마스는 특별한 날이 아니다.

눈감고 젊은 시절 크리스마스이브를 생각하면 '내 인생에도 이렇게 활기찬 날이 있었구나!' 싶어 절로 미소가 나온다. 좋은 추억이 동영상으로 떠오르지 않고 낱장의 사진으로만 기억되지만, 그것마저도 너무 소중한 일이다. 칼잠 잘 때 내 옆에 있던 여학생은 어떻게 늙어 가는지, 나이트클럽에서 함께 춤추고 놀았던 파트너는 뭐 하고 지내는지, 그 시절 그 추억이 아롱아롱 하는구나!

6

가스와 스테이크

'비프가스'는 '쇠고기를 두껍게 썰어 밀가루를 묻혀 기름에 튀겨 만든다'

'비프스테이크'는 '쇠고기를 두껍게 썰어 적당히 익혀 만든다'

두 음식의 차이를 몰라 망신당한 일이 있다.

70년대 대학시절에는 전기 대학이 몇 개 되지도 않았으며 서열화가 확실했다. 일류대학 다니는 아이들은 배지를 왼쪽 가슴에 자랑스럽게 달고 다녔다. 그들은 수영할 때 수영복에다가도 배지를 붙이고 다닐 정도로 자기가 좋은 대학에 다닌다는 것을 모든 사람에게 보여주려고 애썼다. 어른들마저도 대학생쯤 되어 보이는 젊은이를 대할 때 우선 배지를 찾으려고 열심히 왼쪽 가슴부위를 훑어보다가 일류대학 배지를 달았으면 존경스러운 눈빛으로 찬찬히 보고 기타대학 배지를 달았거나 학교가 안 좋아서 배지달기를 생략할 경우 무시하는 태도를 보이곤 했다. 그 당시 대학에는 남학생이 여학생보다 월등히 많았다. 따라서 일류대학을 다녀야 4년제 여대생과의 미팅순서가 돌아왔고 기타대학은 2년제 전문학교가 상대자였다. 일류대학 다니는 친구들은 "이번 미팅은 어느 대학 무슨 과 애들과 했는데 후져 가지고 차 버렸다. 미팅이 하도 많이 들어와 고르기도 힘들다."고 할 정도로 여학생들이 넘쳐났다. 나에게는 꿈같은 일이었다. 그때는 오직 대학배지가 미팅참가자의 수준을 결정하는 시절이었다.

우연히 고등학교 동창생을 만나 4년제 대학에 다니는 여동생을 소개받기로 했다. 이전에 전문학교 아이들하고 미팅할 때는 음악다방에 모여 파트너 정하고 학사주점에 단체로 몰려가 오징어 볶음이나 파전을 안주로 술 마시는 것이 순서였는데 그날은 달랐다. 오랜만에 양복에 넥타이 매고 새로 사 신은 구두가 발에 익숙하지 않았지만, 마음만은 떨림으로 형언할 수가 없었다. 비상금으로 꼬불쳐 둔 거금 8천 원을 들고 약속장소로 향했다.

6시 정각, 수수한 옷차림에 책 한 권을 팔에 낀 여학생이 나타났다. 어색한 분위기에서 서로 인사를 나누는데 웨이터가 메뉴판을 들고 "뭐 드시겠습니까?" 물었다. '이런 데 많이 와 보았다'는 표정으로 메뉴판을 물리며 파트너 의견도 묻지 않은 채 "비후스텍 둘" 자신 있게 대답했다. 얼마 전 어머니와 함께 동네 경양식집에서 외식할 때 맛있게 먹은 기억이 났기 때문에 비프스테이크를 시켰다. "어떻게 해 드릴까요?" 웨이터가 귀찮게 자꾸 물었다. '동네에서는 안 물어보던데 여기는 고급 경양식집이라 별것을 다 물어보는구나!' 생각하며 "적당히 해 주세요." 건성으로 대답했다. 식사 나오기 전에 목 좀 축이려고 맥주 두 병도 시켰다. 그랬더니 친절하게 안주도 따라 나왔다.

식사가 나왔다. 모양이 저번 것과 달랐다. 고기가 질겨서 나이프 잡은 손에 힘을 주어야 했다. 고기 자르는 것이 서툴러 소스가 양복에 튈까 봐 여간 조심스러울 수가 없었다. 인테리어만 고급이지 음식 맛은 어머니하고 먹었던 곳이 더 좋았다. 여학생은 양손에 나이프와 포크를 들고 숙달된 솜씨로 고기를 조그맣게 잘라 예쁘게 먹었다. 레스토랑에서 무슨 이야기를 했는지는 기억이 나지 않지만, 여학생에게 애프터 받으려고 한참 동안 설레발을 풀었던 것 같다. 헤어질 시간이 되자 '모든 비용은 남자가 지불해야 한다'는 소신에 따라 여자를 밖으로 보내고 카운터 앞으로 가서 지갑을 꺼내며 물었다.

"얼마에요?"

"1만 2천 원입니다."

"계산을 잘못하신 것 같은데요?"

웃으면서 말했다.

"비프스테이크 4천 원씩 2인분, 맥주 두 병이 2천 원,

안주가 2천 원짜리 한 개이므로 1만 2천 원입니다."

주인아저씨는 조목조목 계산했다.

"비프스테이크가 그렇게 비쌉니까?

안주는 시키지도 않았는데 왜 계산서에 올리는 겁니까?"

목소리가 다소 커졌다.

"안주가 먹기 싫으면 왜 반납하지 않았어요?"

아저씨가 도리어 질문을 했다.

"서비스인 줄 알았습니다." 을러댔다.

아저씨는 빙긋이 웃으면서 개한테 물린 셈 치는 모양이었다.

돈이 모자라 학생증 잡히며 2천 원 외상 하고 나왔다.

완전 쪽팔리고 바가지 쓴 기분마저 들었다.

친구를 만나 경양식 집에서 일어난 이야기를 꺼냈다.

"비후스테이크가 너무 비싼 거 아니냐?"
"야, 이 머저리 자식아!
엄마하고는 '비후가스' 먹은 거고
여학생하고 먹은 것은 '비후스테이크'야.
네 입맛에는 비후가스가 고소해서 좋을지 모르겠지만
오래된 냉동고기에 밀가루 범벅으로 튀긴 것하고
신선한 생고기를 살짝 구운 것하고는 가격차이가 많이 나지!"

한 편의 코미디를 연출했다.
4년제 대학 다니는 여학생과의 미팅은
이렇게 비참한 추억으로 아직 남아 있다.

7

위기의 순간에 마음을 다스리는 기술

1991년 35세 때, 토지공사 수도권현장에 감독소장으로 근무할 당시의 일이다. 하루는 출근하면서 현장을 둘러보니 천막이 집단으로 세워져 있었다. 확인해 본 결과 장애인 단체에서 '야시장'을 개설하기 위하여 밤새 현장 내에 무단으로 설치한 것이다. 천막 옆에는 휠체어 탄 장애인과 양복 입은 멀쩡한 사람들 몇몇이 모여 술을 마시고 있었다. "여기는 공사현장입니다. 당장 철거하십시오." 항의하자 그들은 "장애인이 먹고살 게 없어 넓은 공터 좀 며칠 이용하겠다는데 뭐가 그리 잘못이요?" 하며 오히려 큰소리쳤다.

시청 위생과에 신고했다. 시청에서는 현장 내에서 발생한 일이니 알아서 하라고 딴청을 부리더니 '토지공사 서울지사'에 전화를 걸어 빨리 철거하라고 독촉했다. 서울지사장으로부터 한 시간에 한 번씩 철거확인 전화가 왔다. 시간이 지나자 시청에서도 전화가 연속으로 왔다. 시청에서 뭐라 하든 지사장이 뭐라 하든 버텼다. 사생결단을 하고 덤벼드는 사람들 앞에서 어떻게 해 볼 도리가 없었다. 시간이 흐르자 시청에서 제안이 들어왔다. "시청직원 1백 명, 경찰 병력 2백 명을 지원할 테니 '윤 소장'이 총지휘하여 야시장을 철거하라"는 내용이었다. 지사장도 철거지원을 위해 지사직원 50여 명을 보내겠다고 인심 썼다.

그들이 모두 현장에 도착하자 지원병과 구경하는 시민들로 현장이 대성황을 이루었다. 시청 개발담당국장은 내 옆에 바짝 다가와서 귀엣말로 "윤 소장이 선두에 서서 먼저 천막을 뜯어. 그러면 나머지 사람들이 우르르 가서 한 방에 뜯을 테니까." 라며 닦달질했다. 당장 달려가서 뜯고 싶으나 장애인들에게 위해를 당할 것 같은 두려움 때문에 망설여졌다. 한나라 장수 '한신'은 '배수의 진'을 쳐서 싸움에 이겼다고 하지만, 나는 '인의장막'으로 물러설 수가 없었다. 지원병들은 '윤 소장이 왜 빨리 안 뜯지?' 하는 호기심 어린 눈초리로 바라보고 있었다. 결정을 내려야 할 순간이 되어 장애인들에게 다가갔다.

"지금 오후 2십니다. 앞으로 한 시간 정도 자진철거 할 기회를 주겠습니다. 만약 3시까지 철거하지 않으면 부득이 강제철거 할 수밖에 없습니다."

많은 사람이 보는 앞에서 공개적으로 선포했다.

"그래! 우리는 철거 못 한다. 어차피 죽은 목숨이다. 어떤 놈이든지 천막에 손 하나 까딱만 해 봐라. 그놈부터 작살 낼 것이다!"

장애인은 가만히 있는데 정상인이 소주병 나발 불면서 떠들었다. 철거할 시간은 다가오고 정말 환장할 지경이었다. 별생각이 다 들었다. 부모님과 아이들 얼굴이 떠오르고, 살날이 까마득한 젊은 나이에 횡사할 것 같았다. 시간은 자꾸자꾸 지나 10분만 있으면 "돌격!" 하면서 행동개시에 들어가야 했다. 하얀 장갑 끼고 준비태세를 갖추었다.

바로 그때! 혜성같이 등장한 인물이 있었다. 직속상관인 개발부장이 출장 갔다가 연락받고 나타난 것이다. "내가 이 현장책임자요. 야시장 책임자가 누구요? 나하고 잠깐 이야기 좀 합시다." 개발부장은 장애인단체 책임자를 현장사무실로 데리고 갔다. 회의는 10분 만에 끝나고 장애인 단체는 천막을 뜯기 시작했다. 회의내용은 '토지공사 서울지사는 시내 보유토지에 야시장 할 수 있는 자리를 장애인 단체에 제공한다. 장애인 단체는 현장 내 천막을 철거한다.' 였다. 개발부장은 '지사장 허가 없이 자기 마음대로 협상했다'는 죄목으로 나중에 징계 받았다.

그 이후 인생을 살면서 위기가 찾아올 때마다 수도권현장에서 근무했던 시절을 떠올린다. 그러면 거짓말같이 걱정거리가 사소한 일처럼 여겨진다. 위기에 처했을 때 마음을 다스리는 방법은 '내 인생 최대 위기의 순간을 기억하며 넘기는 것'이었다.

8

여자 친구와의 우정

고등학교 1학년 때 여러 학생들이 모여 만든 '독서클럽'에 친구소개로 가입했다. '주요섭'의 《사랑방 손님과 어머니》와 같은 단편을 집에서 읽고 매주 토요일 오후 동숭동 가톨릭회관에 모여 독후감을 발표하는 모임이었다. '독서클럽'은 지도교사 없이 어린 학생들이 모여 자기들끼리 클럽의 운용방안을 토의하여 결정했다. 결정된 내용은 누구의 강제가 아니라 서로 지키려고 노력했다. 매일 부모나 선생님께 일방적으로 지시만 받다가 모임에 참석하면 스스로 어른이 된 느낌마저 들었다.

클럽은 남녀 각 10여 명 정도가 회원이었는데 여학생들의 독후감이 월등했다. 지금 같으면 인터넷에서 베꼈다고 할 정도로 기가 막히게 썼고 낭랑한 목소리로 발표했다. 차례가 돌아와서 독후감을 심각하게 읽으면 내 글 내용이 우스운지 아니면 자기들이 보기에 수준미달이라고 생각하는지 몰라도 발표할 때마다 킥킥대는 회원들의 웃음소리가 끊이지 않아 창피할 지경이었다.

문학 서클에 가입하여 여학생과 대화할 수 있다는 것을 친구들한테 자랑했으며 그들로부터 부러움을 샀다. 그래서 매주 독후감을 발표해야 한다는 부담감이 있지만 모임에 빠지지 않고 참석했다. '독서클럽'은 나의 문학적 이해를 증진시키는 데 분명 도움이 되었다. 미천한 글이나마 끄적거릴 수 있는 것도 '독서클럽' 덕분인지 모르겠다.

서클멤버 중에서 다른 사람들은 뿔뿔이 흩어졌으나 지금까지 연락이 닿는 여자 친구가 있다. 그녀는 아담한 체구에 얼굴이 예쁘지만, 아직 혼자 산다. 독신을 부르짖는 사람이 절대 아니며, 유별난 성격의 소지자도 아닌데 이상하게 인연이 없어 혼기를 놓쳤다. 살다보니까 나이를 먹고 그럴수록 더욱 상대방이 한정되어 결혼하기가 점점 어려워진 것이다. 그녀는 평생 열심히 살았다. 외롭고 고독할 시간이 없다. 자기가 하고 싶은 것은 모두 해야 직성이 풀렸다. 꾸준히 책을 보고 현실감을 잃지 않으려 노력했다. 영어, 일본어도 수준급이다. "할 일 없으면 이태원에서 외국인 상대로 부동산중개나 해 볼까?" 하며 엉뚱한 말을 던지더니 1년 후에 다시 만났을 때는 부동산 중개사 자격증을 땄다고 했다.

우리는 가끔 전화통화를 하지만 1년에 한두 번 만났다. 약속장소를 정하면 '어떻게 변했나!' 궁금증으로 가득하다. 그녀를 만나면 새로운 책을 소개받으며, 주변 사람들의 이야기를 경청하였다. 헤어지고 집에 돌아올 때는 기분이 좋다. 항상 기대하지 않았던 선물을 받은 느낌이었다. 다른 사람들은 "어떻게 남녀 간에 그렇게 오랫동안 친구사이를 유지할 수 있느냐?"며 의아해한다. 그녀를 만나면 엉큼한 생각을 전혀 가질 수 없다. 그녀가 그런 분위기를 만들지 않는다. 그냥 이야기만 해도 재미있다.

그녀하고의 관계를 아내가 안다. 여자 친구 만나러 간다고 아내에게 광고하지는 않지만, 여자 친구 만나고 집에 오자마자 무슨 이야기 했다고 곧바로 아내에게 전달하지도 않지만, 식사하다가 가끔 "얼마 전 ○○를 만났는데 요즘 남자들은 문제가 많다고 하더라!"며 여자 친구하고 지금도 만난다는 사실을 알려준다. 아내의 반응이 좋을 리 없겠으나 특별히 나쁜 기색은 없다.

그녀는 청소년시절에 많은 추억을 남겨주었으며, 총각시절에는 언제나 부담 없이 만나 젊음을 공유하였고, 결혼 후에도 지속적인 만남을 통하여 남성과 여성의 생각차이가 엄연히 존재한다는 사실을 일깨워주었다. 남성들이 가지고 있는 마초이즘(남성 우월주의)을 조금이나마 잠재울 수 있었다. 그녀는 내 인생에 있어 정말 유익한 친구다. 이제 그녀를 안 지도 어언 40여 년이 넘었다. 한때는 그녀에 대하여 결혼상대로 사귀고 싶은 욕망이 있었으나 무슨 이유인지 모르겠지만, 어느 순간 마음속에 품은 연정이 사라졌다. 그러한 심경의 변화를 겪었음에도 커다란 상처 없이 둘 사이의 우정이 계속 이어졌다는 사실에 대하여 그녀에게 고맙게 생각한다.

9

가 버린 친구를 그리며

이번 가을은 유난히도 쓸쓸하다. 내가 곤란에 처했을 때 위로해주고 다른 사람과 싸울 때 내 편이 되어주었던 빽이 사라졌다. 친구를 떠나 보낸 다음에야 그가 얼마나 소중했는지 깨달으며 고인의 명복을 다시 한 번 빌어본다.

2013년 가을 즈음 지인과 함께 부산에 놀러 가 저녁식사를 하는데 갑자기 친구한테 메시지가 왔다. '혹시 아산 중앙병원에 아는 사람 있니? 병원에 입원하려는데 병실이 없다고 한다. 연락 바란다.' 놀라서 숟가락 놓자마자 핸드폰으로 연락했다. 차분한 목소리가 들려왔다.

"그래, 나다."
"중앙 병원에 아는 사람이 없는데, 누가 아픈 거야?"
"내가 좀 아파!"
"어디가 아픈데? 큰 병이야?"
"별거 아니야."
"그래, 올라가서 보자."

며칠 동안 다른 생각을 하다가 문득 부산에서 통화한 내용이 떠올라 친구와 약속을 했다. 평상시 같으면 떠들썩한 천호동 족발집에서 부어라 마셔라 했겠지만, 그날은 조용한 커피숍에서 만났다. 친구는 식도암에 걸렸다고 말했다. 스테이크가 목구멍으로 넘어가면서 느낌이 이상해 검사한 결과 암이었다고 했다. 그는 암에 걸렸다는 사실이 남에게 알려질까 봐 전전긍긍했다. 자신의 측은한 모습을 보여주기 싫은 것이다. 쪽팔린다는 생각이었다. "왜 하필 나야?" 탄식하며 눈물도 흘렸다. 위로해 줄 말이 없었다. 몸 관리라면 일가견이 있을 정도로 철저한 사람이 왜 이런 병에 걸렸는지 이해가 되지 않았다.

친구는 의사와 상의하여 치료계획을 짜고 본격적인 실행에 들어갔다. 주치의가 젊은 여자라 믿음이 가지 않았지만, 지푸라기라도 잡는 심정으로 희망을 놓지 않았다. 석 달 동안 정성을 다하여 치료에 매진한 후 MRI 촬영으로 병의 진행 상태를 확인했다. 암세포가 없어지기는 커녕 폐로 전이되었다.

"이게 뭐야? 오히려 암이 더 커졌네?"
의사는 사진을 보며 아무 생각 없이 내뱉었다.
"왜 이렇게 된 걸까요?"
친구는 화나는 것을 꾹 참으며 물었다.
"약물치료가 안 먹혀들어 가네요.
어쩌지? 할 수 없네! 방사선치료나 합시다."
"지금 장난치는 거야 뭐야?"

친구는 실망하여 병원을 뛰쳐나왔다. 자기가 아프지 않다고 강 건너

불구경하는 식으로 말하는 의사의 태도에 속이 상했다. 의사 말만 믿으며 허비한 세월이 아까웠다. 치밀어 오르는 분노를 억제할 길 없어 취할 정도로 술을 마시고 식도에 쥐약이라는 담배까지 피워댔다. 술이 깨자 자신의 처지가 너무 비참하여 억장이 무너졌다. 뼛속까지 스며드는 외로움과 함께 죽음이 아른거렸다. 홀로 목 놓아 울어보지만, 해결방법은 떠오르지 않았다. 어떠한 방향으로 치료해야 할지에 대한 경험자의 조언도 없었다. 몸에 이상 징후는 아직 나타나지 않았다. 자연치료가 최고라는 결론을 내리고 가평 산골에 있는 요양원으로 향했다.

세상을 등지고 살며 오직 치료에만 집중하면서 정신적 안정을 찾았다. 같이 있는 사람들이 모두 암 환자이므로 서로 위로하며 지냈다. 화창한 봄날을 맞이하여 철쭉꽃이 만발하였고, 온 천지에 피어난 푸른 새싹들이 새 생명의 탄생을 알려주었다. 맑은 공기는 더없이 몸을 가볍게 했다. '암 선고받자마자 이곳에 와서 치료할걸!' 아쉬운 생각마저 들었다. 하지만 시간이 갈수록 병이 없어지는 것이 아니라 진행되는 느낌이었다. 병원에서 검사한 결과 방사선치료를 받아야 할 정도로 심각한 상태에 이르렀다.

방사선치료의 고통은 말도 못하였다. 치료 후에는 체력보강을 위하여 일정기간 요양원에서 몸조리를 해야만 했다. 방사선 치료 횟수가 증가할수록 몸은 더 쇠약해지고 이젠 통원치료가 불가능하여 입원할 수밖에 없었다. 발병 후 6개월 만의 일이다. 머리는 다 빠지고 세상 모든 일이 포기되는 순간이었다. 평소 기독교인을 이해 못 했는데 예수님의 사진만 봐도 경건해지는 마음에 눈물이 저절로 흘렀다.

암세포가 뇌까지 전이되었다는 소식을 접하고 병원에 찾아갔다. 종일 모르핀을 공급받아야 견딜 정도로 고통이 심하여 정신이 몽롱한 상태로 있었다. 마지막 병문안이라 생각하고 오랜 대화를 나누었다.

"너 언제 죽을 것 같니?"

"몰라, 지금은 그런 것 생각 안 해."

"살면 사는 거고, 죽으면 죽는 거야. 죽기 싫다고 발버둥 칠 필요도 없다. 죽음이 온다면 그냥 받아들이고 좋은 추억만 간직해. 우리 젊은 시절 얼마나 재미나게 놀았냐? 매일 낮술에 취하여 회사 주변을 휘저으며 돌아다녔지. 사실 우리같이 만고강산으로 직장생활한 사람들도 없을 거야. 그 당시 우리는 행복한 줄 몰랐는데 이제 와 생각해 보니 정말 그때가 행복한 시절이었어."

"맞아, 그때가 좋았어!"

친구는 멍한 얼굴로 나를 응시하며 빙그레 미소 지었다.

병원을 나오면서 친구가 빨리 죽기를 바랐다. 고통이 심하여 눈으로 볼 수가 없었다. 더 이상 산다고 해서 원 상태로 회복되는 것이 아니다. 고통을 감수하며 목숨을 이어가는 것보다 죽음으로써 고통에서 벗어나는 것이 훨씬 나았다. 이제 영영 못 볼 친구를 생각하니 가슴이 미어지며 눈물이 왈칵 쏟아졌다. 감정을 이입시키지 않으려고 아무리 노력해도 소용없었다. 병원 밖 벤치에 홀로 앉아 한참 울었다.

사흘 후, 친구가 떠났다는 연락이 왔다. 아픈 지 9개월 만에 하늘나라로 갔다. 장례식장에 가서 젊은 상주에게 "고생이 많구나! 절대 울지 마라, 너희 아빠는 우는 것 질색으로 여길 것이다. 의연하게 대처해라."
당부했다. 친구는 고통이 심하여 수면상태에서 유언 한마디 없이 갔다.
이렇게 빨리 갈 줄 알았다면 얼마 남지 않은 시간을 굳이 치료하기 위
하여 고통을 감수하며 보내지 않았을 것이다. 호스피스 병동에서 죽음
을 편하게 맞이해야 했다. 마지막 가는 길에 가족과 이별 여행하며 좋
은 추억을 남기거나 주변 정리할 시간을 가져야만 했다. 너무도 안타까
운 장면이었다.

친구가 남기지 못한 유언을 대신 글로 표현하겠다.

'나한테 상처받은 사람들에게 미안하다.
너그러운 이해 바란다.

운명의 장난으로 젊은 나이에
이 세상을 두고 떠난다는 것이 억울하긴 하다.
어차피 저 세상에서 다 만날 텐데
조금 먼저 간다고 하여 동정할 필요는 없다.
술 한 상 멋지게 차리고 기다릴 테니
서두르지 말고 천천히 오시게…'

10

명예로운 퇴직

'명예퇴직'이란 말은 좋은 의미다. 명예롭게 일선에서 물러난다는 뜻이기 때문이다. 그런데 이 말이 실제로는 회사를 더 다니고 싶지만 어쩔 수 없이 나가는 경우로 변질되었다. 명퇴를 '명예롭게 퇴직하는 것'으로 생각하는 사람은 아무도 없다. 회사를 등 떼밀려 나가며 그냥 나가면 서운하니까 얼마의 돈을 집어주는 것이 명예퇴직이다.

2009년 들어 시무식에서 부사장이 대독한 신년사는 "회사가 공기업이므로 실적 제고에 한계가 있어 이른 시일 내 민영화가 되어야 하는데 직원들이 어떻게 견디어 낼지 의문이다"라는 내용이 주제였다. 사실 공기업이라는 것이 주인이 없으므로 직원들에게 편한 직장이다. 사장은 3년이란 임기를 채우면 연임이라는 것은 엄두도 못 내므로 재임기간 동안 얼렁뚱땅 지내며 사고만 안 터지기를 바라는 정도다. 그 밑에 있는 직원도 현실에 안주하고자 하는 유혹을 즐긴다.

회사의 민영화는 급속도로 이루어졌다. 지금까지 사장은 모회사인 '토지공사'에서 낙하산으로 내려왔으나 이제는 새로이 탄생한 대주주가 지명했다. 신임사장은 취임식에서 "공기업적 마인드를 혁신하고, 민간업무 마인드는 선택이 아니라 당위다. 나를 따를 자는 따르고, 따르고 싶지 않은 사람은 회사를 관두어라" 선언했다. 사장한테 잘못 걸려들어

대화 나누면 안 깨지는 사람이 없었다. 전 직원이 사장과 맞부딪힐까 봐 전전긍긍했다. 사장한테 전화가 왔다.

"나, 신임사장인데, 연산동 사업 펀드운용사는 기관투자가가 투자한 금액의 반대급부로 무엇을 해 주었나?"

첫 대화인데 완전 반말이었다.

"실제로 손해 보는 곳은 기관투자가가 아닙니다."

질문의 요지를 몰라 우물쭈물 대답했다.

"누가 그걸 물어봤나? 펀드운용사가 기관투자가에게 해 주는 게 뭐냐고?"

"모르겠습니다."

"모르면 모른다고 하지, 무슨 엉뚱한 소리하는 거야?"

"죄송합니다."

"비~잉신!"

자기 할 소리만 하고 전화를 찰칵 끊었다.

정신이 멍멍했다. 얼떨결에 뒤통수 맞은 느낌이었다. 갑자기 엉뚱한 질문을 하여 처음부터 "모르겠습니다." 하면 싸가지 문제가 있어 얼버무린 것인데, 그것이 '병신' 소리를 듣게 하였다. 사장이면 사장이지 50세가 넘은 직원한테 '병신'이 뭐야? 사장과 전화통화 후 며칠이 지나 출장 중에 직원한테 전화가 왔다.

"지점장님이세요? 인사발령이 났는데요."

"우리 부산지점 직원들은 이동이 없지?"

"다른 직원들은 그대로인데 지점장님이 본사로 발령 났네요."

"그래? 알았어."

"그런데 이상하게도 지점장님 보직이 없어요."

곧바로 기획실장에게 전화 걸어 보직박탈 사유를 물어보았다.

'근무태만'이라는 소리가 들려왔다.

온 지 보름밖에 안 된 사장한테 당한 것이다.

이 사실을 곧바로 아내에게 전달했다. "그까짓 직장 당장 때려치워요. 산 입에 거미줄 치지는 않겠죠. 정 안되면 나라도 나가서 돈 벌게요. 마음 편하게 생각하고 언제든지 관두고 싶으면 관두세요. 요즈음 당신만 생각하면 가슴이 아파요. 당신 마음 가는 대로 하세요." 하고 위로받을 줄 알았는데, "직장생활 큰소리치면서 하더니 쌤통이다. 성질난다고 절대 관두지 마! 꾹 참고 다녀. 혹시 나중에 다시 보직 받을지 알아? 누가 일러바칠까 봐 무서우니 사장 욕하고 다니지 말고 죽은 듯이 지내!" 더러워서 못 다니겠다는 말이 나오려는 순간 아내의 연설이 내 입을 막아 버렸다.

무보직 상태로 첫 출근하는 날! 업무 분장이 주어지지 않아 딱 부러지게 할 일이 없다. 본부장은 내 업무가 '전반적인 대외업무'라고 했다. 그냥 고개 푹 숙이고 책만 뚫어지게 보았다. 타인과 눈 마주치지 않으려고 걸어갈 때는 두리번거리지 않고 앞만 보고 걸어갔다. 따돌림 받는 느낌이었으며 점심도 혼자 먹었다. 연말까지 9개월은 무조건 버티다가 명퇴금 받고 퇴직해야 하는데 견딜 수 있을지 걱정이었다. 이메일로 매주 오는 '희망편지'가 평상시에는 귀찮았는데 이러한 상황에 부닥치니까 그것도 위안이 되었다. '위기가 기회'라는 극히 진부한 말까지도 붙잡고 싶었다. 누구나 아는 이야기지만 '위기를 해결하는 과정을 통해 발전하고 그 어려움이 나에게는 축복이자 숙제'라는 말이 되새겨졌다. 외부 사람들은 위로해 주었다. "사장한테 가서 박아버려라. 꾹 참고 있으면서 전세가 바뀌기를 기다려라. 술 사 주겠다. 돈 있으면서 무슨 걱정이냐? '배 째라'고 버텨라. 맷집을 키우는 기간으로 삼아라. '씨팔! 나는 이렇다.'며 절대 기죽지 마라." 등등…

어느덧 8월! 처음 보직이 없을 때는 창피하여 얼굴을 못 들었지만 5개월이 지나자 만성이 되어 아무렇지도 않았다. 편안한 마음이었다. 하루는 본부장이 불렀다. "어떤 직원이 그랬는지 모르겠지만 '보직 박탈당한 직원들이 오히려 더 편하게 지낸다.'고 사장에게 고자질했답니다. 그래서 사장은 무보직자를 영업직으로 발령 낼 것 같습니다." 슬픈 소식을 전달해 주었다. 그래도 사표 낼 수는 없었다.

영업팀의 팀원으로 발령받았다. 나를 인계받은 본부장은 "당신이 우리 본부에 와서 목표가 늘어났으니 밥값을 하라"며 시큰둥했다. 직장후배인 본부장한테 초장부터 수모를 당했다. 오전에 내근하고 오후에 무조건 밖으로 나갔다가 퇴근 무렵 사무실에 들어와 영업일지 쓰고 퇴근했다. 영업하러 밖에 나오지만, 마땅히 갈 곳이 없다. 잘나가던 시절에 많은 사람과 유대관계를 맺어야 하는데 언제까지나 큰소리만 칠 줄 알고 네트워크를 끊은 상태다. 한번은 중소 건설 회사의 젊은 사업부장에게 정보를 얻기 위하여 점심 약속을 잡으려고 했다. 이런 행동이 익숙하지 않아서 몇 번 망설이다가 수화기를 들었다.

"요전에 찾아뵌 한국토지신탁의 윤홍깁니다. 안녕하세요?"
"네."

"제가 자주 전화 드린다고 했지요? 그래서 전화 드렸습니다."

"네."

"바쁘시죠?"

"네."

"점심이라도…"

"안 돼요!"

"죄송합니다. 다음에 전화 드리겠습니다."

"……."

갑자기 닥쳐온 신분하락에 적응하기가 힘들었다. 막상 이런 대접을 받아 보니 '갑질할 때 고객을 어떻게 대했나?' 가 떠올랐다. 나이 지긋한 영업사원이 점심 한번 먹자는데 그렇게 매정하게 거절할 필요는 없지 않은가? 민영화가 웬수다. 남들은 그것도 못 견디느냐며 배부른 소리 한다지만, 무보직으로 왕따 당하면서 회사 다니는 것은 내 인생 최대의 고비였다. 거꾸로 매달아도 세월은 흘러 우여곡절 끝에 2010년 1월 31일 자로 명퇴했다. 사내 인터넷망에 다음과 같은 글을 남기고 회사를 나왔다.

"아빠, 명퇴하면 뭐할 건데?"

"소설 쓸 거야."

"책 내용이 뭐야?"

"아빠의 인생관이라고나 할까… 아무튼 그런 거야."

"아빠 인생관은 '쏘맥' 아니야?"

"이 녀석이, 아빠 알기를…"

"소설은 소설가가 쓰는 거지, 아빠가 무슨 소설이야?"

"너 아빠 무시하는 거냐? 아빠가 쓰기만 하면 대박이다."
"쳇, 누가 본다고? 돈 못 벌어도 좋으니까 망하지나 마!"

며칠 전 당돌한 딸과의 대화내용입니다.
25세에 들어와 술만 들이켜다 보니
무심한 세월이 보따리를 싸라고 합니다.
날씬한 몸매와 풍성한 머리숱이 뚱뚱한 대머리로 변했고요.

지금까지 보살펴 준 회사에 진정으로 고개 숙입니다.
얼마 전부터 많은 생각으로 나날을 보냈습니다.
세상물정을 알았다지만 벌판에 나가서 도움이 될지…

뒷모습이 아쉽군요.
알코올 중독자? 부동산 투기꾼? 욕쟁이 노가다?
향기로운 모습은 아니겠지요.
찔리는 게 많아 반성합니다.

철학자이며 로마황제인 '마르쿠스 아우렐리우스' 왈,
"세상에는 영원한 것이 없다"고 했습니다.
번성하면 결국 망하고, 잘 나가면 결국 꺾어지고…

살면서 너무 고민하지 말죠.
카르페 디엠!
Seize The Day!

.VI.

시간 여행자의
독백

1

비행기에서 생긴 일

미국 국내선 비행기 탑승 시간이 다가왔다.
게이트에서 표를 보이고 들어가려 하자
검표원이 "ID 카드" 하며 제지했다.

ID 카드라는 말을 처음 들어서
무슨 카드를 보여 달라는지 답답하였다.
내국인들은 운전면허증을 제시하며
비행기 안으로 줄지어 들어갔다.

보여 줄 것이라고는 겉장에 '패스포트'라고 표시된
'여권'밖에 없다는 생각이 들었다.
여권을 꺼내 검표원에게 보여 주었더니
언뜻 보고 다른 일만 계속했다.

모든 승객들이 비행기 안으로 들어가고
탑승구에 멍하니 혼자 서 있었다.
'이렇게 고생할 줄 알았어.' 자학했다.

멀리서 검표원이 내 쪽을 바라보며
놀란 표정으로 '빨리 들어가라'는 신호를 보냈다.
여권을 검표원에게 보여 주며 그냥 들어가면 되는데
구두로 오케이 사인이 있어야 하는 줄 알았다.

비행기 안으로 들어가 좌석 위 짐칸에
배낭을 넣으려고 아무리 노력해도 들어가지 않았다.
좌석 앞 공간에 배낭을 놓고 편한 자세를 취했다.

갑자기 아줌마 스튜어디스가 다가와 뭐라고 했다.
못 들은 척하고 있었더니
그녀는 신경질 내며 배낭을 가져가려고 했다.
배낭을 움켜쥐고 버텼다.

스튜어디스한테 일방적으로 깨지는 순간
남자 승무원이 배낭에 꼬리표를 붙이고 가져갔다.
아줌마 말은 "배낭이 짐칸에 안 들어가니 꼬리표를 붙여
화물칸에 갖다놓고 내릴 때 찾아가라"는 뜻이었다.

피곤하여 잠을 청하려는데
이번에는 할머니 스튜어디스가 깨웠다.
그녀는 내 얼굴을 빤히 쳐다보며 길게 말을 했다.

전혀 말귀를 못 알아듣는 표정을 짓자

아주 천천히 또박또박 반복했다.
긴장하여 들으니 더 못 알아먹겠다.

그녀가 책자를 가지고 있으면서 뭐라고 하므로
'책자를 받아 보겠냐?'로 해석하여
"No"라고 자신 있게 대답했다.

그랬더니 할망구가 눈을 부라리면서 화를 냈다.
나를 노려보며 계속 말을 이어갔다.
그러자 옆에 앉은 외국인이 조그만 소리로
"Yes, Yes, Yes"라고 했다.

'Yes'로 대답하라고 권하는 것 같았다.
얼떨결에 "Yes"라고 하자
스튜어디스는 아무 말 없이 사라졌다.

비행기 이륙 후 앞에 있는 '안전수칙책자'를 보았다.
'승무원의 구두명령을 이해하지 못하는데
비상구가 있는 줄의 좌석에 앉게 되면
좌석을 교체 받으시기 바랍니다.'
한국말로 쓰여 있었다.

스튜어디스는 내가 비상구가 있는 줄에 앉아 있으므로
"안전수칙을 이해하느냐?"고 확인한 것이다.

대답을 "No"라고 했으니…

영어회화 못 하는 것은 아무것도 아니었다.
듣지 못하니까 지옥이었다.

2

약소국 그리스의 슬픔

'나는 아무것도 바라지 않는다.
나는 아무것도 두려워하지 않는다.
나는 자유다.'

이 얼마나 사람을 초연하게 만드는 글인가!

그리스 출신 세계 유명작가인
'니코스 카잔차키스'의 묘비명이다.
'마음을 비우면 걱정이 없어 평화롭다'는 뜻 같은데
다른 사람한테 써먹어도 손색없는 명언이다.

영화 〈일요일은 참으세요〉의 주인공으로
그리스 문화부장관을 지냈던 '멜리나 메르쿠리'가
"당신의 눈물연기는 어디에서 나오느냐?"는 질문에
"내 조국 그리스를 생각하면 5초 내 눈물이 흐른다."고
대답할 정도로 그리스는 고난의 세월을 보냈다.

3천 년 전 인류 최초의 민주국가를 건설했던 그리스는

지정학적으로 기독교와 이슬람 사이에 위치하여
문화수준만 높았지 하루도 편할 날이 없었다.

1천5백 년 동안 기독교 강대국들에 의한 노예생활과
이어서 4백 년 동안 이슬람 술탄지배를 받은 뒤
19세기 중반에야 겨우 독립했다.

이후에도 영국이나 독일출신 왕이 낙하산 타고 내려와
백성들의 고통은 아랑곳하지 않고
크림 전쟁과 발칸 전쟁을 일으켜
나라의 피폐함은 독립이전과 다를 바 없었다.

20세기 중반에 왕정이 무너지고 공화정이 세워졌으나
좌우익이 대립하여 피비린내 나는 내전을 겪었으며
군사독재로 나라꼴이 말이 아니었다.

1970년대 들어 민주정부가 탄생했지만,
언론으로부터 '뼛속까지 부패했다'는 소리를 들으며
유럽의 여러 국가 중 약소국으로 남아있다.

'엘긴 대리석 조각彫刻'은 그리스의 현실을 보여준다.

그리스 신화에 나오는 신들을 모신 '파르테논 신전'은
대리석 지붕에 신들의 다양한 모습을 새겨놓아

인류 최고의 걸작 중 하나로 손꼽힌다.

그리스가 이슬람 지배하에 있을 때
'엘긴'이라는 사람이 오스만 술탄을 구워삶아
신전의 지붕 조각품만 뜯어 고국인 영국으로 훔쳐갔다.

유네스코 세계 문화유산 1호인 파르테논 신전이
뼈대만 아테네에 덩그러니 남아 있고
알꼬는 엉뚱한 대영 박물관이 소장한 것이다.

이 박물관은 신전 조각품들을 위한 전시실을
따로 만들어 놓고 관광객을 맞이한다.
그리스 신들이 바다 건너 런던 하늘을 떠다닌다.

그리스는 '이 조각이 원위치에 있어야 한다'며
끊임없이 반환을 요구하지만,
영국은 자기네들이 잘(?) 보관하고 있으니까 걱정하지 말라며
들은 척도 하지 않고 있다.

3

로마제국의 흥망성쇠

기원전 750년에 로마가 만들어졌다.
원로원에서 정치를 했으며 규모가 커지자
2명의 원로원 대표를 뽑았다.
이를 '집정관'이라 한다.

그리고 평민들의 불만을 달래기 위하여 대표를 2명 뽑았다.
이를 '호민관'이라고 한다.
원로원과 집정관이 여당이라면 호민관은 야당이다.

그 당시에는 로마, 그리스, 카르타고가 있었다.
그리스는 알렉산더 대왕 사후 망하고,
남은 로마와 카르타고 두 나라가 싸우는데
이 전쟁이 '포에니 전쟁'이다.

카르타고에는 유명한 장군 '한니발'이 있고
로마에는 '스키피오' 장군이 있었다.
둘이 만나 싸워 스키피오가 승리한다.
드디어 로마제국이 탄생한다.

이때가 기원전 140년, 만들어진 후 600년 만이다.

'로마제국은 하루아침에 만들어지지 않는다.'

이후 영역확장이 벌어진다.

넓은 땅을 원로원, 호민관으로 유지하기 힘들다.

강력한 황제가 탄생해야 한다.

여기에서 '시저'가 등장한다.

그는 '이미 주사위는 던져졌다',

'왔노라, 보았노라, 이겼노라'는 유명한 말을 남겼고,

마지막으로 '브루투스, 너마저!' 라고 체념하며

심복인 '브루투스'의 칼에 죽는다.

브루투스가 정권을 잡으려다 '안토니우스'에게 죽자

이때부터는 '안토니우스'와 '옥타비아누스'의 다툼이 시작된다.

둘 사이의 싸움을 '악티움 해전'이라고 하며

옥타비아누스의 승리로 끝난다.

마침내 초대황제 '옥타비아누스'가 탄생하며

4대째 황제인 '네로'까지 이어진다.

그는 쿠데타로 죽는다.

이후에 황제는 대를 잇지 않았다.

로마가 혼란기에 빠지자 '콘스탄티누스 황제'는

그리스도교를 승인하고 수도를 '콘스탄티노플'로 옮긴다.
이를 '동로마'라고 하며 '비잔틴 문화'를 꽃피웠다.

'서로마'는 미개인이었으며
'훈족' 침입으로 망가지기 일보직전이었다.
갑자기 교황이 나타나 무슨 말을 했는지 모르지만
피 한 방울 안 흘리고 적군을 물리쳤다.
이후 천 년 동안 종교가 득세하는 중세시대가 열렸다.

4

미국의 성장 과정

스페인의 '이사벨 여왕'이 내준 배를 타고
대서양을 건넌 콜럼버스는
1492년 아메리카 신대륙을 최초로 발견하였다.

이에 자극받은 영국의 엘리자베스 1세는
1585년 신대륙에 깃발을 꽂아
'처녀의 땅'이란 의미인 '버지니아'로 칭하고,
1607년부터 주로 상인들을 보냈다.

영국 왕 헨리 8세는 애정 없는 왕비를 버리고
사랑에 빠진 여자와 결혼하기 위하여
성공회를 세우고 청교도를 탄압했다.
청교도들의 일부는 네덜란드로 도망쳤는데
이들을 '필그림(성지순례자)'이라고 한다.

'필그림'이 '메이플라워호'를 타고
1620년 미국 매사추세츠의 '보스턴'에 도착하여
'새로운 영국'인 '뉴잉글랜드'를 만들었다.

결국 '버지니아' 지방을 중심으로 한 남부와
'뉴잉글랜드' 지방이 중심인 북부로
자연스럽게 분리되었다.

남부는 담배, 면화 등 농업을 중심으로 한
귀족적 면모를 띠었고,
북부는 공업을 중심으로 산업화가 이루어졌다.
영국 이주민의 후예인 남부사람들의 눈에는
북부의 청교도들이 천박하게 보였다.

남부와 북부는 사사건건 대립하였고,
이때 링컨이 제16대 대통령으로 취임하였다.

그의 최대 관심사이자 정치적 목적은
노예문제로 대립된 남북 간의 분열을 막는 것이었으나
연방 제도를 유지하는 길은 오직 전쟁밖에 없었다.
이 때문에 발생한 전쟁이 '남북 전쟁'이다.

4년여에 걸쳐 치러진 남북 전쟁은
1865년 북부의 승리로 끝났다.
이는 곧 미국이 농업국에서 공업국으로 바뀌는 데
커다란 물꼬를 텄다.

이로부터 150여 년이 지난 미국은

국제질서를 유지하는 군기반장이 되어
지구 곳곳에서 발생하는 모든 일에 간섭하며
맘에 안 들면 언제든지 전쟁을 일으킨다.

미국은 다민족국가로 끼리끼리
커뮤니티를 형성하여 살고 있지만,
백인, 흑인, 황색인, 히스패닉 등
인종 간 갈등으로 바람 잘 날 없다.

백인도 영국계, 독일계, 이탈리아계, 스페인계,
슬라브계 등으로 나눌 수 있다.
하지만 이 나라를 이끄는 주류 세력은
와스프(White Anglo-Saxon Protestant),
즉 '영국 계통의 백인 신교도'다.

5

공산주의는 왜 러시아를 택했을까?

'키예프 공화국'이 9세기에 출현하여
4백 년 동안 존재했던 것이 러시아 최초의 국가다.
이후 유례없는 참사가 끊임없이 일어나다가
17세기 '로마노프 왕가'의 '표트르 대제'가 나타났다.

표트르는 우리나라의 이순신이며 세종 대왕이기도 했다.
해군을 창설하였으며 러시아문자를 만들었다.
아시아적 풍습을 배제하고 유럽의 기독교문화를 따랐으며
모스크바 귀족들의 수염을 자를 정도로 개혁적이었다.

그는 아내가 마음에 안 든다고 수녀원에 보냈고
아들도 개혁에 반대한다는 이유로 고문을 가해 죽였다.
농민출신 '예카테리나'와 결혼하여 황후 칭호까지 주었으며
러시아를 세계 강국으로 인정받게 했다.

표트르 사후 '예카테리나 2세'가 쿠데타를 통해
황제인 남편을 내보내고 권좌에 올랐다.
그녀는 표트르가 시작한 과업을 성공적으로 이끌었으며

영토를 넓히는 등 러시아 발전에 결정적 역할을 했다.

예카테리나는 애정행각으로도 유명하다.
황제가 성불구 알코올 중독자이므로
세 명의 자녀에 대한 아버지가 각각 달랐으며
최소한 20여 명의 애인을 두었다.

그녀는 예술품 수집에 몰두하였으며
향락에 빠진 귀족들에게 많은 권한을 주었다.
그러니 농민의 생활은 더욱더 피폐할 수밖에 없었다.

상트페테르부르크에 있는 '겨울궁전 미술관'에 가면
그 당시 수집한 그림들이 전시되어 있다.
일주일이 지나도 소장품 모두를 관람할 수 없을 정도다.

러시아는 공산주의의 발상지다.

마르크스는 자본주의가 가장 발달한 나라에서
자본의 착취가 극에 달하여
공산주의 혁명이 일어날 것으로 예언했는데
이와는 반대로 후진국인 러시아에서 혁명이 일어났다.

자본주의가 발달한 국가는 외국을 침략하고 착취하여
국내 노동자에게 보상하면서 불만을 잠재우지만,

착취당한 후진국은 빈부격차 심화 등의 모순으로 인하여
혁명이 일어난다는 사실을 간과한 것이다.

마르크스는 공산주의 혁명을 보지 못하고 사망했다.
혁명은 세계 최초로 러시아 제국에서 일어나
소비에트 연방을 만들었다.

혁명의 주인공은 '레닌'과 '트로츠키'다.
트로츠키는 공산주의를 이끌 후계자로 지명되었으나
'스탈린'이 등장하여 트로츠키를 암살하고 정권을 잡았다.

스탈린은 공산주의를 유보하고 사회주의를 표방하였다.
결국, 마르크스가 외친 진정한 공산주의는
레닌이 잠시 정권을 잡은 5년여의 기간뿐이었다.

최근 블랙리스트 사건으로 구속된 '김기춘'은 회고록에서
'공산주의는 무좀과 같아서 약을 바를 때 사라지나
금방 다시 나타난다'며 공산주의의 확산을 두려워했지만,
진정한 공산주의는 이 지구상에서 사라진 지 오래다.

6

대만의 장묘문화

대만의 고속도로에 들어서면
저 멀리 높은 산에 하얀 등화 꽃이 만발해 있다.
대만에 등화 꽃이 필 때는 반딧불도 함께 나오는데
5월에 축제가 있을 정도로 성황을 이룬다.

그런데 산을 자세히 들여다보면
나 홀로 아파트나 주택 단지가 연속적으로 나타났다.
산이 콘크리트로 만든 건물묘지로 가득 찬 것이다.
여기서 대만의 특이한 장묘문화를 엿볼 수 있다.

묘지는 외부에서 보면 사람 사는 집처럼 보였다.
이곳 사람들은 생전에 자기의 무덤을 철저히 준비했다.
묘지에 금은보화도 넣고
일상생활 할 수 있는 숟가락까지 마련해 놓았다.

묘지는 공동주택, 단독주택, 대형빌라로 구분되었다.
서민의 묘지는 소형아파트로 방치되었으며,
중산층은 정원수를 갖춘 주택으로 관리되었고,

상류층은 대리석으로 화려하게 치장한 대형빌라 전체를
묘지로 만들어 관리인까지 두어 보호하고 있다.

대만은 유교문화 법통을 이어받았다고 자부하며
'명당'을 찾아 호화분묘를 쓰는 등
과도한 장례비용도 아까워하지 않을 정도로
조상에 대한 효행이 대단하다.

부모님 상을 당하면 집 앞에 커다란 천막을 쳐 놓고
7일에서 한 달 정도 장례를 치른다.
장례는 엄숙한 우리나라 상가와 달리
즐거운 분위기에서 망자가 이승을 떠나도록 한다.

젊은 여자들이 비키니 차림으로 춤추며 노래하고
마치 화려한 파티장을 연상하게 한다.
스트립쇼, 유사성행위 등
성적인 퍼포먼스 무대까지 펼치기도 한다.

반면에 얼마 전 타개한 사우디아라비아 국왕은
재산이 20조에 달했어도
이슬람법이 화려한 장례를 우상숭배로 여기므로
시신은 관도 없이 하얀 천 한 장만 둘렀다.

묘소에는 뗏장을 입힌 봉분을 올리는 대신

흙바닥에 얇게 자갈을 깔아
간신히 무덤이라는 것만 알아볼 수 있을 정도다.
평민들과 나란히 공동묘지에 묻혔으며 묘비도 없다.

가끔 초상 치르는 곳을 가면 장례순서가 다르다는 둥,
법도에 어긋나면 죽은 자가 통곡한다는 둥,
사공들이 많아 별것도 아닌 문제 가지고
자기 방식이 옳다며 싸움까지 한다.

스트리퍼를 불러다 흥을 돋우는 대만풍습과
흔적 없이 조용히 사라지는 이슬람을 보면
장례는 자기 분수에 맞게
절차는 자기 스타일로 하면 되는 것이다.

7

라이따이한의 과거와 현재

'라이따이한'이란
월남처녀와 한국남자 사이에 태어난 혼혈인을 말한다.
베트남으로 파견 나갔던 한국근로자의 실화다.

타국에 홀로 온 외로운 남자는 여자를 알게 된다.
둘은 사랑을 하게 되었고 아이까지 낳는다.
둘 사이의 행복은 다음 해인 1975년,
베트남이 사회주의로 통일되면서 깨지고 만다.

남자는 다시 올 것을 약속하며 떠났으나
정치적으로 왕래가 불가능하게 된다.
그리움이야 이루 말할 수 없었지만
서신교환조차도 할 수 없었다.

16년이란 세월이 흘러 양국이 수교하자마자
남자는 어렵게 아들을 찾았다.
축사에서 거지같이 사는 아들의 몰골을 보고
아버지는 하염없이 눈물을 흘린다.

며칠 지나 어머니에 관하여 물어본다.

"아버지만을 기다리면서 서럽게 살다가

2년 전에 이름 모를 병으로 돌아가셨어요."

그 소리를 듣고 아버지는 다시 한 번 통곡한다.

아버지는 현지 교민에게 아들을 부탁하고 귀국하면서

베트남처녀와 아들 생각에 가슴이 미어졌다.

서울의 처자식이 호의호식하는 것과 비교하며

베트남처자식에 대한 죄책감과 회한으로 몸부림쳤다.

얼마 후 베트남 아들의 졸업식에 참석한 아버지가

"졸업선물로 무엇이 좋겠냐?"고 묻자 아들은

"미싱 두 대만 사 주세요." 한다.

아버지는 아들에게 재봉틀을 선물하며

"서울에 살든 베트남에 살든 같이 살자." 고 약속한다.

아들은 열심히 일하면서 사람이 필요할 때

불쌍한 라이따이한을 고용하여 기술을 익히게 한다.

그리고 사업을 일으켜 성공한다.

몇 년이 흘러 아버지는 회사에 사표를 제출하는 등

서울의 모든 것을 정리하고

아들과의 약속을 지키기 위하여 베트남으로 온다.

공항에 도착하여
아들과 얼싸안고 재회의 눈물을 흘리며
다시는 헤어지지 말자고 다짐한다.

이렇게 천대받던 라이따이한이
지금은 우리나라 기업의 베트남 진출로
두 나라 말을 동시에 할 수 있어 주목받고 있다.

베트남 여인의 순애보^{純愛譜}에 뭉클했다.
내친김에 모든 것 정리하고
베트남 아줌마와 사이에 자식 하나 낳아볼까!

8

포르투갈 판 러브스토리

14세기 이베리아 반도는 여러 왕국이 나누어 통치하면서
서로 혼인하거나 전쟁을 통하여
합병 또는 사라지고 탄생하는 과정을 겪었다.

포르투갈 왕 '알폰소 4세'는 힘이 약하여
그의 아들 '페드로'를 '카스티야' 왕국의 '콘스탄사' 공주와
정략적으로 결혼시키려고 했다.

공주가 선보러 오는 날, 마차가 궁궐입구에 들어서자
그녀를 수행한 시녀 '이네스'가
"공주님, 제가 먼저 왕자님이 어떻게 생겼는지 보고 올게요."
하고 궁 안으로 들어가 왕자를 알현했다.
페드로는 그녀가 공주인 줄 알고 첫눈에 홀딱 반했다.

나중에 이네스가 공주가 아니라는 사실을 안 페드로는
실망하지만 그녀를 잊지 못하고 사랑에 빠져버렸다.
이후부터 페드로의 이중생활이 시작되었다.

불행하게도 공주가 아들을 낳다가 죽게 된다.
마음이 편해진 페드로는 공공연히 이네스를 사랑했다.
둘 사이에는 세 명의 아이까지 두게 되었다.

이네스가 아들을 왕위계승자로 임명하려 하자
카스티야 왕국의 정치적 보복이 두려운 알폰소 4세는
전전긍긍하다가 신하들의 충고를 받아들여 이네스를 살해한다.

페드로는 2년 뒤 부왕이 죽자 왕위에 올라 복수를 결심한다.

이네스의 죽음에 개입한 자를 모두 처형한 것이다.
그는 이네스의 시신에 왕관을 씌우고
나란히 앉아 대관식을 벌였다.
신하와 귀부인들이 죽은 왕비의 손에 입을 맞추었다.

페드로는 이네스의 시신을 수도원으로 옮기고
'모든 질서와 정의가 되돌아오는 종말의 날에 부활한다.
우리는 이곳에서 세상의 종말을 기다린다.'는
글귀가 새겨진 관을 두 개 만들라고 명령했다.
그중 하나에 이네스의 유골을 안장했다.

관은 서로 다리를 마주하도록 안치했는데
이는 심판의 날 되살아난 두 사람이
가장 먼저 눈을 마주칠 수 있도록 하기 위해서다.

페드로가 이네스 앞에서 영원히 잠든 것은
그로부터 7년 후의 일이었다.

왕이 되면 주변에 색시들이 한둘이 아닐 텐데
생뚱맞게 죽은 사람한테 무슨 왕관이야?
어찌되었건 페드로는 대단했다.

9

전공 선택의 중요성

일본의 동경대학교는 한 해 입학생이 1천여 명인
일본 최고의 명문대학이다.

인구수, 신입생 수 등을 고려하여
서울대학교와 비교하자면 입학하기가 열배는 힘들다.
지금도 지방고등학교에서 이 대학에 들어가면
마을잔치가 벌어질 정도다.

동경대학교 학생들은 졸업할 때,
즉 머리가 핑핑 돌아갈 때 전공에 대한 논문을 만들고
이를 평생 업그레이드하면서 살아간다.

바나나로 예를 들자면 이들은
바나나에 대하여 전반적으로 연구하는 것이 아니라
바나나 껍질, 알맹이 등 세부적인 부분을 택하여 연구한다.
극히 제한된 분야를 다루어 전문가가 되는 것이다.

우리나라 젊은이도 동경대학생처럼

전공 중에서 특수한 분야를 깊게 연구하여
평생 독보적인 전문성을 가지고 살았으면 좋겠다.

하기 싫은 것을 억지로 하면 쉽게 질려 빨리 그만둔다.
적성에 맞고 좋아하는 것을 해야 경쟁자를 이긴다.
전공 선택할 때 신중에 신중을 기하란 말이다.

고등학교 3학년 때 진로 선택이 망설여진다면
학력고사 성적에 맞추어 서둘러 대학에 들어가는 것보다
'내가 좋아하는 것이 무엇인가?'에 대한 답을 얻은 후
대학문을 두드리는 것이 성공의 지름길이다.

인생을 살아보니까 일찍 출발하였지만 잘못되어
간 길을 다시 돌아와 새로 출발하는 것보다
출발을 늦게 하더라도 다시 돌아오지 않는 것이
목표에 훨씬 더 빨리 도착했다.

자기가 하고 싶은 분야에 대하여 미리 실무를 거쳐
'재능이나 취미가 맞는다'는 결론에 다다를 때
전공으로 선택하여 대학에 들어가는 것이 순리다.

전공을 무엇으로 할지 고민하는 모녀母女에게
"대학 가기 전에 다양한 사회경험부터 해 봐라."
하고 무게 잡으며 진지한 표정으로 제안했었다.

돌아온 소리는

"당신 미쳤어? 애 앞에서 그게 할 소리야!"

"아빠는 참! 이 마당에 그걸 말이라고 해?"

쌍나발로 덤벼들어 더 이상 설명할 수가 없었다.

몇 년이 흘러 딸이 '경영학' 전공으로 대학을 마쳤다.

이제 와서 '이과체질'이라며 도서관에서 청춘을 보낸다.

"왜 그때 이과 가라고 안 했어?" 타박까지 한다.

이래저래 부모만 뼛골 빠진다.

10

자신의 삶을 고집한 '페렐만'

21세기 들어 '세계 수학 협회'는 7개의 난제를 정하여
각 난제 증명에 상금 100만 달러를 걸었다.
그중 하나가 '푸앵카레의 추측'이다.

'3차원 공간에서 모든 밀폐된 곡선이 수축되어
하나의 점이 될 수 있다면 이 공간은
반드시 구球로 변형될 수 있다.'는 추측이다.
문제가 너무 어려워 이해하기도 힘들다.

구에 고리를 만들어 잡아당기면 점이 된다는 것이다.
농구공에 고리를 걸어 잡아당기면 점이 되지만
도넛은 고리가 묶인다는 내용이다.

1백년간 증명하지 못한 이 문제를 푼 사람은
러시아 수학자 '그레고리 페렐만'이다.
그는 2002년 인터넷에 논문을 올리고
다음 해 미국에 초청되어 발표했는데,
이 자랑스러운 상황에서도 표정이 없었다.

페렐만의 증명은 2006년에 검증작업이 완료되어
그해 '필즈상' 수상자로 결정되었다.
필즈상은 4년마다 개최되는 국제 수학자 대회에서
개최국 대통령이 수상授賞하는 수학의 노벨상이다.

그러나 페렐만은 그 상을 거부했다.
상금마저도 거절했다.
그는 사람들의 중심이 되기를 싫어했으며
익명의 수학자로 남기를 원했다.

유명 대학교수 제의도 뿌리치고 기자회견 없이
인터넷에 해답만 올리고 고향으로 돌아갔다.

상금을 거부하는 이유를 묻자
"위대한 일을 하기 위해서는 순수한 마음을 가져야 한다.
우주의 비밀을 좇고 있는 내가 어찌 속세의 욕망을 따르겠나?
오직 수학만 생각할 뿐 다른 것은 인간적인 약함이다."

페렐만은 독신으로 고향에서 정부보조금을 받으며
어머니와 함께 어렵게 살고 있다.
그와 인터뷰하려고 집 앞에 기자들이 진을 치지만
어느 매체도 성공한 적이 없다.

타인으로부터 인정받고 싶은 것이 인간의 본성이다.

남을 의식하지 않고 스스로 만족하며 산다는 것이
얼마나 힘든 일이겠는가!

남이 알아주지 않는다며 방방 뛰고,
다른 사람에게 생색내려고 애썼던 자신이 부끄럽다.

페렐만의 에피소드는 시간이 흐르면 잊히겠지만
지금 이 순간만이라도 맹세해본다.
'다른 사람 의식하지 않고 좀 살아보자!'

11

보은 報恩

미국 '존스 홉킨스 대학 병원'의 창시자며
유명한 산부인과 의사였던 '하워드 켈리' 박사의 실화다.

1880년 늦은 봄날!
미국 미시시피 주의 가난한 고학생이었던 켈리는
학비를 벌기 위해 그날도 방문판매에 나섰다.

'하나라도 팔아야 할 텐데…'
하루 종일 돌아다녔지만 허탕만 치고,
지칠 대로 지쳐 배까지 고팠으나 돈 한 푼이 없었다.

다시 힘을 내어 다음 집 문을 두드리자 한 소녀가 나왔다.
"죄송한데, 물 한 잔만… 줄 수 있을까요?"
너무 배가 고픈 나머지 소녀에게 물을 달라고 했고,

그를 유심히 바라보던 소녀는 집으로 들어갔다.
잠시 후 소녀가 가져온 것은 우유 한 잔!
소녀는 물 한 잔의 간절한 의미를 알았던 것이다.

그는 우유를 단숨에 마셨고 기운을 차린 후 걱정스레 물었다.
"고마워요, 근데… 얼마를 드려야 할까요?"
소녀가 말했다.
"친절을 베풀 때는 절대 돈을 받아서는 안 된다고 배웠어요."

켈리는 순간 큰 깨우침을 얻었고,
그 고마움을 가슴 깊이 새겼다.
그로부터 십 수 년 후 가난했던 고학생은
권위 있는 산부인과 의사가 되었다.

어느 날 하워드 켈리에게 다급한 전달이 있었다.
"박사님, 먼 도시에 희귀병을 앓는 여자환자가 있는데
치료를 포기했답니다.
선생님께서 꼭 와 주셨으면 하던데요?"

죽어가는 환자를 살리기 위해 한걸음에 달려간 하워드 켈리!
그는 살 수 없을 거라던 환자를 최선을 다하여 치료했고
헌신적인 정성에 힘입어 환자의 병이 회복되었다.

얼마 후 환자의 청구서가 나왔고,
청구서를 물끄러미 바라본 켈리 박사는
그곳에 무언가를 적어 환자에게 보냈다.

'병원비를 갚으려면 아마 내 평생을 바쳐 일해야 할 거야…'

엄청난 치료비를 걱정한 환자는 청구서를 보고 깜짝 놀랐다.
청구서에는 이렇게 적혔다.

'그 날, 한 잔의 우유로 모두 지급되었음'

소녀가 베풀었던 우유 한 잔의 친절을 잊을 수 없었던 켈리 박사!
그는 오랜 세월이 흘렀음에도
고마운 소녀를 한 번에 알아보았던 것이다.

12

합스부르크 마지막 황후 '시씨'

'비엔나'는 도시 전체가 유적지며 박물관이지만
실제 이 도시를 먹여 살리는 사람은
애칭이 '시씨'인 합스부르크제국 황후 '엘리자베스'다.

비엔나에서 파는 초콜릿, 머그잔, 보석함 등
모든 기념품에는 그녀의 얼굴이 장식되어 있으며
도시 곳곳은 그녀의 이야기로 넘친다.

합스부르크 황제인 '조제프 1세'의 어머니는
자신의 조카인 '헬렌'을 며느리 감으로 여기고
동생에게 '딸과 함께 성으로 방문하라.'는 편지를 쓴다.

비엔나로 출발하기 전 헬렌의 어머니는
동생인 시씨도 오스트리아 왕족에게 시집보낼 목적으로
헬렌의 여행에 동승시켜 함께 오스트리아로 떠난다.

만찬에서 조제프는 옆에 앉은 헬렌에게서 눈을 떼고
멀리 있는 시씨를 보자마자 사랑에 빠졌으며

둘은 만난 지 3일 만에 약혼식을 했다.
시씨는 시골에서 승마와 줄타기 등 자유롭게 지내다가
졸지에 황후로 신분상승하여 신데렐라가 된 것이다.

2년 후 시작된 시씨의 결혼생활은 낯설고 불편했다.
모든 것이 한 편의 연극이고 자신과 황제는
그 연극에 출연하는 주연배우였다.

시어머니는 아들부부가 데이트하는 것도 금지시키고
손자들을 직접 키워 시씨는 아이들을 만날 수 없었으며
조제프는 마마보이였다.

이런 상황에서 시씨는 병적으로 외모를 가꾸었다.
172센티의 키와 본바탕이 아름다운 마당에
하루 4시간씩 긴 머리카락을 손질하고
다이어트와 운동으로 개미허리를 유지하였으니
그녀의 미모는 역대 합스부르크 황후 중에 최고였다.

시씨는 비엔나에 있으면 몸이 아팠기 때문에
건강을 회복한다는 이유로 계속해서 여행을 떠났다.
우울한 일생을 보내며 정처 없이 유럽을 떠돌다가
1898년 괴한의 칼에 맞아 61세를 일기로 생을 마감했다.

그녀는 미모에 합스부르크 제국의 황후라는

부와 명예, 권력을 모두 가진 자리에 있었지만
항상 '자유가 없어 불행하다'고 생각했다.

70년대 유명한 날라리인 미스롯데 '서미경'이
신분상승을 위하여 37세의 나이 차이를 극복하고
롯데그룹 회장 '신격호'의 후처로 들어갔다.

그녀가 40여 년의 세월이 흘렀는데도
쥐죽은 듯 조용히 살고 있는 것을 보면
자유가 없을지라도 부귀영화를 누리는 쪽이
더 낫지 않나 생각해본다.

사람이란 마음먹기 나름인 것!
꾹 참고 시부모 말에 복종하며 살다가
시부모 돌아가신 후 마음껏 자유를 누리면 될 일을…

시씨의 삶이 고독했는지는 모르겠으나
시씨가 복에 겨워 스스로 어려운 일생을 택했다는
비난을 받을 수 있겠으나
지금까지 그녀의 열풍이 대단한 것을 보면
역사란 참 아이러니한 것이다.

13

바람둥이의 롤 모델(?) '카사노바'

이탈리아 '베네치아'는 물고기 형태를 띤 인공 섬으로 영어로는 '베니스'라고 부른다. 이곳은 바닥에 말뚝을 박아 섬을 만들었으며, 118개 섬이 수로로 연결되었다. 운하를 건너는 4백여 개의 다리가 있고 여의도 면적의 3.5배다.

베니스는 '가면 문화'가 발달했다. 어디를 가나 가면가게가 있어 쉽게 구입할 수 있다. 선원들이 배 타고 나가면 10년이 지나야 고향으로 돌아오는 경우가 많았다. 그동안 남편의 생사여부도 모르면서 마냥 기다릴 수는 없었다. 그래도 얼굴을 드러내놓고 외도하면 쑥스러우니까 가면 쓰고 놀았다. 이러한 분위기에서 활동했던 사람이 카사노바(1725~1798)다. 베니스는 카사노바의 고향이다. 그의 첫 직장은 어울리지 않게 성직자였다. 젊은 사제로 있을 때 한 여인을 사랑하게 되었지만, 본능적인 욕구를 절제했다. 훗날 그녀가 어느 호색한에게 농락당했다는 소식을 듣고 비탄에 젖어 다시는 사랑을 이성으로 억제하는 짓 따위는 하지 않겠다고 결심했다. 그리고 성직자의 옷을 던져 버렸다.

그가 호색한의 대명사가 된 것은 모든 것을 세세히 기록해 놓았기 때문이다. 카사노바는 자신의 회고록에 여인들의 이름은 물론 그녀의 느낌과 함께 즐긴 식사, 그리고 체취까지 기록했다. 이렇게 수많은 여인을 하나하나 기억한다는 사실은 "매번 사랑에 빠졌다"는 카사노바의 고백을 믿게한다. 단지 성적인 충동으로 여인과 관계를 맺었다면 이런 기록은 불가능하다. 카사노바의 이러한 행동을 보고 누군가가 '퇴폐적 취향'이라며 부끄러운 줄 알라고 비난한다면 어쩔 수 없다. 하지만 그는 누구에게도 피해주지 않은 상태에서 쾌락을 즐기면서 행복한 젊음을 보냈다.

'우리는 굴을 먹으면서 입속에 들어 있는 굴을 서로 바꾸어 먹는 놀이를 했다. 내 입속에 든 굴을 그녀의 입속으로 밀어 넣을 때 그녀도 자기 입에 들어 있던 굴을 혀 위에 올려놓고 나에게 내밀었다. 내가 사랑하고 갈망했던 사람의 입속에서 미끄러져 나온 굴 소스는 얼마나 환상적인 맛인지!'

회고록의 한 장면이다. 완전 빨간 책 수준이다. 도저히 글로 옮길 수 없을 정도로 적나라한 성묘사의 연속이다. 카사노바에게는 감각적 쾌락의 극치를 안겨준 여인, 영혼의 교감을 나눈 여인, 어려울 때 따뜻한 보금자리를 만들어준 여인, 재정적 후원을 아끼지 않은 여인 등이 있다. 이 네 가지를 다 지닌 여인이 세상에 있다면 완벽한 여인이다. 카사노바는 여성유혹비결을 말한다.

"여자가 원하는 것이 무엇인지를 간파해 상대가 바라는 대로 알아서 행동하고, 상대방이 얼마나 중요하고 사랑스러운 존재인지 보여주려는 노력을 기울여야 한다. 이것은 자연스러운 느낌으로 해야 한다."

그는 바람둥이의 롤 모델(?)로서 충분했다. 그의 매력은 수려한 외모나 재산과 같은 외형적인 것이 아니다. 바로 그녀들이 원하는 것을 미리 알고 준비하는 섬세함과 주도면밀함이다. '사랑할 수 있는 나이에 맘껏 사랑하지 못한다면 삶은 얼마나 덧없이 흘러가고 말 것인가! 삶의 강렬함은 탈선 없이는 생기지 않는다.' 카사노바의 명언이다.

그는 58세부터 방랑자가 되었다. 어디를 가도 신용을 얻지 못하고 '정치적 망명자이자 사기꾼'이란 소문이 돌았다. 지나간 삶을 기억하며 남긴 카사노바의 한 마디는 현대인의 가슴을 파고든다.

"즐겁게 보낸 시간은 낭비가 아니다. 권태로운 시간이 낭비일 뿐이다."

더 이상 바람둥이로 살아갈 수 없게 된 카사노바는 수많은 여인과 외줄타기 로맨스를 벌이면서 화려하게 보냈던 젊은 날을 뒤로하고 60세에 프라하의 '독스 성'으로 들어갔다. 그곳에서 '내 인생 이야기'라는 전대미문의 회고록을 남겼으며, 이외에 40여 권의 책을 집필하며 인생의 황혼기를 보냈다.

카사노바는 73세에 프라하 외곽마을에서 '전립선 비대증'으로 파란만장한 삶을 마감했다. 과다한 남성호르몬 배출이 사망원인 중 하나가 아니었는지 의심이 간다. 그는 "철학자로 살다가 크리스천으로 죽는다"는 말을 마지막으로 남겼다. 무슨 이유인지 모르겠지만 "많은 여성과 교류했다"는 부분에 대한 언급이 전혀 없었다.

14

인간지사 새옹지마

'통밥'이라는 말은 '누구의 조언을 듣지 않고 내용도 잘 모르면서 나름대로 예측하여 하는 행동'으로 쓰인다. 여행 중 통밥을 재다보면 고생 안 하고 재미있게 놀 수도 있지만, 반대로 통밥이 빗나가면 몇 배의 고통을 맛본다. 통밥을 잘못 쟀다가 큰일 날 뻔한 일이 있었다.

인도의 수도 '뉴델리'를 둘러보고 '아잔타 석굴'을 관광하려면 17시간 동안 밤새 기차로 달려야한다. 인도여행의 백미는 철도여행이다. 열차 안에서 현지인을 직접 접할 수 있어 주요 여행지만 훑어보는 패키지여행의 단점을 보완할 수 있다. 기차역으로 향하는 버스 안에서 가이드는 "만약 객실에서 술 마시다 걸리면 벌금 2백 달러 물고 기차에서 쫓겨나니 절대 조심해야 합니다." 하며 겁을 주었다. 철도여행이라는 낭만적인 분위기에서 오랜 시간을 알코올 없이 보낸다는 것은, 우리로서는 엄청난 고행의 길이었다. '가이드 말이 거짓일거야! 양치기 소년에게 한두 번 당해봤나?' 통밥을 쟀다.

밤 8시, 눈도 제대로 뜰 수 없을 정도로 매연이 가득한 뉴델리 역에 도착했다. 짐꾼과 함께 다다른 플랫폼은 아수라장이었다. 가득 찬 인파로 정신이 없었다. 거지들이 옷을 잡고 늘어져 여간 신경이 쓰이지 않앉다. 술 마시기는커녕 열차 안에서 밤을 보낸다는 것이 걱정스러웠다. 갑자기 가이드가 난처한 표정을 지으며 말했다. "기차표 예약이 잘못되어 여러분 중에서 한 분이 일행과 떨어져야 합니다. 어떤 분이 혼자 타시겠습니까?" 사람들은 서로가 자기는 아니라고 생각했다. 본인의 뜻과 상관없이 내가 선택되었다. 열차가 플랫폼으로 들어서자 모든 인간들이 일제히 기차 쪽으로 달라붙었다. 맨 마지막에 간신히 기차에 올라탔다.

패키지 일행과 떨어져 홀로 탄 열차 칸은 완전 지옥이었다. 통로에 사람이 꽉 차서 옴짝달싹 못 했다. 한참 동안 서 있으니까 조금씩 움직일 수 있었다. 좌석은 좌우에 허름한 침대가 상중하 3개씩 서로 마주보고 있는 3등 침대칸이었다. 맨 아래 칸 2개의 침대에 3명씩 6명이 마주보고 앉아 있다가 밤이 되면 각자 침대로 올라가서 자는 곳이다. 그런데 내 자리에 다른 사람이 이미 앉아 있었으며 좌석 밑에도 짐으로 가득 찼다. 남의 자리를 점령하고 당연하다는 듯이 앉아 있는 사람들 때문에 화가 치밀어 올랐지만, 주변에 나를 대변해 줄 사람은 아무도 없었다.

이판사판이었다. 좌석 밑에 짐을 모두 꺼내 정리하면서 내 여행 가방을 욱여넣고 엉덩이를 디밀어 자리를 확보했다. 주변의 인상 더러운 젊은이들이 째려보고 있었다. 그들이 뭐라고 말을 걸었지만, 엷은 미소만 띨 뿐 전혀 대꾸하지 않았다. 밤 10시가 넘어 잠자는 시간이 되자 앉아 있던 사람들이 사라졌다. 도둑열차 탄 사람들이 자리를 떠난 것이다. 앞자리의 힌두 아주머니가 눕자마자 코를 골았다. 코골이 동지를 만나 맘이 편했다. 지갑과 여권을 부여잡고 잠을 청했다. 창문의 '一' 자 쇠창살 사이로 희미한 달빛이 스며들어 왔다. 한순간의 공포를 경험한 마음은 편했다. 간간이 "짜이, 짜이" 하며 인도 차를 파는 장사소리가 들렸다.

힌두 아주머니와 나란히 누워 잠자고 아침에 일어났다. 잠깐 자리를 옮겨 패키지 동료들이 있는 곳으로 갔다. 여기는 침대가 상하 2개씩 마주 보고 있는 2등 침대칸으로 평화로운 곳이었다. 주변 사람들도 깨끗해 보였다. 흥분하며 어제 고생한 이야기를 하다가 금방 입을 다물었다. 일행 중 한 사람이 무용담을 들려주었기 때문이다.

"어제 술 마시다가 장총 찬 경찰에게 걸렸어요. 희한한 것은 경찰이 플라스틱 소주병에 코를 박고 냄새를 맡는데 전혀 알코올 냄새가 나지 않는 거였어요. 그래서 무조건 '술 절대 안 마셨다'고 오리발 내밀었지요. 경찰이 확증은 가는데 물증이 없다는 태도를 보이며 갔어요. 하마터면 벌금 2백 달러 물고 신세 조질 뻔했어요."

다행이었다. 만약 내가 패키지 일행과 함께했더라면 틀림없이 술 마시다가 경찰에 걸려 벌금 물었을 것이다. 강제로 기차에서 버려져 온 인도 바닥을 헤맸을지도 모른다. 인간지사 새옹지마다.

15

우동 한 그릇

'쿠리 료헤이'의 《우동 한 그릇》이라는 작품 이야기를 해 볼까 한다. 일본 국회에서 한 국회의원이 읽어 온통 눈물바다로 만들었다. 너무도 유명한 이야기라서 이미 접했겠지만, 여러 번 읽어도 훈훈한 인간미에 가슴을 적셨다.

섣달 그믐날 '북해정'이라는 작은 우동 전문점이 문을 닫으려 할 때 아주 남루한 차림새의 세 모자^{母子}가 들어왔다.

"어서 오세요!"

안주인이 인사를 하자 여자는 조심스럽게 말했다.

"저… 우동을 1인분만 시켜도 될까요?"

그녀의 등 뒤로 열두어 살 되어 보이는 소년과 동생인 듯한 소년이 걱정스러운 표정으로 서 있었다.

"아, 물론이죠, 이리 오세요."

안주인이 그들을 2번 테이블로 안내하고 "우동 1인분이요!" 하고 소리치자 부엌에서 세 모자를 본 주인은 재빨리 끓는 물에 우동 1.5인분을 넣었다. 우동 한 그릇을 맛있게 나눠 먹은 세 모자는 150엔을 지불하고 공손하게 인사를 하고 나갔다.

"새해 복 많이 받으세요!"

주인 부부가 뒤에 대고 소리쳤다.

다시 한 해가 흘러 섣달 그믐날이 되었다. 문을 닫을 때쯤 한 여자가 두 소년과 함께 들어왔다. '북해정'의 안주인은 곧 그녀의 체크무늬 재킷을 알아보았다.

"우동 1인분만 시켜도 될까요?"

"아, 물론이죠, 이리 오세요."

안주인은 다시 2번 테이블로 그들을 안내하고 곧 부엌으로 들어와 남편에게 말했다.

"3인분을 넣읍시다."

"아니야, 그럼 알아차리고 민망해할 거야."

남편이 다시 우동 1.5인분을 끓는 물에 넣으며 말했다.

우동 한 그릇을 나누어 먹으며 형처럼 보이는 소년이 말했다.

"엄마 올해도 '북해정' 우동을 먹을 수 있어 참 좋지요?"

"그래, 내년에도 올 수 있다면 좋겠는데…"

소년들의 엄마가 말했다.

다시 한 해가 흘렀고, 밤 10시경, 주인 부부는 메뉴판을 고쳐놓기에 바빴다. 올해 그들은 우동 한 그릇을 200엔으로 올렸으나 다시 150엔으로 바꾸어 놓는 것이었다. 주인장은 아홉 시 반부터 '예약석'이라는 종이 푯말을 2번 테이블에 올려놓았고, 안주인은 그 이유를 잘 알고 있었다.

10시 30분경 그들이 예상했던 대로 세 모자가 들어왔다. 두 아이는 몰라보게 커서 큰 소년은 중학교 교복을 입고 있었고 동생은 작년에 형이 입고 있던 점퍼 차림이었다. 어머니는 여전히 같은 재킷을 입고 있었다.

"우동을 2인분만 시켜도 될까요?"

"물론이지요, 자 이리 오세요."

부인은 '예약석'이라는 종이 푯말을 치우고 2번 탁자로 안내했다.

"우동 2인분이요!"

부인이 부엌 쪽을 대고 외치자 주인은 재빨리 3인분을 집어넣었다. 그리고 부부는 부엌에서 올해의 마지막 손님인 이 세 모자가 나누는 이야기를 들을 수 있었다.

"현아, 그리고 준아."

어머니가 말했다.

"너희에게 고맙구나. 네 아버지가 사고로 돌아가신 이후 졌던 빚을 이제 다 갚았단다. 현이 네가 신문배달을 해서 도와주었고, 준이가 살림을 도맡아 해서 내가 일을 열심히 할 수 있었지."

"엄마 너무 다행이에요. 그리고 저도 엄마에게 할 말이 있어요. 지난주 준이가 쓴 글이 상을 받았어요. 제목은 '우동 한 그릇'이에요. 준이는 우리 가족에 대해 썼어요. 12월 31일에 우리 식구가 모두 함께 먹은 우동이 이 세상에서 제일 맛있는 음식이고, 그리고 주인아저씨랑 아주머니가 '새해 복 많이 받으세요.' 하는 소리는 '힘내요, 잘할 수 있을 거예요.' 라고 들렸다구요. 그래서 자기도 그렇게 손님에게 힘을 주는 음식점 주인이 되고 싶다구요."

부엌에서 주인 부부는 눈물을 훔치고 있었다.

다음 해에도 북해정 2번 탁자 위에는 '예약석'이라는 푯말이 서 있었다. 그러나 세 모자는 오지 않았고, 다음 해에도 그리고 그다음 해에도 오지 않았다. 그동안 북해정은 나날이 번창해서 내부수리를 하면서 테이블도 모두 바꾸었으나 주인은 2번 테이블 만은 그대로 두었다. 새 테이블들 사이에 있는 낡은 테이블은 곧 고객들의 눈길을 끌었고, 주인은 그 탁자의 역사를 설명하며 언젠가 그 세 모자가 다시 오면 같은 테이블에서 식사하게 해 주고 싶다고 했다. 곧 2번 탁자는 '행운의 탁자'로 불렸고, 젊은 연인들은 일부러 멀리서 찾아와서 그 탁자에서 식사했다.

십 수 년이 흐르고 다시 섣달 그믐날이 되었다. 그날 인근 주변상가의 상인들이 북해정에서 망년회를 하고 있었다. 2번 탁자는 그대로 빈 채였다. 10시 30분경, 문이 열리고 정장을 한 청년 두 명이 들어왔다.

주인장이 "죄송합니다만…" 이라고 말하려는데 젊은이들 뒤에서 나이 든 아주머니가 깊숙이 허리 굽혀 인사하며 말했다.

"우동 3인분을 시킬 수 있을까요?"

주인장은 순간 숨을 멈추었다. 오래전 남루한 차림의 세 모자의 얼굴이 그들 위로 겹쳤다. 청년 하나가 앞으로 나서며 말했다.

"14년 전 저희는 우동 1인분을 시켜 먹기 위해 여기 왔어요. 1년의 마지막 날 먹는 맛있는 우동 한 그릇은 우리 가족에서 큰 희망과 행복이었습니다. 그 이후 외갓집 동네로 이사 가서 한동안 못 왔습니다. 지난해 저는 의사 시험에 합격했고, 동생은 은행에서 일하고 있지요. 올해 저희 3식구는 일생에 가장 사치스러운 일을 하기로 했죠. 북해정에서 우동 3인분을 시키는 일 말입니다."

주인장과 안주인이 눈물을 닦자, 주변사람들이 말했다.

"뭘 하고 있나? 저 테이블은 이분들을 위해 예약되어 있는 거잖아."

안주인이 "이리 오세요. 우동 3인분이요!" 하고 소리치자 주인장은 "우동 3인분이요!" 하고 답하며 부엌으로 향했다.

.VII.

묵향을 맡으며

1

'카이로스'에 대한 기억

그리스어에는 시간을 뜻하는 두 개의 단어가 있다.
하나는 '물리적 시간'을 말하는 '크로노스',
다른 하나는 '의미 있는 시간'인 '카이로스'다.

엘리베이터 안에서 강도와 함께 있는 시간은
5분이 1시간으로 느껴질 정도로 고통스러울 것이고
연인과 나누는 달콤한 대화의 시간은
금방 지나가는 것과 같이

행복한 순간이든 고통스러운 순간이든
일반적인 시간에서 벗어나 특별한 의미를 가지는 순간,
그 시간은 카이로스가 되는 것이다.

우리는 지나간 일들을 모두 기억하지 못하고
단절된 시간 가운데 뚜렷하게 각인된
행복이나 불행한 순간만 간직한다.

첫사랑을 만났을 때, 자식이 태어난 순간,

가까운 친지를 저 세상으로 보낸 날은
의미 있는 시간으로 기억에 강렬하게 남으나

일상적인 행위나 진부한 모습들은
별다른 인상을 남기지 않고
과거 속에 묻히고 만다.

따라서 연속적인 크로노스에 살고 있지만
결국, 살고 나면 의미 있는 시간으로 기억되는
카이로스의 삶을 살게 되는 것이다.

지나온 세월 중에 카이로스를 되돌아보면

괴로웠던 순간은
하기 싫은 공부를 강요받았던 고등학교 시절과
술과 허무한 꿈에 사로잡힌 대학 시절이 대부분이며,

즐거웠던 순간은
40대에 왕성하게 활동했던 시절과
젊은 나이에 명퇴하여 자유시간을 누릴 때이다.

미래에는 의미 없이 하루하루를 보내기보다
더욱 가치 있는 사건들을 경험하면서
아름다운 추억으로 카이로스를 채우고 싶다.

좋은 내용은 영원히 기억하고
나쁜 일이라도 교훈적이라면 잊지 말아야 하는데
두뇌만 가지고는 한계가 있어 기록을 해야 한다.

글쓰기를 두려워하는 사람의 경우에는
중요한 순간마다 사진이나 동영상이라도 남겨
평상시 정리해 두어야 한다.

각 개인의 깊이 있고 의미 있는 삶은
얼마나 풍성한 자신의 카이로스를
향유할 수 있느냐에 달려있다.

나이 먹어 삶을 되돌아보는 활동사진을 돌릴 때
자신이 어떤 삶을 살았는지는
카이로스에 대한 기억이 답해 줄 것이다.

2

나의 독서록

인생살이 중에 자식계획, 노후계획 등
여러 가지 계획이 있듯이 독서도 계획이 있다.
'독서계획'이란 '체계적인 독서습관을 지니는 계획'이다.

책의 권수는 독서량과 상관없다.
평생 성경을 수천 번 읽었던 사람은
한 권의 책을 읽은 것이 아니라
수천 권의 책을 읽은 것이나 마찬가지다.

심오한 뜻을 지닌 작품은
나이와 환경에 따라 읽으면 읽을수록
작가가 의도하는 행간을 새로 발견할 수 있다.

몇 년 전 《부동산 투자 전략》이라는 책을 출간한 적이 있다.
지인들과 대화하다가 책에 나온 내용을 언급하면
"그런 게 있었어? 못 봤는데!"
하고 처음 듣는 소리라며 길길이 날뛴다.

저자는 힘들여 써서 모두 기억하지만
독자는 편하게 읽으므로 기억에서 사라지거나
깊은 뜻을 이해하기에 앞서 대충 읽었다는 것이다.

다작보다 한 권의 명작을 여러 번 읽는 게 삶의 지혜다.
다시 읽을 때마다 느낌의 변화과정을 기록하는 것도
재미있는 결과물이 될 수 있다.

"되로 배우고 말로 써 먹는다"라는 속담이 있다.
배움은 짧지만 배운 걸 사회에서 잘 써먹는다는 뜻이다.
책을 읽으면 절대 그냥 넘어가지 말고
느낌을 기록하여 다른 곳에 이용하라는 의미다.

독서계획을 이렇게 세웠으면 좋겠다.

전문가들이 권하는 '명작'을 정하여
어린 시절부터 성인이 되어 늙을 때까지
여러 번 반복하여 읽으면서 그때마다 독후감을 적는다.

감명 깊게 읽은 신간에 대해서는
책 내용 중에서 중요한 부분을 발췌하여
장르별로 정리하여 보관한다.

10년마다 독후감과 정리한 내용을 합쳐

'나의 독서록'이란 제목으로 엮음집을 만들어
가까운 지인에게 한 권씩 선물하는 것을 권하고 싶다.

'나의 독서록'은 보고서 작성이나 글을 쓸 때
자신만의 독특한 냄새를 풍기는 방대한 자료로 이용되고
지인을 만날 때 무궁무진한 이야깃거리를 제공해 준다.

《삼국지》를 다시 읽어보아야겠다.
《좁은문》과 《데미안》도 눈앞에 아른거린다.
《어린왕자》를 지금 이 나이에 읽으면 어떤 느낌일까?
외로움타령 이전에 할 일이 많이 생겼구나!

3

중국의 2대 악녀

중국 북경의 '이화원'이라는 곳을 가 보면 서태후(1835~1908)의 발자취를 느낄 수 있다. 그녀는 17세에 궁으로 들어가 아들을 낳았으며 갑자기 황제가 죽자 어린 황제를 대신해 섭정했다. 서태후 나이 26세 때이다. 섭정기간이 끝날 즈음 그녀는 아들을 내치고 4살 된 조카를 양자로 삼아 황제로 옹립하였으며 황제가 어른이 되자 감옥에 넣고 계속하여 집권했다.

서태후는 중국 역사상 가장 사치스러웠다. 옷이 2만 벌이나 되어 하루에도 몇 번씩 갈아입었고 한 끼 식사비가 서민 1만 명이 하루 먹을 비용과 맞먹을 만큼 호화로운 밥상으로도 유명하다.

이화원에는 '곤명호'라는 호수가 있다. 호수 한가운데 인공 섬 '남호도'가 있는데, 이곳은 서태후가 자신의 밤을 위하여 젊은 미남으로 가득 채워놓은 곳이다. 그리고 밤이 외로울 때마다 한 명씩 불러들였으며, 선택된 미남은 서태후에게 하룻밤 봉사한 후 다음 날 소문나기 전에 죽었다. 48년 동안 사치와 권력에 집착한 그녀가 죽음을 앞두고 마지막 남긴 말이 인상적이다. "다시는 여자가 정치를 못 하도록 하라!"

'철의 여왕'이라고 불리었던 영국의 '대처 수상'이나 독일을 강대국으로 만든 '메르켈 총리'의 포용리더십을 보면 서태후의 유언은 분명히 틀린 말이지만, 우리나라 여자대통령인 '박근혜'를 보면 서태후 말이 맞는다.

서태후 못지않은 중국의 2대 악녀로 '측천무후(624~705)'가 있다. 그녀는 중국 역사상 유일한 여황제다. 무후는 14세 때 당나라 태종의 후궁이 되었다. 태종이 죽자 뒤를 이은 고종이 그녀를 황후자리에 앉혔다. 아버지의 아내를 차지한 것이다. 고종 나이 28세, 무후 나이 33세 때이다. 병약한 고종이 정무를 볼 수 없게 되자 무후는 고종이 죽을 때까지 26년간 권력을 장악했으며 이후에 황제가 되어 15년 동안 중국을 다스렸다.

서태후와 측천무후는 권력을 유지하기 위해서라면 자식조차 자기 손으로 제거할 정도로 냉혹하고 잔인한 면에서 같지만, 서태후는 나라의 장래는 아랑곳하지 않고 자신의 안위만을 생각하여 청나라가 멸망에 이르는 단초를 제공하였으며, 측천무후는 농경장려, 과거시험 실시 등으로 강력한 중앙집권 체제를 확립하여 당나라 전성기의 기반을 마련했다는 점에서 다르다.

#4

'오삼계'의 운명

중국 '윈난 성'의 '쿤밍'이라는 도시는 '오삼계'가 애첩 '진원원'을 위하여 만들어 바친 '금전'이라는 사원이 있어 관광객의 발길을 이끈다. 오삼계는 중국 명나라 말기 때 장수로 기생 진원원을 첩으로 들여 극진히 사랑했다. 미녀의 고장 '소주' 출신인 진원원은 악기, 노래, 춤, 시 등 모든 것에 능한 기생으로 우리나라 '황진이'와 비슷한 급이었다. 진원원과 사랑이 무르익기도 전에 '선해관'을 지키라는 명을 받은 오삼계는 그녀를 북경에 놔둔 채 아쉬운 마음으로 떠났다.

황제의 무능으로 민심이 흔들리면서 농민반란을 일으킨 '이자성'이 북경을 함락시켰다. 그는 전략요충지인 '산해관'에 파견된 오삼계와 손을 잡아야 천하를 쉽게 잡을 수 있다고 판단해 가족을 인질로 삼아 오삼계의 항복을 요구했다. 황제의 자결로 명나라가 망하자 모든 걸 포기하고 북경으로 향하던 오삼계는 이자성의 부하가 자신의 애첩인 진원원을 가로챘다는 소식에 격분하여 다시 산해관으로 철수했다. 이자성도 산해관을 공격하기 위하여 출발했다. 생명에 위협을 느낀 오삼계는 성문을 열고 적군인 청나라 군사를 끌어들여 함께 이자성을 물리쳤다. 난공불락의 산해관을 쉽게 통과한 청나라는 여세를 몰아 북경까지 진군하여 무혈 입성했다. '만주족이 중원의 주인이 된 것이다.

오삼계는 진원원이라는 한 여성 때문에 아버지를 비롯해 50여 명의 일가친척을 전멸당하게 하고, 적군인 만주 오랑캐에게 천하를 넘겨 역사에 중요한 전환점을 야기한 인물이 되었다. 이후 그는 청나라의 일등 공신이 되어 왕으로 봉해져 진원원을 왕비 삼아 부귀영화 누리면서 아쉬웠던 사랑을 마음껏 즐기려 했다. 그러나 진원원은 조국을 배반한 오삼계에 실망하여 조용한 암자로 거처를 옮겼고, 훗날 그가 죽자 연못에 스스로 몸을 던졌다.

오삼계라는 인물을 평가하자면,

페미니스트?

로맨티시스트?

에라, 이 똥물에 튀겨 죽일 놈아!

5

중국의 '동북공정'

중국 역사를 살펴보자.

기원전 221년 '진시황'이 최초로 중국을 통일하였으나 15년 만에 '한나라'의 '유방'에게 접수 당한다. 한나라는 400년간 지속되다가 220년에 '조조, 유비, 손권'의 삼국지로 넘어간다. 이후 '위·진·남북조' 시대로 남과 북이 분열되었던 중국은 '수나라'가 재통일한 후 금방 망하고 600년간 '당·송'의 황금시대를 열었다. 당·송이 문치주의를 표방하여 국력이 쇠약해지자 1279년 북방민족인 '몽골족'의 '원나라'가 등장하여 백 년 동안 중원을 다스렸다. 원나라는 '명나라'의 '주원장'에게 쫓겨나 다시 북쪽으로 철수하여 예전같이 남쪽은 한족漢族, 북쪽은 몽골족으로 나누어졌다. 명나라도 300년간 유지하다가 1644년 북방 민족인 '만주족'의 '청나라'에 멸망하여 다시 남방민족과 북방민족은 합병 통치되었다. 청나라는 1911년 신해혁명으로 문을 닫고, 중국은 공화국을 선포한다.

이처럼 중국천하를 북방민족이 통치한 기간은 진시황 중국통일 이래 중국역사의 3분의 1에 해당하므로 중국역사는 '남북항쟁사'로 요약할 수 있다. 남방 민족이란 '중화中華'라고 자칭하는 농경민족인 한족漢族을 말하며, 유목민인 북방민족은 거란, 여진, 몽골, 만주 등 중국의 북방에 거주하는 여러 민족을 가리킨다. 남방민족(중국-티베트어족)과 북방민족(우랄-알타이어족)은 어족이 상이할 정도로 근본이 다르다.

최근 중국정부는 '동북공정'을 통하여 만주지역인 동북 3성(요령, 길림, 흑룡강)에 대한 역사를 왜곡하고 있다. 동북공정이란 중국역사를 연구하는 프로젝트로, 기존의 '고구려 역사는 중국사이자 한국사'라는 관점을 '중국 고구려 역사'로 은근슬쩍 바꿨다. 고구려 유민이 고려로 편입된 사실을 두고, 고구려를 고대 중국에 귀속시켜 '고려와 계승관계가 없다'고 주장하는 것이다.

동북공정을 이기려면 단일민족을 벗어나야 한다. 우리나라는 단일민족이 아니라 두 개의 민족이 합쳐 탄생한 것이다. 하나는 바이칼호수에서 시작하여 고구려, 부여, 백제가 된 예맥족이고, 다른 하나는 몽골 서쪽 유목민이 신라에 온 한족^{韓族}이다.

모든 것이 '새옹지마'라 하듯이 400년 전 '오삼계'는 천하의 역적이었으나 '현재의 중국 지도^{地圖}'를 만든 일등공신이다. '역사에 가정이란 없다'고 하지만, 만약 오삼계가 '이자성'과 함께 명나라를 멸망시켜 청나라가 아닌 새로운 왕조가 탄생했다면 어떻게 되었을까?

남방지역은 이자성이, 북방지역은 만주족이 통치하여 만주 땅은 중국과 분리되었을 것이다. 그렇다면 우리나라와 중국 사이에 만주라는 완충지대가 존재하여 남북분단의 아픔을 면하거나, 아니면 만주와 남북이 하나 되어 일본과 중국에 대항할 만한 대국으로 발전하여 오천년 동안 이어온 약소국의 설움에서 벗어날 수 있었는데…

6

푸시킨의 삶

삶이 그대를 속일지라도 슬퍼하거나 노여워하지 마라
설움의 날을 참고 견디면 머지않아 기쁨의 날이 오리니

마음은 항상 미래에 살고 현재는 언제나 슬픈 것
모든 것은 순식간에 지나가고
지나간 것은 또다시 그리움이 되리니

러시아 국민시인 '푸시킨'의 작품이다.

중학교 때 선생님께서 갑자기 이 시를 꺼내들고 "좋은 시다. 무조건
외워라!" 하여 지금까지도 입에서 줄줄 나온다. 그 당시에는 이 시의 깊
은 뜻을 몰랐으나 살면서 앞뒤가 콱 막혀 어려울 때 이 시를 곱씹으면
마음의 평정을 찾았다.

제정러시아 시대에 귀족으로 태어나 진보적인 사고로 민중의 편에 섰
던 푸시킨은 젊은 시절 유배생활로 시작하여 죽을 때까지 왕정의 감시
와 검열을 받았다. 그는 외할아버지가 흑인이어서 곱슬머리에 피부가
까무잡잡하고 원숭이 같은 외모를 가졌으나 '사교계의 꽃'이라고 불리었

던 미모의 '나탈리아'를 부인으로 맞는다. 미녀와 못생긴 시인의 만남이 비극을 낳았다. 푸시킨은 나탈리아의 낭비벽으로 재산을 탕진했으며 근위대 장교와 아내의 추문이 그를 괴롭혔다. 마침내 푸시킨은 스캔들 당사자인 장교와 결투하여 38세의 짧은 나이에 삶을 마감했다.

모스크바의 '홍대 앞'인 '아르바트 거리'에 가면 푸시킨 부부의 동상이 있다. 자세히 보면 푸시킨의 왼손과 나탈리아의 오른손이 꽉 잡혀있지 않고 약간의 공간을 두었다. 두 손 사이의 틈새는 푸시킨과 아내의 순탄치 못한 결혼 생활의 안타까움을 나타낸 것이다. 지나가는 사람들이 그 공간에 꽃을 꽂아주어 그들의 영원한 사랑을 기원했다.

푸시킨과 나탈리아는 6년을 같이 살았으며 둘 사이에는 네 명의 자녀가 있다. 결혼생활 동안 내내 아내가 임신한 상태였을 텐데 무슨 염문설이 그렇게 그를 괴롭혔는지?

나탈리아는 7년 동안 수절하고 재혼했다. 푸시킨이 죽었을 때 그녀의 나이가 25세였으므로 홀로 밤을 지새우기에는 너무 젊었다. 그녀는 20여 년의 재혼생활 후 51세에 사망했다.

7

장인의 시

장인 영감님이 돌아가신 지 어언 10년이 넘었다. 장인은 고등학교 평교사로 재직하면서 박봉에 5남매를 키우느라고 힘들게 사셨다. 삶의 지혜란 오직 철두철미한 절약밖에 없었다. "학교라는 데가 돈 나올 곳이 뻔하다. 시험지 팔아먹어서 돈 빼돌리는 것 외에는 돈 벌 구멍이 없다."는 장인 말이 기억난다. 선생님이란 직업이 경제적으로 어렵다는 의미이다. 장인께서 지병으로 돌아가신 후 안방에 뒹굴어 다니는 장인 지갑 속을 들여다보니 낡은 종이에 희미한 글씨로 적힌 시가 있었다.

가난을 스승으로 청빈을 배우고
질병을 친구로 탐욕을 버렸네
고독을 빌려 나를 찾았거니
천지가 더불어 나를 짝하는구나

산은 절로 높고 물은 스스로 흐르네
한가한 구름에 잠시 나를 실어 본다
바람이 부는 대로 맡길 일이지
어디로 흐르든 상관할 것 없네

있는 것만을 찾아서 즐길 뿐

없는 것을 애써 찾지 않나니

다만 얽매이지 않으므로 언제나 즐겁구나

장인이 직접 지은 시인지 아니면 본인의 신세와 너무 흡사하여 공감이 가서 따로 적어 간직한 것인지 헷갈렸다. 현실을 탓하지 말고 욕망에 대한 집착을 버리니 행복이 온다는 내용으로 해석하고 싶다. 가끔 장인을 생각하면서 이 시를 음미했다. 장모께서도 한 마디 유언 없이 돌아가신 장인을 생각할 때마다 눈물 흘리시며 장인 친필이 적힌 종이를 고이 간직하고 있었다.

얼마 전 '황필호'의 《어느 철학자의 편지》라는 책에서 이 시를 발견하고 실망스러웠다. '이름 모를 어느 스님의 작품'이었다. 장인이 직접 지었을 리가 없다는 생각도 했지만, 출처를 알 수 없어 은근히 장인의 감춰진 능력에 감탄했다. 하지만 타인의 작품임을 알고 난 후에는 장인의 신비스럽던 모습들이 사라지고 시에 대한 애정도 식었다.

8

참사랑이란

세계적인 슈퍼스타 스포츠 커플인 '그렉 노먼'과 '크리스 에버트'가 결혼 15개월 만에 이혼했다는 사실을 최근에 알았다. 호주출신 노먼은 골프로 한 시대를 이끌었으며 부동산 개발 회사, 골프장 설계, 와인 제조 등의 사업가로 성공했다. 에버트는 70년대 초반부터 20여 년간 여자프로테니스의 각종 대회를 휩쓸었으며 실력 못지않게 아름다운 외모로 인기를 끌었다.

2008년 7월, 54세 동갑인 이들은 각자의 배우자에게 엄청난 위자료 (노만은 1억 달러, 에버트는 1,000만 달러)를 지불하는 등 힘들게 결혼하여 세간에 이목을 집중시켰다. 잘 나가는 노먼이 젊은 여성을 마다하고 왜 50대인 에버트인지 이해가 안 갔다. 한편으로는 가족과 명예, 재산 등 모든 것을 포기하고 사랑을 택한 노먼의 열정이 부러웠다.

둘은 총알같이 이혼과 재혼 그리고 또 이혼을 했다. 친구로 지낸다나 뭐라나! 노먼은 결혼생활 하루당 2억 원씩 뿌린 꼴이다. 세상 사람들은 입방아를 찧는다. '조강지처 버린 놈치고 잘되는 놈 못 보았다! 아름다운 꽃은 감상할 때가 좋지 꺾은 후는 허당이다!'

몇 달 전 스웨덴 왕자와 '금지된 사랑'으로 오랜 세월 은둔 생활하며 소설 같은 인생을 살았던 '릴리안' 왕자비가 97세로 별세했다. 잡지모델인 그녀는 결혼한 상태였으나 1943년 제2차 세계 대전으로 남편이 군대 간 사이 클럽에서 백마 탄 왕자 '베르틸'을 만나 한눈에 반했다.

  2년 뒤 남편과 이혼한 릴리안은 왕자의 연인이 되었다. 스웨덴 왕실에서는 평민 출신 이혼녀인 그녀를 왕가의 일원으로 인정하지 않아 이들은 동거상태로 조용히 살았다. 릴리안 커플은 33년을 기다린 60대에 이르러서야 베르틸의 조카가 국왕으로 즉위한 기념으로 결혼식을 올릴 수 있었다.

  그녀는 80세 생일을 맞은 해에 남편을 '위대한 인간'이라고 추켜세우며 자신의 인생을 한마디로 요약하면 '사랑'이라고 했다. 베르틸 왕자는 릴리안 왕자비와의 열정적인 연애사로 스웨덴에서 '프린스 차밍'이란 별명으로 불렸고, 둘 사이에 자식은 없다. 릴리안은 오래도록 사랑하는 사람과 함께였지만, 사람들 앞에 나설 수 없었으며 그런 삶을 받아들였다.

  남녀 사이에 사랑의 감정은 시시각각으로 변하므로 결혼이라는 고리로 아무리 묶어놓아도 둘 사이의 관계가 지속되기 어려운 것이거늘, 동거상태로 인고의 삶을 보냈음에도 변하지 않는 릴리안 커플의 사랑을 '참사랑'이라고 하고 싶다.

9

시어머니 사랑

결혼한 지 얼마 안 되어 친정엄마가 암 선고를 받았다. 놀라움도 잠시, 수술비와 입원비가 걱정이었다. 다음 날 엄마를 입원시키려 친정에 갔지만, 엄마도 선뜻 나서질 못하였다. 마무리 지어야 할 일이 있으니 모레 입원하자 하셨다. 집에 돌아오는 버스 안에서 어렸을 때 돌아가신 아빠 생각에 하염없이 눈물 흘렸다. 그때 시어머니한테 전화가 왔다. "지연아? 너 울어? 울지 말고… 내일 세 시간만 시간 내다오."

시어머님은 나를 만나자마자 무작정 한의원으로 데려가 보약을 짓고 백화점에서 트레이닝복과 간편복을 네 벌 사 주셨다. 어머니께서는 함께 집에 와서야 "환자보다 간병하는 사람이 더 힘들어. 병원에만 있다고 아무 거나 먹지 말고" 하시며 봉투를 내미셨다. "엄마 병원비 보태 써라! 이건 죽을 때까지 비밀로 하자. 남자들이란 부부 싸움 할 때 꼭 친정으로 돈 들어간 거 한 번씩은 얘기하게 돼 있어… 그니까 우리 둘만 알자." 나는 무릎 꿇고 시어머님께 기대어 엉엉 울고 말았다.

친정엄마는 수술한 이듬해 봄에 하늘나라로 가셨다. 병원에서 오늘이 고비라고 하였다. 남편에게 전화했고 갑자기 시어머님 생각이 났다. 나도 모르게 울면서 전화를 드렸다. 시어머님께서는 늦은 시간임에도 남편보다 더 빨리 병원에 도착하셨다. 의식이 없는 엄마 귀에 대고 말씀드렸다. "엄마… 우리 어머님 오셨어요…" 엄마는 미동도 없었다.

"사부인… 저예요… 지연이 걱정 말고 사돈처녀도 걱정 마세요. 지연이는 이미 제 딸이고요, 사돈처녀도 내가 혼수 잘해서 시집보내 줄게요. 걱정 마시고 편히 가세요…" 그때 거짓말처럼 친정엄마가 눈물을 흘리셨다. 엄마는 두 시간을 넘기지 못한 채 눈을 감으셨다. 시어머니께서는 눈물만 흘리는 나를 붙잡고 함께 울어 주셨다. "빈소가 썰렁하면 가는 길이 외로워…" 하시며 사흘 내내 빈소를 지켜 주셨다.

몇 년 후 동생이 결혼한다고 했다. 시어머님은 또다시 봉투를 내미셨다. "결혼 자금은 마련해 놓았어요. 마음만 감사히 받을게요." 어머니께 너무 죄송하여 울면서 안 받겠다고 짜증도 부렸다. 시어머님께서 말씀하셨다. "지연아, 친정엄마 돌아가실 때 약속했잖아. 나 이거 안 하면 나중에 사돈을 무슨 낯으로 뵙겠어." 시어머님은 친정어머니에게 혼자 하신 약속을 지켜 주셨다. 시부모께서는 동생 결혼식 혼주 자리에 앉으셨고 동생은 시아버지 손을 잡고 신부 입장하였다.

오늘은 우리 시어머님 49제였다. 내 휴대폰 단축 번호 1번은 아직도 시어머님이시다. 항상 나에게 한없는 사랑 베풀어 주신 우리 어머님이시다.

시어머니 사랑이 눈물겨워 카페에서 퍼 왔다. 슬플 때 함께 울어주는 시어머니모습이 아름답다. 이런 마당에 어찌 "친정어머니가 아프면 가슴이 아프고, 시어머니가 아프면 골치가 아프다"는 말이 나올 수 있겠나?

고부관계는 윗사람이 배려해야 원만하게 성숙된다. 다만 항상 돈이 들어간다는 것이 씁쓸하다. 시어머니 노릇하려면 아무리 고운 마음을 가졌더라도 며느리에게 베풀 쌈짓돈이 있어야겠다. 사시모곡思媤母曲을 들으면서 사위가 사장인곡思丈人曲이 나올 정도로 사랑을 베풀어야겠다는 다짐을 해 보았다.

'그때 거짓말처럼 친정엄마가 눈물을 흘리셨다.'는 대목에서 기본적으로 알아야 할 상식이 있다. 사람은 모든 의식 중에 청각이 가장 늦게 죽는다. 심장이 멈추지 않는 한 청각이 살아 있어 임종할 때 가족들이 하는 이야기를 모두 듣고 간다. 죽는 사람에게 의식이 없다고 함부로 말하다가는 원한을 품고 갈 수 있으니 '말조심'해야 한다.

10

어느 지식인의 자식에 대한 훈계

있는 사람은 '자식에게 뭐를 해 주어야 한다'는 강박관념에 사로잡혀 고민을 많이 한다. 가진 게 없으니 그러한 걱정거리에서 해방되어 좋다. 자연이 자식에 대한 욕심도 없다. 나는 애 능력이 부족한 덕분에 마음이 편하다. 그렇다고 아이에게 신경을 안 쓰는 것은 아니다. 포지티브한 생각으로 실망하기보다 네거티브하게 생각하여 만족하는 것이 낫다.

친척 중에 잘사는 사람이 아들도 잘났다. 그 아들이 서울대만 고집하여 재수를 했는데 또 떨어져 고민한다. 내 아들은 수도권 대학도 못 갈 정도지만 즐겁게 미소 띤 모습을 자주 본다. 삶의 질이 어디가 높은가? 누가 더 행복한가?

전국에서 4천 등 하는 학생이 어머니한테 혼나지 않으려고 62등으로 성적을 위조하였다. 어머니한테 골프채로 사정없이 얻어맞았다. 전국 1등을 하라는 말이다. 그 정도로 어머니가 아들의 성적에 매달렸으니 아이의 심정이 얼마나 고통스럽겠는가! 비상구를 못 찾은 아이는 어머니를 살해했다. 시체와 상당기간 같이 살았다. 그게 바로 집착이다.

개가 다리 하나를 다쳐 병신이 되었을 때 개 자신은 불쌍한 것을 모른다. 남들이 개를 불쌍하게 보고 마음 아파한다. 아이 자신은 공부 못해도 부끄럽지 않고 즐겁다. 부모가 자기 기준으로 생각하기 때문에 울화통이 터지는 것이다.

늦잠 자는 아이한테 아침밥 먹으라고 하면 자기 방으로 가져다 달라고 한다. 화는 나지만 아무 소리 안 하고 밥을 차려다 준다. 그러나 반드시 "야! 밥 먹으러 나와라."라고 먼저 한다. 싫다면 가져다주는 것이다. 충고는 하지만 강박 관념을 가지고 강요하면 안 된다. 자식이 스스로 우러나서 하도록 분위기를 만들어 줄 때 가끔 기대하지 않았던 일도 벌어진다. 요즘은 식탁에 나와서 먹는 경우가 종종 있다. 아빠하고 얘기하고 싶어서 그런가 보다.

11

여류화가 나혜석

'신여성'이란 일제강점기 신식교육을 받은 여성으로, 남녀평등을 주장하고 전통적인 윤리관을 부정했다. 이들은 무절제한 사생활로 사회로부터 고립당했다. 우리나라 최초의 신여성은 '나혜석'이다. 그녀는 1895년 부잣집 딸로 태어나 동경에서 미술을 전공했다. 일본 유학시절 '최승구'를 진심으로 사랑했으나 그는 폐병으로 덧없이 사망한다.

상처받은 그녀에게 다가온 사람이 '김우영'이었다. 나혜석은 '최승구의 묘지에 비석 세워 줄 것'을 김우영에게 요구해 수락하자 결혼식을 올렸다. 1927년 이들 부부는 유럽 여행길에 나선다. 김우영이 독일에서 법률공부 할 때 나혜석은 파리에서 미술공부를 했다. 나혜석은 혼자 사는 동안 '최린'과 스캔들을 일으켰다. 대놓고 밀회를 즐긴 그녀의 심정은 이랬다.

'최린의 관계 같은 것은 서양의 진보적인 의식을 가진 사람들 사이에서는 흔히 있을 수 있는 일이 아닌가? 최린과의 관계로 남편과의 사랑이 더욱 두터워진다면 이 또한 좋은 일이 아니겠는가?'

해외여행에서 돌아온 나혜석은 경제사정이 어려워지자 최린에게 편지를 썼고, 최린은 편지 내용을 김우영에게 고자질한다. 이 사건으로 나혜석은 이혼을 당한다. 그녀는 〈삼천리〉라는 잡지에 자신의 심정을 밝힌다.

'조선남성은 이상하다. 자기는 정조관념이 없으면서 처에게나 일반여성에게 정조를 요구하고 또 남의 정조를 빼앗으려고 한다. 서양이나 동경사람들은 내가 정조관념이 없으면 남의 정조관념이 없는 것을 이해하고 존경한다.'

남편으로부터 버림받은 나혜석의 말로는 비참했다. 예술가적 천재성은 불륜이라는 선입관이 막았으며 미술 전시회의 연속된 실패로 궁핍했다. 어떻게 죽었는지도 정확히 알려지지 않았다. 나혜석의 파격적인 행동을 받아들이기 어렵다. 아무리 신여성으로서 진보를 외칠지라도, '몰래 한 사랑'이나 '짝사랑'이라면 모르겠지만, 가정 있는 여성의 공개적인 사랑은 용서할 수 없다.

오래전 가수 '백지영'의 비디오 파문이 생각난다. 그녀는 지금 최고의 가수로 활동하고 있다. 사회적 분위기도 오히려 그녀의 상처를 감싸주는 듯하다. 지금 시대의 젊은이라면 나혜석을 어떻게 평가할까?

12

진짜 남자

중국 '서안'에 가면 '당 현종'이 '양귀비'에게 하사한 '화청지'라는 아름다운 여름별장이 있다. 그곳에 양귀비의 석상石像이 요염한 모습으로 서 있다. 양귀비는 165㎝의 키에 75㎏으로 비만이었지만, 그 당시 당나라 기준에 예뻤다. '그녀의 피부가 투명했다'고 전하는 것을 보면 꽃 피부는 옛날이나 지금이나 미인의 조건 중 하나인 모양이다.

그녀는 17세 때 '현종'의 아들 '수왕'의 아내로 들어왔다. 현종은 황제비가 죽자 며느리인 양귀비가 탐이 났다. 아들을 귀양 보내고 양귀비와 몰래 만나다가 양귀비 22세, 현종 나이 55세 때 내놓고 살았다. 현종은 양귀비를 맞이한 후 침전에만 머물고 정사에 관심이 없었다. 현종의 주변에는 양귀비의 친인척이 득세했다. 조정에 불만을 품은 '안녹산'이 난을 일으키자 현종은 궁을 버리고 도망갈 준비를 하였다. 출발에 앞서 신하들이 "나라 망친 양귀비를 죽이시오." 하며 황제를 위협했다. 현종은 어쩔 수 없이 양귀비를 포기하였으며 그녀는 38세의 젊은 나이에 사찰에서 생을 마쳤다.

당대의 위대한 시인 '백거이'는 〈장한가〉에서 양귀비를 죽게 한 후회로 가슴이 찢어지는 황제의 모습과 그녀의 영혼을 찾아 사랑의 맹세를 확인하는 '현종과 양귀비의 사랑이야기'를 낭만적으로 노래하였으나, 결과적으로 현종은 자신의 목숨을 부지하기 위하여 연인의 목숨을 내주는 '사랑의 배신자'가 되었다.

현종이 죽고 난 후 천 년이란 세월이 흘러 청나라 '순치제'가 중국을 다스리게 되었다.

그는 만주족 군인의 부인을 사랑했다. 이 군인이 부인을 질책했다는 소식을 듣자마자 순치는 단숨에 달려가 남편의 뺨을 때렸다. 군인은 원한을 품고 자살하였다. 황제는 군인의 부인을 후궁으로 봉했는데 그녀가 바로 '동악비'다. 순치제는 그녀를 너무나 사랑하여 그녀가 곁에 있어야 밥을 먹을 정도였다. 그렇게 아끼던 '동악비'가 덧없이 죽어 버리자 비통함과 애달픔에 기력마저 쇠하여진 순치제는 그녀를 황후에 봉하겠다고 고집피우다가 인생무상을 느껴 옥좌를 내팽개치고 '산서성'의 명찰 '오대산'에 죽치고 틀어박혀 있었다. 아무리 조정대신들이 돌아오기를 간청해도 들은 척도 안 하였다. 오직 사랑했던 동악비의 명복만 빌 뿐이었다. 황실은 할 수 없이 황제가 병으로 죽었다고 발표했다. 순치제 나이 24세 때 일이다. 이 소식을 접한 중국 사람들은 순치제를 '진짜 남자'라고 칭하였다.

중국 사람들의 '진짜 남자'에 이의를 제기하고 싶다. '20대와 50대의 나이 차'라는 것이다. 목숨을 거는 사랑은 10~20대의 특권(?)이며 그 나이 때는 여러 소중한 가치 중 사랑이 최고다. 나이를 먹게 되면 사랑의 대상이 유일무이하지 않다는 것과 사랑의 감정이 시간이 지나면 잊힌다는 것을 안다.

따라서 둘 다 똑같이 지독한 사랑을 했으나 사랑이 떠나갈 때 대처방

법에는 차이가 날 수밖에 없다. 만약 중년에 순치제처럼 행동했더라면 알 걸 다 아는 나이임에도 사랑을 택했기 때문에 정말로 '진짜 남자'다.

물론 그럴 인간은 거의 없겠지만…

이러한 조건에 해당하는 '진짜 남자'가 딱 하나 있었다. 20세기 최고의 로맨스인 영국 왕세자 '에드워드 8세'와 '심프슨 부인'의 사랑이야기다. 영국의 에드워드 8세는 왕세자 시절 사교계의 한 파티에서 운명적으로 심프슨 부인을 만났다. 그녀는 영국인도 아닌 미국인 평민 출신으로 그 당시 두 번째 남편과 결혼생활을 하는 중이었다.

독신남과 유부녀는 이 만남 이후 깊은 사랑에 빠졌다. 둘의 은밀한 만남은 5년 동안 지속되었고, 선친이 타계하자 뒤를 이어 왕위에 오른 에드워드 8세는 심프슨 부인과의 결혼을 위해 온갖 방법을 동원했지만, 번번이 왕실과 의회의 반대에 부딪혔다.

이에 왕위에 오른 지 1년이 채 안 된 1937년, 에드워드 8세는 "사랑하는 여인의 도움 없이는 국왕으로서의 무거운 책임을 짊어질 수 없음을 깨닫고 왕위를 버린다." 며 대국민방송을 마치고 홀연히 조국을 떠나 프랑스에서 심프슨 여사와 결혼한다.

그 당시 영국의 왕이라 하면 전 세계의 3분의 1을 지배하는, 해가지지 않는 제국의 황제였다. 에드워드 8세 나이 43세 때의 일이다. 둘은 서로 아끼고 35년 동안 살다가 남자가 먼저 세상을 떠나고 14년 후인 1986년 89세의 일기로 부인도 생을 마쳤다. 에드워드 8세를 '진짜 남자'라고 칭하는 데 이의 있는 사람 있으면 나와 봐라!

13

송가수(1865~1918)의 딸들

'송가수'란 사람은 중국 '해남도'의 가난한 집안 출신이었으나 친척의 양자로 들어가 미국에 건너갔다. 그는 고학으로 신학대학을 졸업하고 다시 중국으로 돌아왔다. 상해에서 박봉의 선교사 생활을 하고 있던 그에게 행운을 가져다준 여인이 있었다. 온화한 얼굴과 늘씬한 체격을 가진 '예계진'이란 여인은 부잣집 딸이었다.

송가수는 22세 때인 1887년 여름, 19세의 예계진과 결혼했다. 그는 결혼하자마자 선교사를 그만두고 사업가로 변신한다. 그리고 많은 돈을 벌었다. 두 사람은 17년에 걸쳐 장녀 '애령', 차녀 '경령', 삼녀 '미령'과 아들 세 명 등 여섯 명의 자녀를 낳았다.

자녀들에 대하여 송가수 부부는 누구보다 열정적이었다. 부부는 아들과 딸을 조금도 차별하지 않고 똑같이 기회를 주었으며, 모두 미국으로 유학을 보냈다. 집안 분위기는 자유롭고 개방적이었으며 아이들에게 자신의 의견을 거침없이 표현하도록 가르쳤다. 남녀차별은커녕 '중녀경남重女輕男'에 가까울 정도로 딸을 아끼고 존중했다. 애령이 피아노를 치고 경령이 플루트를 불면 나머지 가족은 합창을 했다. 이러한 분위기에서 자란 딸이 애령·경령·미령이며, 애령은 중국혁명의 지도자인 '손문'의 비서를 지내다 중국 굴지의 재벌과 결혼했고, 경령은 손문과 결혼했으며, 미령은 중화민국 총통인 '장개석'과 결혼했다. 가난한 시골출신 송가수는 중국이라는 거대한 땅에서 애령의 돈과 경령의 명예 그리고 미령의 권력을 모두 소유하게 되었다. 이렇게 팔자 좋은 사람이 어디 있을까? 모든 것을 가진 송가수도 죽음을 피할 수는 없었다. 그는 53세에 죽어 딸들이 출세하여 천하를 주무르는 것을 보지 못했다. 아리따운 딸들, 그리고 수많은 재산과 권력을 놓고 어떻게 저세상으로 갔을까? 송가수에 비하면 아무것도 없는 나 같은 민초는 편하게 죽을 것이다.

장녀인 송애령은 중국 최초의 미국유학생이었으며, 공부를 마친 후그 당시 중국 최고재벌인 '공상희'와 결혼했다. 그는 은행가이자 사업가이다. 애령은 국민당이 공산당에게 패배하게 되는 1948년 남편과 함께 미국으로 망명해 풍부한 돈으로 편안하게 살다가 생을 마친다.

경령은 16세 되던 해 미국으로 유학 갔다. 학업을 마친 후 평소에 민족의 영웅으로 숭배하던 손문에게 적극적으로 접근하였고, 27세 연상의 손문과 대담하게 결혼했다. 그것은 애정과 혁명의 결합이었다. 한 번도 여성에 대한 깊은 소용돌이에 빠진 적이 없었던 손문은 너무나 젊고 활기차고 아름다웠으며 자신의 혁명운동에 열정을 가지고 헌신한 송경령에게 감동하였다.

1922년 총통의 자리에 오른 손문이 간암으로 죽자 그녀는 혁명정치가로 홀로 일어섰다. 그리고 공산당원과 접촉하면서 대중운동에 참가

하였다. 이후 좌파의 구성원으로서 '무한武漢'에 국민당정부를 수립하는 데 관여했다. 그러나 '장개석'이 반공쿠데타로 국민당을 장악하자 장개석의 국민당 정부와 결별하고 모스크바로 정치적 망명을 떠났다.

12세 때 미국으로 건너간 미령은 미국의 급우들에게 "내 몸과 정신에서 유일하게 동양적인 것이 있다면 그것은 내 얼굴뿐"이라고 할 정도로 평생 초콜릿과 야채샐러드, 카멜 담배를 즐겼다고 한다. 송미령은 매우 현실주의자인 데다가 욕심이 많았다.

장개석은 미령을 처음 보자마자 반하여 끈질기게 구애했으며, '영웅이 아니면 시집을 가지 않겠다'는 그녀의 야망이 합쳐져서 혼사가 조금씩 진행되었다. 5년에 걸친 노력 끝에 '절강성' 출신의 촌스러운, 그러나 야심 많은 군인 장개석은 1927년 매력적인 신여성 송미령과 결혼에 성공한다. 이때 송미령의 나이는 서른이고, 장개석은 마흔이었다.

세상은 세 자매를 "첫째는 돈을 사랑했고, 둘째는 중국을 사랑했으며, 셋째는 권력을 사랑했다"고 평가한다. 이처럼 세 자매는 서로 다른 운명의 길을 걸었다. 특히 경령과 미령은 서로의 정치적 견해차이가 극명하여 1949년 중국의 공산화 이후 한 번도 만나지 못하는 이산자매가 되었다. 국민당과 공산당을 대표하는 두 자매는 중국과 대만 근현대사의 상징이다.

14

인공지능의 미래

얼마 전 EBS에서 뇌 과학자인 '김대식' 카이스트 교수의 '인공지능'에 대한 대담이 있었다. 이를 요약해 보겠다.

인공지능이란 '우리가 지능을 만들어 기계에게 부여하는 것'으로, 두 가지 종류가 있는데 물체를 보고, 듣고, 말하기 등 사람과 비슷한 수준의 인지기능을 갖춘 기계를 '약한 인공지능'이라고 하며, 거기에 더해서 스스로 생각하고 판단하여 결정하는 독립성을 갖추고 감정을 이해하는 기계를 '강한 인공지능'이라고 부른다.

우리는 지구를 인간위주로 바꾸어 놓았는데, 이는 인간이 제일 똑똑하니까 가능한 일이다. 인간을 위협하는 사자를 없애고 인간보다 약한 고양이는 애완용으로 키운다. 의자, 책상 등 모든 것이 인간위주로 되어 있다.

그런데 기계가 '약한 인공지능'에서 '강한 인공지능'으로 진화하여 인간보다 더 뛰어난 지능에 죽지도 않고, 더 빠르고, 독립성에 자아까지 갖는다면, 기계는 인간이 지구에 존재하는 당위성에 대하여 고민할 것이다. 그리고 인간이 없는 것이 더 낫겠다고 판단하고 지구를 정복할 것이다. 이제 기계가 자기 위주로 세상을 만든다. 강한 인공지능이 만들어지는 순간 인간은 사라진다. 약한 인공지능은 만들되 강한 지능으로의 진화를 막아야 한다. 하지만 부모 말 잘 듣는 어린아이가 자연스럽게 모든 일에 어긋나는 사춘기가 되듯이 기계의 약한 인공지능이 강한 인공지능으로 변하는 것도 막을 수가 없다. 강한 인공지능의 진화를 늦추려고 인간이 아무리 노력할지라도 50년 이내에는 올 것 같다.

지구에 인간이 산 지가 몇 만 년 되었다. 지금 세대가 사용한 지구의 자원이 과거 모든 세대가 사용한 자원의 합보다 더 많을 정도로 낭비했다. 그만큼 백 년 전 황제가 누리는 것보다 현재 우리의 중산층은 훨씬 더 많은 혜택을 누리며 모든 부분에 있어 풍요 속에 살고 있다. 이 지구는 우리 세대를 위하여 만들어졌으며 우리 세대가 마음껏 즐겼다. 우리 세대는 지구의 자원을 착취하여 각종 산업폐기물과 오염물질을 만들어 지구를 뒤덮고 있다. 이산화탄소가 배출되어 지구가 더워져 빙하가 녹기 시작했으며 해수면이 올라 대지는 바닷속으로 가라앉는다. 오존층이 파괴된다. 이러다 보니 지구가 화가 나서 심술을 부린다. 앞으로 이런 식으로 갈 경우 지구의 멸망도 먼 시기가 아니다.

김 교수는 "저는 앞으로 49년만 더 살 거예요. 그런데 앞으로 태어날 아이들이 불쌍해요!" 란 말을 하면서 대담을 마쳤다.

2016년 3월 9일! 이날은 대단한 날이었다. 바둑계 3대 천재 중 하나이며 지난 10년 동안 세계바둑을 주름잡았던 프로기사 '이세돌' 9단과 바둑 인공지능 소프트웨어 '알파고'의 대국이 벌어져 세계의 이목을 집중시켰다. '알파고'란 수십만 번의 대국을 통하여 통계와 확률로 무장하였으며 설명이 아니라 자율적으로 인식·판단하고 학습하는 강한 인공지능기계다. 인간과 인공지능의 두뇌대결이 시작된 것이다. 언론에서는 '인간이 기계의 주인이 되느냐? 하인이 되느냐?'는 의문을 제기했다. 시합 전에는 대부분 사람들이 이세돌의 낙승을 점쳤으나 결과가 충격적이었다. 처음에는 '알파고'가 실수를 저질렀다. 인간이라면 당황한 기색이 역력했겠지만, '알파고'는 곧바로 원위치에 왔다. 여기에 이세돌이 고개를 절레절레 흔들고 한숨을 쉬며 자멸한 것이다.

일주일 동안 펼쳐진 다섯 판의 대국은 4:1로 '알파고'가 이겼다. 이세돌은 대국이 끝난 후 인터뷰에서 "너무 놀랐다. 결정적인 패인 없이 최선을 다했지만, 한순간도 앞섰다는 느낌이 없었다. '알파고'를 만든 프로그래머들에게 존경심을 전한다."고 했고, 자신감은 사라지고 두려움만 배어 있었다.

김대식 교수가 최소한 50년 이내에 강한 인공지능의 시대가 올 것이라고 예상했는데 '알파고'가 벌써 서막을 열었다. 세계적인 베스트셀러 작가인 '베르나르 베르베르'도 앞으로 10년 이내에 인공지능이 의식을 갖게 될 것이라고 예언했다. 지금은 2천 대의 컴퓨터가 연결되어 이세돌을 이겼지만, 앞으로는 소형화되어 인간과 똑 닮은 로봇에 탑재할 것이다. 이 로봇은 바둑에 있어 모든 인간을 이길 것이다.

북한의 '김정은'이 수소폭탄을 터뜨린다고 위협하는 것을 보면 한반도 안정이 5년도 못 갈 것 같고, 강한 인공지능의 등장으로 지구에 인간이 존재할 날이 50년밖에 안 남았으며, 환경오염으로 지구가 우주에 존재할 날이 얼마 남지도 않았는데, 뭐 그리 아등바등 살며 자손만대 먹고 살 걱정까지 하는지!

'노자'의 《도덕경》에 나오는 말처럼 물 흘러가는 대로 살아야겠다. "왜 하필 나는 이 시대에 태어나서 고생인가?" 하며 지금까지 불행하다고 생각했는데 아니었다. 우리는 지구에 생명체가 존재한 이후로 가장 행복한 시기에 태어났다.

15

나이를 먹으면 추억이 서글프다

금세기 최고의 인물을 하나만 뽑자면 당연히 소련의 '미하일 고르바초프'라고 주장하고 싶다. 가난한 농부의 아들로 태어난 고르바초프는 공산당에 가입하여 성실성으로 승승장구했으며, 54세 때인 1985년 역대 최연소로 공산당 서기장이라는 소련 최고통치자의 지위에 올랐다. 그는 피 한 방울 안 흘리고 냉전시대를 종식시켰다. 시장경제가 옳다는 확신으로 공산주의라는 이데올로기를 접었다. 본인 스스로 막강한 권력과 부를 포기하면서 소련 연방을 해체하여 15개 정치적 독립공화국을 탄생시켰다. 통일에 저항하는 동독정치가를 설득하여 독일의 무혈통일에 결정적 역할을 했고, 1990년 노벨평화상까지 수상했다.

이렇게 화려한 경력과 훌륭한 일을 수행한 사람도 나이를 먹으면 무대에서 사라져 쓸쓸히 홀로 세월을 보낸다. 세계를 쥐락펴락했던 그의 명성도 세월에 가려 빛을 잃어갔다. 영원히 옆에 있을 줄 알았던 아내는 이미 세상을 떠났고 두 딸은 시집갔다. 그의 행적에 대하여 조선일보(2009년)에 나온 글을 퍼 왔다.

검은색 정장 차림의 한 노신사가 무대 위에 올라 마이크를 잡는다. 잠시 안경을 매만지면서 생각에 잠기는 듯하더니 이내 기타반주에 맞추어 노래를 부르기 시작했다. 1945년도 발표된 러시아 노래 '스타르예 피시마(오래된 편지들)'였다.

오래된 편지 묶음 속에서 우연히 발견한 편지 하나
깨알 같은 작은 글씨 연보라 잉크 얼룩이 번져 있었네

그땐 생각지도 못한 이별 사랑의 인연은 끊어진 것인가
낙엽이 먼지로 사라지듯 우리 행복했던 시절도 사라지고 마는가

노래가 끝나자 객석 참석자들은 일제히 기립박수를 보냈다. 노래를 부른 주인공은 78세의 '미하일 고르바초프' 전 소련대통령이다. 그가 자선 경매 행사장에서 노래를 불렀다는 소문이 퍼지면서 뒤늦게 화제가 되었다. 특히 10년 전 백혈병으로 타계한 부인 '라이사'를 생각하며 노래를 불렀다고 해 사람들의 가슴을 뭉클하게 했다. 고르바초프는 아내를 회상하며 그녀가 생전에 좋아했던 러시아 노래 7곡을 직접 불러 CD에 수록했고, 이 노래는 그중 한 곡이었다. 고르바초프의 노래가 담긴 CD는 자선경매에서 한 영국인이 2억 원에 사 갔다.

이와 비슷한 추억의 홍콩노래가 있다. 1970년대 허리우드 극장에서 개봉한 영화 〈스잔나〉의 주제곡 '청춘무곡'이다. 한 남자를 두고 두 이복자매가 삼각관계를 벌인다. 질투심이 강한 스잔나는 착한 이복 언니를 사사건건 미워한다. 그러던 어느 날 뇌종양으로 6개월 시한부 생명을 선고받은 스잔나! 그녀는 언니에게 연인을 돌려주는 등 마지막 착한 삶을 살려고 하나 낙엽 지는 가을날 조용히 눈을 감는다.

해는 서산에 지고 쌀쌀한 바람 부네
날리는 오동잎 가을은 깊었네

꿈은 사라지고 바람에 날리는 낙엽
내 생명 오동잎 닮았네 모진 바람을 어이 견디리

지는 해 잡을 수 없으니 인생은 허무한 나그네
봄이 오면 꽃피는데 영원히 나는 가네

추억이 깃든 우리나라 노래도 있다. 가수 '박인희'가 부른 '세월이 가면'이다. 이 노래의 가사는 서른 살의 젊은 나이로 요절한 시인 '박인환'의 작품이다. 그는 낮에 '망우리'에 있는 첫사랑 여인의 묘소에 다녀와 우울한 심정으로 명동의 어느 한 주점에서 이 시를 즉흥적으로 만들었다. 당시 아내와 자식을 셋이나 두었으며 일정한 직업이 없어 끼니걱정을 할 정도로 경제적 어려움을 겪었던 박인환이 옛 애인의 묘소를 찾았던 것은 자기의 죽음을 예상한 행동이었는지도 모른다. 그는 이 가사를 쓴 일주일 후쯤 세상을 떠났다.

박인환은 술과 담배를 벗 삼았는데 죽기 전날도 술을 잔뜩 마시고 집에 들어온 후 가슴이 답답하다며 약을 달라고 외치다가 심장마비로 죽었다. 끼니를 거르면서 빈속에 계속 술을 마신 것이 화근이었다. 그의 관 속에는 생시에 그렇게도 좋아했던 '조니 워커' 양주와 '카멜' 담배를 넣었다.

지그시 눈을 감고 이 노래를 감상하면 아련한 추억 속에 이끌려 마음이 가라앉는다. 과거에 한때 사랑했던 사람을 떠올리며, 그녀가 지금 무엇을 하는지 궁금해진다. 갑자기 젊은 시절로 돌아가 그녀를 찾고 싶지만, 곧바로 현실로 돌아와 부질없는 생각에 한숨을 내쉰다. 좋은 시절 다 가고 그리움만 남는 서글픈 심정이다. 박인희의 차분하고 서정적이며 아름다운 목소리가 이 시의 정서에 잘 어울린다.

감동의 바다에서

1

'대니 보이'의 나라 아일랜드

노래하러 앞에 나가 마이크 들고 망설일 때 객석에서 "야! 할 것 없으면 '아, 목동아'나 해라!" 하는 소리가 나올 정도로 '대니 보이'는 우리에게 친숙한 곡이다. 이 노래는 아일랜드 민요로, 서정적이지만 사연을 알면 전혀 다른 느낌을 받는다.

강대국에 인접한 우리나라가 수없이 외침을 받은 것과 같이 영국과 이웃한 아일랜드도 오랫동안 영국의 지배를 받았다. 두 나라는 세계에서 유이하게 남북으로 분열되어 있으며 문화에 나타나는 정서도 운명적이고 감상적이어서 우리나라 사람을 '동양의 아일랜드인'이라 부르기도 한다.

아일랜드는 150년 전 주된 식량인 감자의 흉년으로 대기근을 겪어 인구의 30%가 굶어죽었다. 남은 이들도 배고픔을 견딜 수 없어 바다 건너 미국으로 떠나야 했다. 사랑하는 가족·친지·연인들과 헤어질 때 부둥켜안고 흐느껴 울면서 불렀던 노래가 '대니 보이'다.

이 노래는 자식을 전쟁터로 보내는 아버지의 출정가며, 독립을 꿈꾸다 죽어갔던 아들을 묻으며 부르는 장송가다. 기쁠 때나 슬플 때나 뼈

아팠던 지난날을 회상하면서 부르는 노래! 우리나라의 '아리랑'과 유사한 의미가 있다. 미국 흑인여가수로 '찬송가의 여왕'이라 불리는 '마할리아 잭슨'의 노래로 들어본다. 넉넉한 몸집에서 나오는 느린 템포의 허스키한 목소리가 가슴을 저미며 비장한 기운을 감돌게 한다.

Oh, Danny boy, the pipes, the pipes are calling

From glen to glen down the mountain side

백파이프 소리가 골짜기마다 산기슭까지 울려 퍼지며

The summer's gone, and all the roses are falling

여름은 가고 꽃은 떨어지는데

It's you, It's you must go, I must bide

넌 떠나고 나는 남아야 한다.

But come you back when summer's in the meadow

그러나 초원에 여름이 찾아오고

Or when the valley's hushed and white with snow

조용한 골짜기에 흰 눈이 덮일 때 오너라.

It's I'll be here in sunshine or in shadow

나는 여기 햇살이나 그늘 아래서 기다리겠다.

Oh Danny boy, oh Danny boy, I love you so

2

뉴질랜드 민요 '연가'

뉴질랜드 '북섬'에 가면 '로토루아'라는 호수가 있다. 호수 한가운데 섬이 있을 정도로 바다같이 넓으며 부리가 빨갛고 몸통이 검은 '고니'가 놀고 있다. 이 호수는 70년대 가수 '은희'가 불렀으며 여름철 캠핑 갔을 때 단골로 등장했던 '연가'라는 노래의 고향이다.

연가는 뉴질랜드 원주민 '마오리족'의 전통민요 '포카레카레 아나(영원한 밤의 사랑)'의 번안곡이다. 이 노래가 어떻게 우리에게 전해져 왔을까? 한국전쟁에 참여한 마오리족 병사가 불렀기 때문이다. 죽음의 두려움이 몰려올 때 가족과 연인을 생각하며 '포카레카레 아나'를 부르면서 두려움을 떨쳤다.

와이아푸의 바다엔 폭풍이 불고 있지만
그대가 건너갈 때면 그 바다는 잠잠해질 겁니다.

뜨거운 태양 아래서도 내 사랑은 마르지 않을 겁니다.
눈물로 젖어 있을 테니까요

그대여 내게로 다시 돌아오세요

너무나도 그대를 사랑하고 있어요

'거친 물결도 잔잔해지고 태양도 마르지 못하게 할 것'이라며 만남의 절절함이 노래가사에 묻어 있다. 고음으로 아주 느리게 부르는 여성가수의 노래가 엄숙하고 비장한 느낌마저 들게 한다. 이 노래에는 뉴질랜드 판 로미오와 줄리엣으로 원주민 추장 딸과 섬에 사는 가난한 청년 사이에 애절한 사랑이야기가 담겨있다.

남자는 밤이 되면 호숫가에서 구슬픈 피리를 불었고 피리소리를 들은 여인은 헤엄쳐 호수를 건너왔다가 새벽이면 사랑하는 사람과 눈물의 이별을 했다. 이런 슬픈 사연의 노래가 우리나라에서는 빠른 통기타 음으로 바뀌어 사랑하는 사람에게 고백하는 노래로 불렀다.

비바람이 치던 바다 잔잔해져 오면
오늘 그대 오시려나 저 바다 건너서

저 하늘에 반짝이는 별빛도 아름답지만
사랑스런 그대 눈은 더욱 아름다워라.

그대만을 기다리리 내 사랑 영원히 기다리리

오래간만에 들었던 가수 '은희'의 목소리는 밝고 명랑하고 청명하다 못해 은쟁반에 옥구슬 굴러가는 소리였다.

3

힙합 가수 '도끼'

부모로부터 물려받은 부富가 사회적 계급을 결정하는 '금수저, 흙수저'의 논란이 한창인 가운데 힙합가수 '도끼'가 텔레비전 프로에 나와서 자신의 인생에 관해 이야기했다. 필리핀 아버지와 한국인 어머니 사이에 태어난 도끼는 아버지의 사업실패로 초등학교만 졸업하고 12세에 서울로 올라와 굶주려 가면서 음악을 했다.

이제 겨우 26세인 그의 업적은 대단하다. 프로듀서로서 음원을 낸 곡만 300곡이 넘으며 올해 힙합 음원수익으로 50억 원을 벌 계획이라고 한다. 160㎝도 안 되는 작은 키, 온몸에 문신을 새기는 등 특이하게 살아온 사람도 본인이 사랑하는 일을 하면 성공할 수 있다는 것을 보여준 것이다.

그는 콘서트 현장에서 관객에게 돈을 주기도 하고 부모님에게 고가의 롤렉스시계를 선물하거나 자신의 외제 차 앞에서 폼 잡는 행동을 '인증샷'으로 공개한다. 이러한 기행에 대하여 비판이 많다. 상대적 박탈감을 불러오며 물질만능주의를 일반화한다는 이유에서다. 막말 파동으로 물의를 일으킨 '정몽준'의 아들이 이런 행동을 한다면 지탄을 받겠지만, 스스로 부를 축적한 도끼의 경우는 이해할 수 있다. 그의 돈 자랑은 허세가 아니라 희망을 보여주기 때문이다.

그는 《일리네어 라이프》라는 포토에세이를 발간하여 베스트셀러 상위권에 이름을 올렸다. 본인은 구술만 하고 전문작가가 대필한 것이 아니라 많은 생각으로 직접 쓴 책이라는 것을 한눈에 알 수 있다. 젊은 나이에 마치 철학자 같았다.

"좋은 습관, 좋은 생각을 갖고 천천히 이행하면 자연히 그대로 됩니다. 급하고 무리하게 하면 금방 제자리로 갑니다."

'예술가 자신이 자기작품에 얼마나 감명 받고 있는가를 느끼는 정도에 따라 관객의 감명도가 달라진다'는 톨스토이의 예술론과 유사한 말을 했다.

"자기 작품을 자신의 눈으로 보아 스스로 만족해야지
타인에게 물어본다는 것은 잘못입니다."

자신만의 신념도 밝혔다.

"도착지점이 안 보인다고 해서 돌아가지 마세요. 조금만 참으면 보입니다.
참아도 그 순간이 오지 않는다면 더 참으세요. 반드시 옵니다. 새로운 길을 뚫으나 가던 길을 뚫으나 어차피 마찬가지입니다. 시간이 더 걸리면 더 걸렸지, 덜 걸리진 않으니까요."

4

내 고향 충청도

지인 중에 고향이 충청도인 사람이 있다. 이 사람은 노래방에만 가면 가수 '조영남'의 히트곡 '내 고향 충청도'를 불렀다.

일사 후퇴 때 피난 내려와 살다 정든 곳 두메나 산골
태어난 곳은 아니었지만 나를 키워 준 고향 충청도

높낮이가 평범하고 느린 템포로 흥얼거리기 쉬우며 가사 내용 또한 토속적이어서 도시생활에 찌든 사람에게 향수를 불러일으키기 충분한 곡이었다. 이 노래는 청순한 여가수 '올리비아 뉴턴 존'이 부른 'Bank of the Ohio(오하이오의 둑)'의 번안 곡으로, 원곡은 가사 내용이 '오하이오 시골마을의 사랑이야기' 정도쯤 될 것으로 생각했다.

하루는 '이 노래가 무슨 뜻인가?' 궁금했다. 일일이 영어 사전을 찾아 번역한 결과는 충격이었다. 사랑에 대한 집착으로 오하이오의 둑 밑에서 연인을 살인하는 내용이었다. 이런 살벌한 곡을 어쩌면 그렇게 능글맞게 고향을 의미하는 내용으로 바꿨는지 작사자인 조영남의 심보를 알 수가 없다. 노래 뜻을 알고부터 정나미가 떨어졌다. 변태 같은 작사자를 혐오하고 싶다. 생각하면 할수록 기가 막히다.

좋아하는 당신에게 물이 흐르는 오하이오의 제방 둑을
잠시 동안만이라도 같이 걷자고 부탁했어요.

그리고 당신은 내 사랑이기에
다른 여자가 당신을 안도록 내버려 둘 수가 없었어요.

나는 칼을 가지고 당신의 가슴을 찔렀어요.
"제발 죽이지 마세요. 아직 죽고 싶지 않아요." 당신은 애원했지요.

허겁지겁 집으로 돌아와서
"하나님 내가 무슨 짓을 했나요?" 울부짖었어요.

사랑하는 남자 친구를 죽이고 말았어요.
그 사람은 나하고 결혼하려고 하지 않았어요.

5

아시아의 이미자 '등려군'

내가 가장 사랑하는 CD는 '등려군' 곡이다. 그녀의 노래는 반복하여 들으면 들을수록 마약성이 있어 빠져들어 간다.

등려군은 1953년 대만에서 태어나 1980년대에 동아시아 대부분 국가에서 절대적인 인기를 누렸다. 우리나라에는 1997년 홍콩배우 '여명'과 '장만옥'이 주연한 영화 〈첨밀밀〉이 소개되면서 그녀가 본격적으로 알려지기 시작했으며, 배우 '문근영'이 〈댄서의 순정〉이란 영화에서 등려군의 '야래향'을 번안하여 불러 화제를 일으켰다.

그녀의 노래는 우리나라의 '트로트'와 유사하고 일본전통음악인 '엔카'와 비슷하며 듣는 자를 아련한 향수에 젖게 한다. '월량대표아적심', '첨밀밀', '하일군재래', '소성고사' 등 히트한 노래의 분위기는 동아시아 지방의 토속적인 냄새를 물씬 풍긴다.

그녀의 노래를 들으면 꽃향기 가득한 봄날의 밝은 달빛 아래 살랑살랑 불어오는 부드러운 바닷바람을 맞으며 연인과 사랑을 속삭이는 장면이 떠오르고, 다시 만날 기약 없는 연인을 보내며 가슴이 찢어지는 이별의 슬픔에 빠진 듯 눈물이 저절로 나온다.

하늘에서 내린 그녀의 감미로운 목소리는 "중국을 낮은 '등소평', 밤은 등려군이 지배한다"는 말이 나올 정도로 중국을 휩쓸었으며 중국인이 있는 곳이면 어디든지 등려군의 노래가 흘러나왔다.

등려군은 평생 그녀를 괴롭혔던 '기관지 천식'으로 1995년 42세의 젊은 나이에 사망했다. 그녀가 세상을 떠나자 중화권은 남녀노소를 불문하고 눈물바다가 되었다.

절정기에 있었던 여배우 '그레타 가르보'가 자신의 늙어가는 모습을 보여주지 않기 위해 36세에 은퇴한 후 사망한 85세까지 공개석상에 전혀 모습을 나타내지 않았듯이, 젊은 시절에 삶을 마감한 등려군도 아기자기한 동양적인 모습을 그대로 간직하여 지금까지 아름다울 뿐만 아니라 천상의 목소리는 여전히 심금을 울린다.

6

유전무죄 무전유죄

서울올림픽이 막 끝난 1988년 10월 8일! 교도소 이감 중이던 죄수 4명이 호송차를 이탈하여 가정집에 들어가 가족을 인질로 잡고 경찰과 대치했다. 이른바 '지강헌' 사건이다. 30여 년 전 발생하여 잊힌 사건을 탈주범 중 한 명이 새삼스럽게 언론에 밝혔다.

"탈주사건의 주범은 바로 나다. 늦었지만 지강헌에게 사과하고 싶다."

그 당시 500만 원을 훔친 지강헌은 상습절도로 17년의 세월을 감방에서 보내야 했는데, 전두환 동생 '전경환'은 6백억 원의 비리에 7년 형을 선고받는다. 경미한 절도죄는 장기 복역하고 거액을 먹고도 가벼운 형을 받는 모순에 대항하여 지강헌은 탈옥을 감행했다. 그는 "국민들에게 할 말이 있다"며 텔레비전 생중계를 요구한다. 전 국민이 지켜보는 카메라 앞에 선 지강헌은 이 시대 최고의 명언을 외친다.

"유전무죄 무전유죄, 돈이 있으면 죄가 없고 돈이 없으면 죄가 있다."

할 말을 마친 지강헌은 '비지스'의 '홀리데이'란 노래를 틀어달라고 경찰에게 부탁한다. 꿈꾸는 듯한 홀리데이 선율을 들으면서 스스로 목숨을 끊는다. '곡이 끝날 즈음 경찰특공대가 투입된다. 인질극은 이렇게 비극으로 막을 내렸다. 사람들은 그의 죽음을 안타까워했다. 탈주범이 훌륭해서가 아니라 꼴 보기 싫은 권력과 부유층에 대한 반발이었다.

35세의 젊은 나이에 암울한 수감생활에서 벗어나 며칠간의 짧지만 기나긴 휴가를 마치기 직전, 모든 걸 체념하고 삶과 이별하며 마지막으로 듣고 싶었던 노래 홀리데이! 이후로 이 곡은 많은 사람들에게 깊은 사연을 가진 곡으로 인식되었다. 가끔 삶에 지쳐 있을 때 '홀리데이'를 들으면 느리게 울려 퍼지는 남자가수의 맑은 목소리가 어느새 휴식의 세계로 이끌어준다.

> 당신은 휴일과 같은 편안함을 주는 사람
> 나에게 미소 짓거나 아니면 비난을 할지라도
> 당신은 소중한 사람이에요.
>
> 사랑은 정말 우스운 게임
> 항상 그대로일 거라고 믿어선 안 돼요.
> 머리가 복잡하여 휴일이 필요한 것 같네요.

7

험한 세상의 다리가 되어

1972년 12월, 고등학교 입시를 앞두고 머릿속이 텅 비어있는 상태에서 '시험을 어떻게 치를 것인가?' 고민 중이었는데 형이 레코드판을 사가지고 와서 틀어주었다. 처음 듣는 노래지만 귀에 쏙 들어왔다. 당시 최고의 가수 '사이먼 앤드 가펑클'이 불렀으며 '험한 세상의 다리가 되어'로 번역된 'Bridge Over Troubled Water'란 노래였다.

그대 지치고 서러울 때
두 눈에 어린 눈물 씻어 주리라

그대 괴롭고 마음 흔들릴 때
지친 영혼 위로하며 기도하리라

외로운 그대 위해
험한 세상에 다리 되어 지키리라

고요 속에 피아노 반주가 잔잔히 흐르는 가운데 마이크를 붙잡고 진지한 표정을 지으며 시 읊듯이 노래가사를 이어가다가 나중에 활화산처럼 폭발하는 '가펑클'의 가창력이 감동적이다.

"가장 마음에 와 닿는 팝송이 무엇이냐?"고 묻는다면 단연코 이 곡을 선택하는데 주저하지 않겠다. 세월이 아무리 흘러도 가치가 변하지 않는 명곡이다. 나에게 험한 세상의 다리가 되어 줄 사람이 누구인지?

심심할 때 전화하면 곧장 달려와 말동무 되어주며 괴로울 때 술 사주면서 위로해주고 슬플 때 옆에서 재롱떨어주는 사람, 부동산, 증권 등 재테크에 안내자가 되어주거나 아플 때 입원실 잡아주고 소송당할 때 변호사 소개해줄 사람 등 상황에 따라 목적에 따라 험한 세상의 다리가 되어줄 사람이 여럿 필요하다. 주위에 몇 개의 다리가 있는지 생각해보지만, 떠오르는 얼굴이 별로 없다. 나를 험한 세상의 다리로 여기는 사람이 있을까?

부동산 재테크 안내자가 될 수 있고 술고래이므로 괴로운 사람과 술 마셔가며 얼마든지 그들의 아픈 마음을 달래 줄 수 있는데 왜 스스로 '험한 세상의 다리'라고 생각하지 않을까? 배려심이라고는 눈곱만치도 없는 이기적인 성격이 문제다. 그러한 성격 때문에 상대방이 전화하지도 않는다.

8

팝의 여왕 '휘트니 휴스턴'

2017년 2월! 세월 참 빠르다. 팝의 전설 '휘트니 휴스턴'이 나이 49세에 욕조 안에서 생을 마감한 지 벌써 5년이 지났다. 1963년 미국의 가난한 흑인 가정에서 태어난 그녀는 다섯 살 때 마이크를 잡아 19세부터 최고의 가수가 되어 90년대 빌보드 차트를 석권했으며, 상을 많이 받은 여성가수로 기네스 기록에 올랐다. 한 음악전문가는 휴스턴을 이렇게 표현했다.

'그녀의 목소리는 햇볕이 쨍쨍 내리쬐는 듯 환함이 있으면서도 파도나 폭풍처럼 휘몰아치며, 피아니시모의 가성으로 청순함과 애잔함을 넘나든다. 폭발적인 성량이 있지만, 풍성한 울림과 다양한 결이 있어 날카롭지 않다. 몸을 쥐어짜는 듯 힘주어 성대의 위력을 과시하지 않고 이완된 상태에서 믿기 힘든 고음을 쏟아낸다. 그래서 더할 나위 없는 가창력의 소유자지만 듣는 사람을 내리누르는 위압적인 것이 아니다. 자연스러운 편안함과 아련한 연약함을 품고 있다.'

2000년대 들어 신곡이 성공 못 하고 이혼마저 겪은 그녀는 마약에 손을 대기 시작했다. 몇 년 전 내한한 그녀는 방송사 인터뷰에서 "나는 스스로에 대한 사랑을 버렸어요. 오랫동안 인생이 어디로 가든 상관없다는, 나 자신을 컨트롤 할 수 없는 마음으로 살아왔어요." 하며 과거를 후회했다. 열심히 살겠다는 약속을 뒤로한 채 떠난 그녀가 중독의 고통을 벗어나지 못하고 자살한 것이다.

스타들의 죽음은 많은 것을 시사한다. 대중으로부터 사랑받는 사람은 그보다 더한 환희의 절정을 누려야 안정을 찾는다. 영원할 수 없는 인기와 세월이 흘러 탄력을 잃어가는 몸매, 시들어가는 겉모습을 받아들이지 못한다. 과거의 화려했던 환상만 기억할 뿐 주변에 아무것도 없는 허무한 현실을 견디지 못하여, 알코올·약물·도박 등 자기만의 세계에 빠지다가 최후의 수단인 죽음을 선택한다.

젊은 시절 인기를 누렸던 연예인들의 삶에 대한 이야기를 텔레비전에서 자주 접한다. 긴 인생을 비추어 볼 때 과연 그들이 행복한 삶을 살았는지에 대하여 회의적인 것을 보면 보통사람들의 삶도 나쁘지 않다는 생각이다.

9

'명성황후' OST

문득 새벽을 알리는 그 바람 하나가 지나거든
그저 한숨 쉬듯 물어볼까요 나는 왜 살고 있는지

나 슬퍼도 살아야 하네, 나 슬퍼서 살아야 하네
이 삶이 다 하고 나야 알 텐데 내가 이 세상을 다녀간 그 이유

나 가고 기억하는 이 슬픔까지도 사랑했다 말해 주길
부디 먼 훗날 나 가고 슬퍼하는 이 내 슬픔 속에도 행복했다 믿게 해…

드라마 '명성황후'에 나오는 '나 가거든'의 가사다. 구슬픈 해금과 영롱한 피아노 선율에 '박정현' 노래로 들었다. 눈을 지그시 감고 파란만장한 삶을 살다 간 명성황후를 생각했다. 애절하고 비통한 심정을 표현한 가사에 눈물방울이 주르르 굴러 목까지 내려왔다. '나 슬퍼도 살아야 하네' 부분은 인간의 고달픈 인생을 표현하여 격정적인 감동과 전율에 휩싸여 진한 카타르시스를 느꼈다. '윤홍기 가거든' 사람들이 어떻게 생각할까?

평범하게 태어나서 학창시절 대충 공부했고 술을 벗 삼아 불성실하

게 직장생활 하였으며 일찍이 백수 되어 집에서 우울한 말년을 보내다가 사라진 인간으로 잠깐 동안 기억하겠지! 아무리 생각해도 딸 둘 외에 남긴 것이 없다. '사람은 이름을 남긴다'에 전혀 해당 안 된다. 이렇게 살다가 간다는 것이 허무하다.

어떻게 살아야 하는지? 어디에서 왔으며 어디로 가는지? 진짜로 추구해야 할 것이 무엇인지? 뜬구름 잡는 잡생각으로 머리만 혼란스럽다. 하기야 가뜩이나 복잡한 세상에 뭘 남기냐? 그룹 '캔사스'가 부른 'dust in the wind'와 같이 훅 불면 보이지 않는 먼지처럼 흔적도 없이 사라지는 것이 말끔한 인생이다.

어둠침침하고 비 내리는 날에 딱 어울리는 노래다. 노래방에서 함부로 부르다간 사고 터진다. 뒤통수에 대고 욕하고 난리다. 그만큼 어려운 곡이다.

삶이 허망하여 먹먹한 터에 전라남도 진도에서 '세월호 참사'가 발생했다. 학생들이 대부분 배에서 탈출하지 못하고 수장되었다. 이들의 장례식에 헌정된 곡이 '임형주'의 '천 개의 바람이 되어'라는 곡이다. 생명을 잃은 아이들을 생각하며 노래를 듣자 폭풍눈물이 몰아쳤다.

나의 사진 앞에서 울지 마요. 나는 그곳에 없어요.
나는 잠들어 있지 않아요. 제발 날 위해 울지 말아요.

나는 천 개의 바람. 천 개의 바람이 되었죠.

저 넓은 하늘 위를 자유롭게 날고 있죠.

가을에 곡식들을 비추는 따사로운 빛이 될게요.
겨울에 다이아몬드처럼 반짝이는 눈이 될게요.

아침엔 종달새 되어 잠든 당신을 깨워 줄게요.
밤에는 어둠 속에 별 되어 당신을 지켜 줄게요.

미국 9·11 테러 1주기 추도식에서 아버지를 잃은 11세 소녀가 낭독하여 세계인들의 마음을 울린 바 있는 시에 곡을 붙였다. 피아노 독주에 팝페라 가수 임형주의 목소리가 사랑하는 사람을 예상치 못하게 떠나보낸 이들을 위로하고 삶의 아름다움을 전했다. 죽음이란 무서운 것이 아니라 이승의 고통에서 벗어나 편한 휴식을 취하며 자유로움을 만끽하는 것이다.

세월호만 생각하면 저절로 눈물이 나온다. 왜 그럴까? 어떤 사람들은 "세월호 희생자 가족들이 다른 사고에 비하여 보상도 많이 받고, 대우도 잘 해주는데 뭔 불만이 그리 많으냐?"며 오히려 비난하기까지 한다.

답은 딱 한 가지다. 자신이 세월호 당사자라고 가정해보면 이해가 갈 것이다. 나는 총각시절인 1984년에 5살 먹은 조카를 사고로 잃은 경험이 있다. 이 슬픔은 20년 정도 지나서야 서서히 사라지기 시작했다. 하물며 조카자식도 이럴 정도인데 하나밖에 없는 자식을 하늘나라로 보낸 심정이 어떻겠는가? 그들의 인생은 졸지에 엉망진창이 되어버린 것이다. 평생 가슴에 한을 품고 사는 수밖에 없다.

그들에게 돈, 대우, 명예 등은 아무것도 아니다. 아이들이 누구의 잘못으로 사고를 당했으며 재발방지 대책이 더 중요할 것이다. 그래야만 죽은 영혼이 조금이라도 치유를 받는다고 생각하기 때문이다. 자기가 안 당했다고 강 건너 불구경하듯 말하면 안 된다. 희생자 가족이 되어 고민해보고 아픔을 나누려는 자세가 필요하다.

10

베토벤 교향곡 '합창'

클래식 음악 역사상 가장 위대한 곡은 무엇일까? 베토벤의 교향곡 9번 '합창'이다. 이 곡의 4악장 '환희의 송가'에 다다르면 감정이 최고조에 오르면서 저절로 반주에 따라 흥얼거린다.

베토벤은 가난한 집에서 태어나 17세에 어머니가 돌아가신 후 가장이 되어 평생 가난과 함께 살았다. 젊어서부터 음악가에게 치명적인 귓병을 앓아 처절한 운명과의 싸움이 시작된다. 위병, 각혈, 발작증에 대한 강박관념에 시달렸다. 첫사랑에 빠져 '월광 소나타'를 바치기도 하지만 불구라는 이유로 비참하게 버림받고, 이후 새로운 여자와 약혼했으나 재산이 없고 두 사람의 신분 차이로 파혼 당한다. 꽃, 하늘, 대지 등 '자연'만이 베토벤의 벗이었다. 자연에서 살아가는 힘을 얻었으며 한 인간보다도 한 그루의 초록을 더 사랑했다. 거기에서 '전원 교향곡'이 탄생했다.

그는 40대 중반에 이르러 완전히 귀가 어두워져 사람들과 필담으로만 대화할 수 있었으며 사교계와 발을 끊고 홀로 지냈다. 얼마나 삶이 무거웠으면 그의 표정을 두고 '치료하기 어려운 슬픔'이라고 했을까! 불행하고 가난하고 불구이고 고독한 사람, 마치 고뇌로 빚어진 것 같은 사람, 세상에서 기쁨을 거절당한 그 사람이 스스로 불행한 사람들에게 힘이 되고자 '합창 교향곡'으로 환희와 희망을 보여주었다. 그가 스스로 자신의 생애를 요약한 말이다.

"괴로움을 뛰어넘어 기쁨으로"

합창 교향곡 초연의 성공은 대단했다. 경찰이 소요를 진압했고 관객들은 눈물을 흘렸다. 연주가 끝난 뒤 베토벤은 감격하여 기절했다. 베토벤은 이제 승리자였다. 평범한 인간들을 이긴 승리자! 자신의 운명과 고뇌를 극복한 승리자이다. 그는 자신의 불행이 자신 이외의 인간에게 쓰이기를 바랐으므로 이 고독의 승리는 우리들 것이다.

베토벤 창조력의 밑거름은 '불행과 고독'이었다. 우리는 그의 정열이나 창조력에서 힘을 얻는 게 아니라 그의 불행에서 힘을 얻는다. 진정한 기쁨은 모든 괴로움 너머에 있다.

11

도나우 강의 잔물결

'이바노비치'는 루마니아 출신 작곡가다. 그는 '도나우 강의 잔물결'이
란 오직 한 곡으로 지금까지 이름을 남기고 있다. 도나우 강은 알프스
에서 시작하여 헝가리, 오스트리아, 슬로바키아, 루마니아를 거쳐 흑해
로 흘러들어가는 아름다운 강이며 영어로는 '다뉴브 강'이라고 한다.

당시 루마니아 군악대장이었던 이바노비치가 행진곡으로 이용하기
위하여 만든 이 곡은 'anniversary song'이란 이름으로 미국에 넘어가
결혼식이나 파티에서 '사랑을 노래한 댄스곡'이 되었다. 축제의 노래로
변신한 것이다. 도나우 강의 잔물결은 대한민국에 들어오면서 우리나라
최초의 성악가인 '윤심덕'이 '사의 찬미'란 노래로 불러 퇴폐적 허무를 나
타냈다. 죽음의 찬가로 또 변신하게 된 것이다.

> 광막한 광야를 달리는 인생아
> 너는 무엇을 찾으러 왔느냐
> 이래도 한 세상 저래도 한 세상
> 돈도 명예도 사랑도 다 싫다

윤심덕은 30세 때인 1926년 8월 3일, '사의 찬미'를 일본에서 취입하

고 이틀 후 시모노세키를 떠나 부산으로 향하는 관부연락선을 타고 귀국하던 중 배가 대마도를 지날 즈음 애인 '김우진'과 서로 끌어안고 바다에 몸을 던졌다. 그들의 충격적인 동반자살 이후 '사의 찬미' 레코드 판은 애절한 윤심덕의 목소리에 쓸쓸하기 그지없는 가사가 인기를 끌면서 경이적인 판매고를 올렸으며 그때까지 흔치 않았던 유성기 음반을 일반인에게 널리 알리는 계기가 되기도 하였다.

도나우 강에서 잔물결을 바라보며 이바노비치는 밝고 경쾌한 행진곡을 들었고, 누군가는 연인들의 사랑스러운 왈츠를 떠올렸으며, 윤심덕은 이루지 못한 비극적인 사랑을 느꼈다. 음악이 듣는 사람에 따라 느낌이 다른 카멜레온처럼 다양성을 지녔다고는 하지만, '도나우 강의 잔물결'은 편곡에 따라 인간의 복잡한 심경을 자유자재로 표현할 수 있다는 점에서 훌륭한 곡이다.

12

브람스의 짝사랑

오스트리아 '비엔나'의 '음악가 묘지'에 가면 오른손을 머리에 대고 번뇌하는 '브람스 흉상'이 있어 그의 고독한 생애를 단적으로 보여준다. 브람스는 슈만이 평론지에 소개하여 성공의 길에 접어들었으므로 슈만의 집을 드나들며 그를 스승처럼 모셨다.

슈만의 아내 클라라는 유명한 피아니스트다. 슈만은 그녀를 위하여 피아노곡을 작곡하였으며 두 사람은 행복한 결혼생활을 했다. 슈만의 정신병이 발병하면서 클라라의 결혼은 어두운 그림자가 드리워지고, 브람스는 클라라에 대해 연민의 정을 느낀다. 슈만이 정신병으로 숨을 거두었을 때 브람스 나이 23세이며, 클라라는 브람스보다 14세 연상이었다.

브람스는 슈만이 떠난 뒤에도 유가족을 돌보는 데 열성을 아끼지 않았다. 둘은 사랑과 존경을 함께하였으며, 사모의 정과 우정은 평생 두고 계속되었다. 한때 둘은 사랑에 빠지기도 했으나 브람스는 선배에 대한 의리를 지키면서 끝내 독신으로 수도승 같은 생활을 이어갔다.

연모하던 클라라가 77세의 일기로 사망했다는 소식을 여행 중 전해

들은 브람스는 너무도 놀라 곧바로 달려갔지만, 클라라의 육체는 이미 묻혀있었다. 그는 무덤 앞에 꿇어앉아 하염없이 눈물지었다. 비엔나에 돌아온 브람스는 삶의 의미를 찾지 못하고 차츰 여위어 가다가 이듬해 64세의 나이로 생을 마감했다.

사랑하면서도 사랑할 수 없는 연상의 여인을 평생 곁에서 바라보는 브람스의 심정이 얼마나 복잡했을까? 브람스의 '클라리넷 5중주'는 세상의 모든 슬픔과 고뇌를 모아놓아 그의 가슴속 애절함을 잘 나타냈다. 2악장 도입부의 클라리넷 독주는 꿈결 같은 아늑한 분위기를 연출하고 낙엽 지는 늦가을 외로운 밤의 바람소리처럼 아스라이 쓸쓸함으로 다가온다. 브람스 묘 바로 옆에 '슈베르트 묘'가 있다. 그는 화류계 병을 치료하기 위하여 수은을 과다 복용한 것이 사망원인이었다.

'마스네'의 '타이스 명상곡'

오페라 '타이스'는 이집트를 배경으로 젊은 '수도사'와 창녀 '타이스'의 비극적 사랑을 그렸다. 수도사는 '타이스의 행실이 신에 대한 모독이다' 라며 수도원장의 만류에도 무릅쓰고 타이스의 영혼을 구하겠다는 말을 남기고 떠난다.

타이스와 마주한 수도사는 자신의 방문의도를 밝힌다. 그녀는 수도 사의 말을 무시하고 옷을 벗으려한다. 수도사는 두려움에 그 자리를 떠 난다. 홀로 방에 남은 타이스! 육체와 영혼 사이에서 번뇌한다. 이 대목 에서 '타이스의 명상곡'이 연주된다. 다음 날 타이스는 수도사를 따르기 로 결심한다. 수도사는 타이스를 수녀원장에게 맡긴다.

수도원에 다시 돌아온 수도사는 그녀의 아름다운 모습이 자꾸 떠올 라 몇 달이 지났지만 아무 일도 할 수가 없었다. 드디어 모래폭풍을 뚫 고 타이스를 만나러 간다. 타이스는 참회를 하며 죽어 가고 있다. 빈사 상태의 타이스에게 수도사는 고백하지만, 그녀는 천사들을 보며 천당 으로 간다.

타이스 명상곡은 40여 년 전 라디오 프로그램 '전설 따라 삼천리'의 배경음악으로 우리에게 친숙하다. 스산한 바람 부는 가을밤 엎드려 라디오에 귀 기울이다가 산신령 소리, 여우 우는소리, 귀신 목소리 등 각종 효과음으로 잔뜩 겁먹을 때 "그럼 내일 이 시간에 또 찾아뵙겠습니다" 하는 구수한 성우의 목소리와 함께 이 곡이 흘러나온다.

이 곡은 타이스가 회심할 때 음악으로 깔렸으므로 '명상곡'이 아닌 '회심곡'이라 명명하고 싶다. 종교를 아직 받아들이지 않았지만, 인생의 마지막 종착역 즈음 회심하려고 한다. 내가 죽으면 장례식장에서 이 곡을 CD로 연속하여 틀어주었으면 좋겠다. 문상객들은 아름다운 바이올린 선율을 느끼면서 차분한 마음으로 고인을 생각할 것이며, 죽은 자는 타이스 명상곡을 듣는 것만으로도 엉망진창으로 살았던 행동들을 용서받고 천국으로 들어갈 것이다. 창녀였던 타이스도 천당 가는데 나 정도야…

혹시 헷갈릴까 봐 다시 한 번 강조하는데 '타이스'가 만든 '명상곡이' 아니다. '마스네' 오페라작품인 '타이스'에 나오는 명상곡이다.

14

국민 가수 '조용필'의 '님이여' & '간양록'

1968년 고등학교를 졸업한 조용필은 미군을 상대로 하는 나이트클럽에서 기타리스트로 활동하다가 이듬해 미 8군 무대에 정식으로 데뷔하였다. 한 번은 생일을 맞은 흑인병사가 악보를 주면서 불러줄 수 있는지 물었다. 곡의 제목은 'Lead me on(이끌어 주세요)'이었다.

조용필은 이 노래를 밤새 연습하여 미군병사 앞에서 불러주었다. 그는 노래를 듣다가 눈물을 흘렸다. 조용필은 자신이 부른 노래를 듣고 누군가 눈물 흘리는 걸 보면서 보컬에 매력을 느꼈다. 이 노래는 조용필을 가수로 변신하게 한 결정적 계기가 된 의미 있는 곡이다.

당신은 빛이 사라져 가는 나의 마음을 아십니다.
내 손을 잡아 주세요. 여기 손이 있습니다.
나를 이끌어 주세요. 나를 인도해 주세요.
당신은 내가 외롭고 슬픈 방랑자라는 것을 아십니다.

조용필은 이 곡을 '님이여'라는 제목으로 번안하여 발표했다. 소울 풍으로 부른 조용필의 노래는 풍부한 감성과 성량, 끊어질 듯 이어지는 절절함이 원곡보다 훨씬 더 강렬하게 다가왔다. '님이여'는 조용필 최초의 히트곡이며 이후부터 그는 '돌아와요 부산항' 등 다수의 곡으로 성공의 길에 접어들었다.

당신 생각에 잠 못 이룰 때
그리운 이 마음은 길을 떠난다.
어디선가 들려오는 노래가 있어
이 마음은 길을 떠난다.

1975년 조용필은 대마초 사건에 연루되어 강제로 은퇴하게 되었다. 실업자가 된 그는 어느 날 텔레비전 프로에서 '한 오백 년'이라는 창을 듣고 '정을 두고 몸만 가니 눈물이 나네'의 가사가 자신의 처지와 비슷하여 정신이 번쩍 들었다. 그리고 노래를 다시 불러야겠다는 의욕이 솟구쳐 판소리를 배웠다.

1592년 임진왜란이 발생한 후 5년이 지나 다시 일본 놈이 쳐들어오는데 이를 '정유재란'이라고 하며, 《간양록》은 정유재란 때 '간항'이라는 선비가 포로로 잡혀갔던 일들을 쓴 책이다. 《간양록》은 왜놈에게 끌려가는 장면을 이렇게 묘사했다.

'남녀노소 할 것 없이 목을 묶어 끌고 가는데 마치 원숭이 떼를 엮어서 걷게 하는 거 같고, 소나 말을 다루듯 했다. 배 안에 실린 우리나라 남녀와 놈들의 무리가 서로 뒤섞여 울며불며 아우성치는 소리가 산을 울리고 바다를 뒤흔들었다.'

또 포로들의 일본생활도 나타냈다.

'일부는 노예로 팔려가고, 일부는 이리저리 끌려다녀 하루에도 목숨이 왔다 갔다 하는 순간이 여러 번 있었다. 자나 깨나 고국을 잊지 못하는 마음, 가슴이 에이고 뼈를 깎는다. 이 언덕 저 두덩에서 부모가 우리를 찾는 모습이 역력하고, 부슬비 자욱한 연기 모두 마음을 아프게 하는 기억들이며 우는 닭과 짖는 개 모두가 창자를 끊는 소리다.'

이러한 슬픈 사연을 가득 담은 노래가 바로 '조용필'의 '간양록'이다.

이국땅 삼경이면 밤마다 찬 서리고
어버이 한숨 실은 새벽달일세
마음은 바람 따라 고향으로 가는데
선영 뒷산에 잡초는 누가 뜯으리

노래를 듣는 순간 살이 돋는다. 애절한 노랫말에 눈물이 저절로 흐른다. 이 노래는 '한 오백 년'과 같은 흐름으로 조용필의 절규하는 허스키목소리에 단조의 정서가 어우러진 노래다.

조용필은 넓은 음폭과 가느다랗고 여성적인 소리로 태어났다. 신인가수시절 발표한 '님이여'는 맑고 높은 소리를 유감없이 발휘하였다. 그는 '간양록'에서 목에 피가 맺히는 고통을 감수하며 체득한 판소리의 허스키목소리에 처연한 가락을 실어 애끓은 심정을 표현했다. 조용필은 타고난 미성과 후천적 허스키목소리가 어우러져 우리나라 역사 이래 최고의 가수가 된 것이다.

15

고이비토요

　1980년대 유행한 '이츠와 마유미'의 '고이비토요(연인이여)'란 노래가
있다. 그때에는 일본문화가 개방되지 않은 시절이어서 이 노래를 라디
오방송으로 들을 수 없었다. 당시 대학생들의 모임은 거의 종로에서 이
루어졌으며 그곳에는 학사주점이 유행했다. 어두컴컴한 주점에서 녹두
전이나 두부 김치를 시켜놓고 소주 한 잔을 들이켤 때면 어김없이 고이
비토요가 흘러나왔다. 술집의 음향시설이 불량해서 멜로디가 귀에 윙윙
거리고 가사는 또렷이 전달되지 않았지만, 그 순간만큼은 대화를 멈추
고 이 노래에 빠져들었다. 어린 나이였음에도 노래를 들으면서 과거의
여인을 생각하거나 인생의 허무함을 느꼈던 기억이 난다.

　며칠 전 마유미의 동영상을 처음으로 보았다. 피아노를 직접 치면서
무표정으로 허공을 응시하며 부르는 그녀의 노래는 가슴을 파고드는
그 무엇이 있다. 느린 부분은 한없이 느리게 부르며 바이브레이션을 가
미하여 사람의 감정을 후비어 놓고, 빠른 부분은 격정의 파도가 밀려
오는 긴박감이 있다. 들으면 들을수록 가슴에 응어리가 뭉친다. 표현할
수 없는 답답함을 느낀다. 상념에 잠기고 싶지만 메마른 감정에 익숙해
진 세월이 가로막는다.

마른 잎 떨어지는 해 질 녘은

다가오는 날의 추위를 이야기하고

비에 낡아진 벤치에는

사랑을 속삭이는 노래마저 사라지네

연인이여 곁에 있어 줘!

추위에 떨고 있는 내 곁에 있어 줘!

그리고 한마디, 작별의 말들은

농담이라고 웃어 주면 좋겠어

이 노래를 우리나라 가수 '린애'가 '이별후애(愛)'라는 재목으로 리메이크해 불렀다. 이 곡은 성량이 풍부한 린애의 노래를 통하여 다시 돌아올 수 없는 사람을 향한 절절한 그리움에 푹 빠져들 수 있지만, 뮤직비디오를 보면 더욱 진한 감정을 느낄 수 있다.

뮤직비디오의 배경은 함박눈이 내리는 탄광촌이다. 석탄을 실은 기차가 지나가고 판잣집이 옹기종기 모여 있으며 들판에 눈이 쌓였다. 이곳에 공익의사로 발령받은 진수와 광부로 일하는 정우가 기차역에서 반갑게 만난다. 둘은 친구사이다. 정우는 일찍 결혼하여 딸이 하나 있다. 힘든 탄광작업과 알코올 중독으로 찌든 삶을 사는 정우는 부부 싸움이 잦다. 몸이 아파 친구를 찾은 정우는 "폐병이 위중하다"는 진단을 받는다. 진수는 친구에 대해 안타까움과 친구부인을 바라보는 측은지심으로 괴로워한다. 정우가 회사에 사표를 내는 순간 사이렌소리가 들리고, 그는 갱도 속으로 미친 듯이 동료를 구하러 돌진한다. 갱도는 무너지고 정우는 영원히 나오지 못한다.

5분 정도의 짧은 비디오가 영화 한 편을 본 듯했다. 린애의 열창에 쓸쓸한 화면이 더해져 눈물이 나왔다. 마지막 장면에 '삶에 지친 사람들과 함께 하겠습니다'라고 쓴 자막이 오랫동안 머릿속에 남았다.

16

'그리그'의 '솔베이지 노래'

노르웨이는 은은한 노을을 안고 밤을 하얗게 지새우는 '백야'와 빙하로 인하여 땅이 깎여 나간 자리에 바닷물이 채워지면서 생겨난 '피오르'가 유명하다. 이 나라의 수도 '오슬로'에서 서쪽으로 끝없이 펼쳐진 자작나무 숲 사이 좁은 도로를 따라 세 시간 정도 가면 '빈스트라'라는 조그만 마을이 나온다.

새벽에 산골마을인 빈스트라의 오솔길을 걷다보면 검은 뭉게구름 틈새로 흘러나오는 희미한 빛이 몽환적 분위기를 연출하고, 일출이 산 정상에서부터 붉게 타오르는 순간 녹색의 구릉지에 빽빽이 들어선 자작나무가 햇빛에 반사되어 노란 유채꽃을 뿌린 듯하며 파란호수와 눈 덮인 산꼭대기와 어우러져 고혹적이다.

빈스트라는 북유럽 사람 특유의 슬픔이 가득한 사랑노래이며 주제나 이유를 몰라도 그냥 들으면 눈물이 흐르는 '솔베이지 노래'의 배경이기도 하다. 이 노래는 노르웨이 출신 작곡가 '그리그'의 '페르귄트 모음곡'에 삽입된 곡으로 여행 중 '가이드'의 설명은 대략 이랬다.

어느 마을에 가난한 농부 페르귄트와 아름다운 소녀 솔베이지가 살고 있었다. 둘은 사랑했고 결혼을 약속했다. 결혼식을 올리기도 힘들 정도로 가난한 페르귄트는 돈을 벌기 위해 고향을 떠났다. 그는 갖은 고생 끝에 돈을 모아 10년 만에 고국으로 돌아오다가 국경부근에서 산적을 만나게 되어 돈을 모두 빼앗긴다. 페르귄트는 그렇게 사랑했던 솔베이지를 차마 만나 볼 수가 없어 다시 이국땅으로 떠나 걸인으로 평생을 살아간다. 페르귄트는 오랜 시일이 지나 늙고 병든 몸으로 겨우 고향으로 돌아오게 된다. 고향의 오두막에 도착해 문을 열어보니 어머니는 이미 세상을 뜨고 그 자리에 사랑하는 연인 솔베이지가 백발이 되어 페르귄트를 맞이한다. 병들고 지친 페르귄트는 그날 밤 솔베이지의 무릎에 누워 조용히 숨을 거둔다. 꿈에도 그리던 연인 페르귄트를 안고 노래를 부르는 솔베이지! 그녀도 페르귄트를 따라간다.

노래를 듣기 전에 배경설명만 들어도 솔베이지의 청순한 사랑에 눈물이 난다. 대한민국의 '춘향전'을 떠올리게 한다. 그러나 원작인 '입센'의 《페르귄트》 내용을 요약하면 이렇다.

몰락한 지주의 아들 페르귄트는 집안을 재건할 생각은 하지 않고 지나친 공상에 빠져 있다가 애인 솔베이지를 버리고 마을 결혼식에서 다른 남자의 신부를 꾀어서 산속에 숨어 버린다. 그러나 금세 싫증이 나서 산속을 돌아다니다가 마왕에게 붙잡히는 우여곡절 끝에 간신히 도망친다. 그는 모로코와 아라비아를 전전하며 부자가 되었다가 주색에 빠져 거지가 되기도 하는 등 파란만장한 생활을 한다. 페르귄트는 마지막으로 신대륙에서 금광을 발견하여 큰 부자가 된다. 모든 재산을 가지고 금의환향하지만, 폭풍우를 만나 목숨만 간신히 보전한다. 늙고 빈털터리가 된 페르귄트가 옛집에 들어갔을 때 백발의 노인이 된 연인 솔베이지가 그를 기다리고 있다. 페르귄트는 그녀를 안고 "당신의 사랑이 나를 구원해 주었소."라고 말한 뒤 그녀의 무릎을 베고 생을 마감한다.

이처럼 우리는 세상에 회자하고 있는 이야기를 듣고 감동하지만, 실제 내용을 알아보면 전혀 다른 점을 발견할 수 있다. 입센의 페르귄트는 젊은 시절에 돈, 여자, 권력 등을 추구하면서 방탕한 생활을 하다가 늙고 병든 다음에서야 야망의 덧없음을 깨닫는 어리석은 자이다. 이에 비하여 솔베이지는 자기를 버리고 간 연인을 백발이 될 때까지 가슴속에 간직하며 기다린다. 최후에 페르귄트는 자신의 삶을 반성하고 연인의 품에 안겨 고통과 죄악에서 벗어난다. 솔베이지 노래를 들으면서 그녀의 지고지순한 사랑에 대하여 다시 한 번 감동한다.

나의 솔베이지를 상상으로 그려본다. 그녀의 무릎에 머리를 대고 깊은 생각에 젖는다. 스르르 꿈나라로 들어간다. 사람 하나 없는 푸른 바다에 넓은 비치가 나오고 태양은 작열한다. 그늘에 비스듬히 누워 바다를 응시한다. 시원한 한 줄기 바람이 스쳐간다. 아, 천국이구나!

17

'미켈란젤로'의 생애

로마 문화를 '헬레니즘'이라 하고 중세시대 문화를 '헤브라이즘'이라고 부른다. 종교가 판치는 중세시대는 종교개혁으로 마감되었고 새로이 등장한 것이 '르네상스'다. 이는 헬레니즘의 부활이며 다양한 형태로 나타났다.

'다윗'을 근엄한 모습이 아니라 골리앗을 때려죽일 것 같은 태도를 취하면서 인간본연의 모습인 나체로 표현했다. '베르디' 작품 '춘희'의 마지막 장면인 '당신 꿈 안에 내가 머물고 싶네요'와 같이 신 중심음악에서 인간중심의 '오페라'가 등장했다.

르네상스를 대표할 수 있는 예술가가 바로 '미켈란젤로'다. 프랑스의 노벨 문학상 수상자 '로맹 롤랑'이 말했다. "천재라는 것이 어떠한 것인지 모르는 사람, 천재를 전혀 믿지 않는 사람은 미켈란젤로를 보라."

그의 대표적인 회화작품은 '천지창조'와 '최후의 심판'이며, 조각 작품으로는 '성모상', '모세상', '다윗상'이 있다. 위 모든 작품은 교과서에 실릴 정도로 유명하다.

지구 상 최고의 여행지로 손꼽히는 이탈리아 여행은 2000년 전의 역사적 유물과 나폴리 일대의 아름다운 풍광, 미켈란젤로의 예술을 감상하는 것으로 요약된다. 특히 로마는 미켈란젤로에 의한 미켈란젤로를 위한 도시다. 500년 전 사람인 미켈란젤로의 작품에 대하여 전 세계 관광객이 지금까지도 열광하는 것을 보면, 한 인간의 무궁무진한 능력에 대하여 경외감마저 느낀다.

이탈리아 '피렌체'에서 태어난 미켈란젤로는 밤이나 낮이나 일만 생각했다. 자기가 기사가 되고, 석공이 되고, 인부도 되었다. 먹고 자는 시간도 잊어버리고 평생 죄수와 같은 삶을 살았다. 그는 아이디어의 고갈로 스트레스 받을 때 휴식하면서 해소하는 것이 아니라 노동에 참여하여 영감을 얻고 재충전했다. 정신적 피로를 육체적 노동으로 치유하는 것이다.

미켈란젤로는 여자하고 담을 쌓아 결혼도 안 했다. 따라서 그의 조각과 회화에는 사랑이 결여되고 박력 있고 비장한 사고만이 깔려 있다. 말년의 미켈란젤로는 친구에게 이렇게 편지를 썼다.

'예술은 나의 험난한 인생을 만들어 주었다. 만약 죽음이 나를 구해주지 않으면 지쳐 버리고 말 것이다. 피로는 나를 여러 갈래로 찢고, 깎고, 때려 부쉈다. 여기에서 내가 기다리고 있는 휴식은 죽음밖에 없다.'

죽으라고 일만 하다가 이름을 남기고 간 미켈란젤로! 재미나게 자기하고 싶은 것 즐기다가 간 중생들! 누가 행복한 인생을 살았다고 할 수 있을까?

18

루브르 박물관의 '모나리자'

파리의 '루브르 박물관'을 찾는 이유는 '레오나르도 다빈치'가 그린 '모나리자' 때문이며, 이 그림은 세계에서 제일 유명하다. 그림의 주인공은 피렌체 상인의 부인 '리자'다. '다빈치'는 '리자'의 나이 24세 때부터 그리기 시작하여 장장 4년에 걸쳐 작품을 완성했다. '모나리자'가 유명하게 된 이유는 스캔들 때문이다.

서른 살의 이탈리아 출신 전과자 '페루자'는 박물관에서 모나리자를 떼어 내 유유히 사라졌다. 모나리자가 없어지자 파리 시민들은 갑자기 이 그림에 관심을 두기 시작했다. 모나리자 그림엽서가 날개 돋친 듯 팔려나갔고 사람들은 앞 다투어 루브르를 방문했다. 프랑스 언론들은 이 사건을 연일 주요기사로 다루었다. 하지만 단서를 못 찾아 사건은 서서히 잊혀갔다.

한편 페루자는 사건이 잠잠해지자 이탈리아의 한 화랑과 접촉해 모나리자를 팔기로 결심했다. 호텔에서 전문가에게 그림을 보여주었고, 진품임을 확인한 이들은 페루자를 경찰에 신고했다. 파리 시민들은 '리자'를 열광적으로 환영했다.

루브르는 모나리자 덕에 먹고 산다. 모나리자가 있는 전시실은 사람들이 너무 많아서 작품을 제대로 감상하기가 불가능하다. 그림과 멀리 떨어져서 얼굴 형태만 확인할 뿐이었다. "모나리자 앞에 소매치기가 제일 많습니다. 특히 사진 찍으려고 두 손 올리는 순간을 조심하세요." 박물관 들어가기 전에 교육받을 정도다. 모나리자의 가격은 얼마나 갈까? 15유로 입장료에 1년 동안 900만 명이 루브르를 다녀가므로 총수익 1천 8백억 원이다. 이를 수익률 5%로 환원하여 계산하면 3조 원이 넘는다.

스캔들을 이용하여 성공한 작품이 또 있다. 덴마크의 상징으로 '코펜하겐'에 있는 '인어 공주 동상'이다. 실제 가보면 유명세에 비해 규모가 작아 실망스럽다. 인어 공주는 두 번이나 머리가 잘리고, 팔이 분실되는 등 수많은 우여곡절을 겪었다. 그럴 때마다 전 세계 매스컴에 대서특필되고 덴마크에서는 톡톡한 광고효과를 누렸다.

19

'레오나르도 다빈치'의 '최후의 만찬'

'밀라노'에 있는 '산타마리아 델레 그라치에' 성당의 식당건물 벽에는 세계적인 그림이 있다. 500년 전 '레오나르도 다빈치'가 그린 '최후의 만찬'이다. 그림의 크기는 '높이 4.5m 너비 9m'며 물감으로 벽에다 직접 그려서 보관상태가 안 좋다. 개인당 8유로 내고 25명이 동시에 입장하여 15분간 관람한 후 함께 나와야 하고 사진촬영도 금지할 정도로 철저하게 관리한다.

이 그림은 예수가 죽기 전날 제자들과의 만찬 중에 "너희들 중에 나를 팔아먹는 자가 있으니…" 라고 말하는 순간 12제자들의 반응을 나타내는 장면이다. 다빈치는 성경을 읽고 제자들의 성격을 파악했다. 두개골의 형태에 따라 성격이 정해진다는 사실을 알고 해부학을 통하여 제자들의 생김새를 결정했다. 이를 바탕으로 다시 거기에 맞는 반응을 표정이나 몸짓으로 표현했다.

"그자가 누군지 말하라"며 대드는 듯한 다혈질의 베드로,
"주님 저는 아니겠지요?" 하고 결백을 주장하는 필립보,
마태는 침착하고 지적이며…

다빈치는 그림에 등장하는 인물을 물색하던 중 성가대에서 노래하는 청년을 발견하고 그를 '예수의 모델'로 삼았다. 다른 모든 제자들의 모습은 완성되었으나 예수를 배신한 '유다'의 모델만 찾지 못하다가 간신히 사형수 중에서 골라 그림을 완성했다. 그러자 사형수는 갑자기 다빈치에게 "선생님, 저를 모르시겠어요?" 하고 질문했다. 레오나르도는 기억이 없어 고개를 가로저었다. "2년 전에 내 얼굴을 예수님얼굴로 그리더니 지금 와서는 유다얼굴로 그리는군요!" 예수가 유다로 변한 것이다. 그렇게 얼굴이 깨끗하고 청순했던 젊은이가 살인마로 돌변한 사실을 알게 된 다빈치는 충격 받아 이후로 예수에 관련된 그림을 그리지 않았다.

세월이 지나면 외모는 크게 변하지 않을지라도 분위기가 달라 전혀 다른 사람으로 보일 수 있다. 나이 들면 얼굴에 살아온 흔적이 묻어난다. 오랜만에 지인을 만날 때 "몰라보겠다! 옛날보다 지금이 훨씬 좋다." 소리 들으며 향긋한 이미지 풍기면서 나이 먹고 싶다. 하지만 만나는 친구마다 감탄하듯 말한다.

"어쩌면 그렇게 옛날하고 똑같나! 너는 정말 하나도 안 변했다."

'쭉 째진 눈은 아직도 성깔 있게 보이고 심술궂게 생긴 볼 살은 여전히 미어터지며 싸가지 없던 말투와 행동도 그대로'라는 뜻이다.

20

'프란시스코 고야'의 '옷을 벗은 마하'

서양 회화에서 누드로 등장하는 여성은 대부분 '신화의 여신'이다. 인간을 모델로 한 최초의 누드화는 2백 년 전 작품인 '옷을 벗은 마하'다. 스페인 수도 '마드리드'에 있는 '프라다 미술관'에서 가장 관람객이 북적거리는 곳이 '고야'의 그림 '옷을 벗은 마하'가 걸린 방이다. '마하'란 '매력적이고 요염한 여자'란 뜻이다.

'누드화'라는 것이 대부분 머리카락이나 손으로 신체 중요부위를 가리는 포즈를 취하며 정숙함과 부끄러움을 표현하지만, 이 작품은 어느 것 하나 숨길 것이 없다는 듯 두 손으로 뒷머리를 받치고 정면을 응시하는 모델의 시선이 대담하고 관능적이다. 녹색 침대 위 하얀 비단쿠션에 기대어 풍만한 가슴을 훤히 드러낸 채 다리를 오므리고 관람객을 바라보고 있으며 침대에만 조명이 쏟아지는 극명한 명암대비는 에로틱한 분위기를 고조시킨다.

고야가 그린 '옷을 벗은 마하'는 옛날 시골의 사랑방에 군불 지필 때 많이 사용했으며 지금은 향수를 불러일으키는 풍물이 되어 버린 '팔각형 성냥갑' 표지그림으로 우리에게 익숙하다. 이 그림은 이른바 '성냥갑 명화사건'이라고 불리며 우리나라 최초의 음란물 소송으로 기록된 해프

닝의 주인공이기도 하다. '옷을 벗은 마하'를 복제하여 성냥갑에 넣어 판매한 회사가 '음화 제작 혐의'로 고발되었는데 '명화라도 나체를 상업적으로 사용하면 음화다'라며 1969년 대법원에서 유죄판결을 내렸다.

고야는 무슨 이유인지 모르겠지만 몇 년 후에 같은 모델이 똑같은 포즈를 취한 '옷을 입은 마하'란 작품을 남겼다. 미술관에는 두 그림(세로 95cm×가로 190cm)이 나란히 전시되어 비교하면서 유심히 볼 수 있었다. '옷을 입은 마하'에 '옷을 벗은 마하'가 포개져 더욱 야릇한 상상으로 유도했다. 하지만 더욱 세밀하게 관찰한 사람도 있었다.

'이 그림은 모델의 섹스 전후를 나타낸 그림이다. 옷을 입은 마하의 화려한 의상과 귀족다운 모습과 달리 옷을 벗은 마하는 이불이 널브러져 있을 뿐 아니라 머리카락이 헝클어져 있고 표정도 나른하며 심지어 화장까지 지워져 있다.'

21

'뭉크'의 '절규'

노르웨이 수도 '오슬로'를 방문하면 제일 먼저 찾는 곳이 '뭉크 박물관' 이다. '뭉크'의 '절규'라는 작품이 전시되어 있기 때문이다. 이 그림은 '모나리자' 다음으로 세계에서 유명하다. "오슬로에 오기 위하여 엄청난 경비와 시간을 투자했지만, 뭉크의 이 작품을 본 것만으로도 본전을 뽑는다."는 이야기가 나올 정도다.

뭉크 박물관에서 '절규'를 직접 감상했다. 무언가 느끼려고 코앞에서 뚫어지게 바라보다가 멀리서 보고 다시 가까이서 보았다. 작품에 '긴장과 스트레스가 담겨 있다'고 하지만 깊은 뜻은 알 수 없고 초등학생이 그렸다면 성의 없이 그렸다고 선생님께 혼날 그림이었다. 그런데 그림이 교과서에서 본 것과 달랐다. 약간씩 변형한 원본이 여러 장 있다는 것을 처음 알았다. 유화, 템페라, 크레용, 파스텔로 그린 4장의 칼라회화 버전과 50여 장의 흑백 판화 버전 등이 전 세계에 돌아다녔다. 이 중에서 가장 유명한 유화 버전 작품이 '오슬로 국립박물관'에 전시되었으며, 템페라와 파스텔 버전 두 장은 뭉크 박물관에 있고, 회화 중 유일한 개인소장품인 크레용버전이 2012년 미국 소더비경매장에서 1천3백억 원에 낙찰되었다.

뭉크는 특이한 사람이다. 어머니와 누나들이 일찍 죽어 여성과의 깊은 관계 맺는 것을 극도로 꺼렸다. 그는 끊임없는 불안과 죽음의 그림자에 시달리면서 신경쇠약과 알코올 중독으로 정신병을 앓다가 아무도 없는 싸늘한 작업실에서 82세의 생을 마감했다. 뭉크의 삶은 한마디로 고독, 절망, 좌절, 우울로 뭉쳐진 사람이다. 그는 살아생전에 자신의 그림을 거의 팔지 않았으며 돈 주고도 못 사는 작품을 모두 국가에 기증했다.

2014년 우리나라에서 '뭉크전'이 열렸다. 칼라버전은 원칙적으로 해외전시가 금지되어 있어 흑백 판화버전이 8년 만에 노르웨이 바깥으로 외출 나온 것이다. 네덜란드 정부가 '고흐'의 그림을 띄우듯이 노르웨이는 의도적으로 뭉크그림의 가치를 높였다. 수십 장의 원본이 있는 그림을…

이런 것을 보면 모든 것이 '정치적'이다.

22

바둑황제 '조훈현'의 스승

'조훈현'은 누구나 인정하는 바둑천재다. 세 번(1980, 1982, 1983)에 걸친 모든 국내타이틀 석권, 국수전 10년 연속 우승, 패왕전 16년 연속 우승, 최초로 세계대회 사이클링 히트 등 그의 바둑 발자취는 휘황찬란하다. 조훈현의 정식스승은 일본의 '세고에' 선생님이다. 그는 74세 때 열 살 먹은 조훈현을 제자로 받아들였다.

세고에는 평생 세 명의 제자만을 두었다. 일본 관서기원의 창시자 '하시모토', 대만출신으로 살아있는 기성 '위칭위안', 바둑황제인 한국의 조훈현이다. 조훈현은 세고에 도장에서 9년 동안 수련했다. 하지만 스승 세고에로부터 지도받은 대국은 실제 10판이 채 넘지도 않았다. 스승은 원래 1년에 지도국 한 판만 두는 스타일이다. 서울의 가족들은 훈현을 너무 방치한다는 느낌이 들었다. 참다못한 아버지는 정중하면서도 항의의 뜻을 담은 편지를 써서 일본으로 보냈다. 그러자 얼마 지나지 않아 세고에의 답장이 날아왔다.

'바둑은 예藝이면서 도道입니다. 기량은 언제 연마해도 늦지 않습니다. 큰 바둑을 담기 위해서 먼저 큰 그릇을 만들어야 합니다. 그러기 위해서는 인격도야가 우선이지요. 훈현의 기재는 위칭위안에 버금갑니다. 아니 위칭위안을 능가하는 기사가 되리라고 믿습니다. 저 세고에를 믿

고 기다려 주시길 바랍니다.'

먼 훗날, 훈현의 아버지는 세고에의 통찰력과 교수법이 백번 옳았다
고 생각했다. 훈현은 주위에서 잘해주는 바람에 자기중심적인 고집불
통이었는데, 세고에 문하로 들어가 절제의 미덕을 배우면서 성격의 모
난 부분이 많이 깎이고 다듬어졌다는 것이다.

1972년 3월, 조훈현은 병역문제로 귀국해야만 되었다. 스승 세고에는
하늘이 무너진 듯 낙심천만했다. 병무청에 찾아가 병역연기 탄원서를
내는 등 백방으로 힘을 썼지만 어쩔 수 없었다. 그저 떠나가는 제자의
뒷모습만 바라보아야 했다. 바로 그 순간부터 일본 바둑계의 거목 세고
에는 살아 있는 사람이 아니었다. 그는 훈현이 떠나고 난 뒤 4개월 동
안 집에서 칩거하다 마침내 세상과의 연을 끊었다.

세고에는 바둑계에서 보기 드문 진정한 스승이었다. 수제자 위칭위안
을 키워 놓고 그에게 자신의 집을 물려준 뒤, 자신은 셋방을 얻어 나간
담백한 성품의 세고에! 그는 두 통의 유서를 남겼다. 가족에게, '신세지
기 싫어 먼저 떠나고자 한다.' 후배들에게, '훈현을 꼭 다시 데려와 대성
시켜 주기 바란다.'

지금과 같이 한일 간의 관계가 악화하는 시기에 가슴을 적셔주는 한
편의 미담이다. 조훈현은 2016년 바둑계를 대표하여 새누리당 제20대
비례대표 국회의원이 되어 교육문화체육관광위원회 위원으로 활동하고
있다.

23

미국 야구 메이저리거의 롤 모델

얼마 전 메이저리그 역사상 가장 위대한 마무리투수인 '마리아노 리베라'의 은퇴식이 방송을 탔다.

9회 초 리베라가 힘차게 마운드를 향해 달려간다. 스탠드를 메운 관중은 기립하여 환성을 지르며 응원한다. 투수판에 오른 리베라는 두 명의 타자를 가볍게 아웃시킨다. 하이라이트는 투수교체다. 마지막 한 타자와의 승부를 남긴 상태에서 감독이 아닌 동료가 심판에게 타임을 요청하며 마운드로 천천히 올라온다. 리베라는 어리둥절한 표정으로 쳐다보다가 이벤트임을 알아채고 동료에게 공을 넘겨주면서 뜨거운 포옹을 한다. 지나간 세월의 아쉬움에 오랫동안 눈물을 흘린다. 관중, 선수 가릴 것 없이 모두는 감동의 도가니 속에 빠진다. 리베라는 모자를 벗어 팬들에게 예를 갖춘 뒤 마운드에서 사라진다. 경기가 끝나자 다시 마운드로 올라가 흙을 한 줌 가지고 내려온다.

'뉴욕 양키스'의 '수호신' 리베라는 1996년 데뷔하여 652세이브(우리나라 기록 254세이브)를 기록하였으며 이는 앞으로 영원히 깨질 수 없는 불멸의 기록이다. 그는 올해에도 42세이브를 기록하여 최고의 실력을 보여주었으며, 정상의 순간 모두가 박수 칠 때 떠났다. 엄청난 부(연봉 150

억)를 포기하고 명예를 택한 리베라가 아름답다.

가난한 어부의 아들로 파나마에서 태어난 리베라는 자신의 초등학교 동창과 결혼하였으며, 주변의 유혹에도 끝까지 고국인 파나마 국적을 지켰다. 그는 매년 자선단체에 5억 원 이상을 기부하며, 여자관계, 마약과 부정약물이 난무하는 선수들 사이에 독실한 기독교 신자로 알려져 메이저리거의 롤 모델이 되고 있다.

리베라와 한 세대에 살았다는 자체가 행복한 하루였다. 그가 평범한 사람들에게 주는 감동은 실력이나 사생활, 또는 기부천사라는 것 때문만은 아니다. 기록, 돈, 영원할 것 같은 인기에 대한 욕심을 뒤로하고 최고일 때 스스로 알아서 자리를 떠나는 것이다. 더욱더 구단의 코치직 제의도 뿌리치고 고향에 내려가 목장에서 조용히 가족과 함께 여생을 보낼 계획이란다.

우리나라는 야구선수 '선동열'이 이에 해당한다. 그는 일본 '주니치'의 투수로 최고의 해를 보낸 다음에 자신의 구위가 떨어질 것 같은 느낌을 받자 타 구단의 최고연봉 약속도 뿌리치고 곧바로 은퇴했다. '선동열이 은퇴 후 야구감독을 하지 않고 봉사활동을 했다면 팬들로부터 욕먹으며 프로 야구계를 떠나는 불상사 없이 영원히 빛나는 야구의 전설이 되었을 텐데!'

축구 영웅 '박지성'이 리베라와 유사하지 않을지! 그는 '맨체스터 유나이티드'에서 최고의 선수시절을 보내고 막판에 타 구단으로 임대되어 스타일을 구기긴 했지만, 은퇴 후 축구와 관계되는 봉사활동만 할 뿐 가족과 함께 시간을 보내며 행복하게 조용히 살고 있다.

24

철인 '칼 립켄 주니어'

1995년 9월 6일 미국 프로 야구 메이저리그의 '볼티모어 오리올스' 경기장에 '칼 립켄 주니어'가 2,131경기 연속출전하면서 새로운 영웅이 탄생했다. 영원히 깨지지 않을 것이라고 여겨지던 '루 게릭'의 대기록(2,130경기 연속출전)이 56년 만에 깨지는 순간이었다. 립켄은 1982년 5월 30일 22세의 나이로 메이저리그에 데뷔한 첫해 신인상을 받은 이후로 13시즌 동안 한 게임도 거르지 않고 연속으로 출전한 것이다. 홈런왕, 타격왕, 다승왕 등이 우등상이라면 '연속경기 출장기록'은 개근상이다. 립켄은 메이저리그가 낳은 진정한 철인이다.

'단순히 경기에 연속으로 출장한다는 것이 그렇게 큰 의미를 갖는가?'에 대하여 많은 사람들이 의문을 제기하기도 한다. 하지만 그의 꾸준함은 '배리 본즈'의 시즌최다 73홈런, '롤런 라이언'의 총 5,714탈삼진, '행크 에런'의 통산 755홈런과 함께 '가장 기억에 남는 기록'으로 선정되기도 했다.

프로 야구 선수에게 목표가 있다면 "올 한 해 큰 부상 없이 전 게임에 출장하는 것"이라고 말할 정도로 그 해의 전 경기출장은 꾸준한 실력이 있어야 하는 것은 기본이요, 부상에서 살아남는 행운이 따라야 한다. 재미있는 사실은 상대 팀 투수들조차 립켄이 들어서면 그의 부상을 염려해 몸 쪽 공을 잘 던지지 않아 그의 기록경신을 거들었다는 것이다.

연속경기 출장은 모든 조건이 다 맞아 떨어져야 가능하다. 슬럼프에 빠지지 말아야 하며, 감독의 배려도 있어야 한다. 그중에서 가장 중요한 것은 '얼마나 철저하게 자기관리를 하느냐'이다. 립켄은 타고난 성실성과 불같은 투지로 연속출장의 어려움을 극복하였으며 "나의 가장 큰 적은 게으름과 식상함"이었다고 솔직히 고백하기도 했다.

그의 연속게임 출전은 이후에도 3년 가까이 계속되었으나 1998년 9월 20일 '뉴욕 양키스'와의 시즌 마지막 경기를 앞두고 "물러날 시간이다"는 말을 남기고 연속경기출장을 포기했다. 17년 동안 2,632게임 연속출장기록은 여기서 멈춘 것이다. 연속출장기록을 더 연장할 수도 있었지만, "후배들에게 기회를 주고 싶다"며 스스로 포기했다. 22세에 시작한 기록도전이 38살이 되어서 끝나게 된 것이다. 우리나라 프로 야구에서는 'SK 와이번스'에서 활약했던 '최태원' 선수가 7년 6개월 동안 세운 1,014경기 연속출장이 최장기록이다.

립켄은 2001년 시즌에 은퇴했으며 그해 팬 투표로 올스타전에 뽑혔다. 그는 올스타전 마지막 타석에 들어서 '박찬호'의 '상당히 평범한' 직구를 받아쳐 홈런을 기록하여 올스타 MVP에 선정되기도 했다. 코리안특급이 영웅의 마지막 피날레를 화려하게 장식하는 데 조연이 된 것이다. 그는 2007년 야구에 대한 위대한 업적을 남긴 선수로 메이저리그 명예의 전당에 들어갔다. 명예의 전당은 기자들의 투표율이 75% 이상되어야 하는데 립켄은 타자로서 최고의 투표율(98.5%)을 기록했다. 명예의 전당 행사에서 들려준 그의 연설은 인상적이었다.

"원하든 원치 않든 메이저리그 선수가 되면 역할모델이 될 수밖에 없다. 자신의 행동이 어린이나 청소년에게 긍정적인 영향을 끼치느냐 부정적인 영향을 끼치느냐가 중요하다. 젊은 시절 판정에 불복해 1회에 퇴장당한 적이 있는데 나를 보려고 왔던 꼬마 팬이 계속 울었다는 이야기를 들은 후 크게 깨달았다. 언제나 한 모습으로 열심히 해서 세상을 더욱 좋은 곳으로 만드는 것이 우리가 할 일이라고 생각한다."

대중으로부터 사랑을 받는 자들이 "왜 사람들이 내 마음대로 살지 못하게 하는지 모르겠다"며 불만을 토로하는 경우를 종종 본다. 그들 중에는 일반인들과 같이 다른 사람 의식하지 않고 자유분방한 삶을 사는 사람도 있다. 이들은 '유명해질수록 불편하더라도 참고 더욱더 경건하게 모범적인 삶을 살아야 한다'는 립켄의 말을 마음속에 새겨들어야 할 것이다.

특히 '조영남'은 립켄을 본받아야 한다. 그는 한때 친일발언으로 진행하던 방송에서 하차한 적이 있으며 "내 여자 친구가 30명은 거뜬히 넘는다"는 발언으로 오해를 사기도 했다. 최근에는 학력위조 당사자인 '신정아' 손을 잡고 다니면서 화제에 오르더니 그림 대작사건으로 사회에 물의를 일으키고 있다. 순수한 영혼인 척하며 추한 노인양반의 전형을 보여주고 있다.

세상은 참 불공평하다. 스타 프로 야구 선수의 아들로 태어나 부잣집 도련님으로 자란 립켄은 백인의 준수한 외모에 성실성과 겸손함까지 갖추었을 뿐만 아니라 선수라면 누구나 바라는 전 게임출장을 17년 동안 지속했다. 한 인간에게 너무나 치우친 축복을 주었다. 하나님이 반칙한 것이다.

25

야구선수 '조시 해밀턴'의 인생드라마

11차례의 자살을 시도했고, 옷을 벗으면 몸 전체에 문신이 꿈틀댔던 밑바닥 인생의 '조시 해밀턴'이 지금 메이저리그의 톱스타다. 노스캐롤라이나 주 출신의 해밀턴은 고등학교 때 시속 150㎞의 공을 던졌고 타율은 5할로 '전설'이었으며 1999년 '템파베이'와 40억 원에 계약했다.

불행이 닥친 건 2001년! 트럭과 충돌하는 교통사고로 큰 부상을 입었다. 운동을 하지 못하게 된 그는 '시간'과 '돈'이 충분한 스무 살의 젊은이에 불과했다. 결국, 마약에 발을 들여놓아 야구계에서 영구 추방당했다. 해밀턴의 중독 상태는 부모가 포기할 정도였다.

바로 그를 구해 낸 건 할머니였다. 해밀턴은 마지막 남은 재산인 소형 트럭까지 마약으로 날려 버린 날에 그를 끔찍이도 사랑했던 할머니를 찾아갔다. 할머니는 "스스로 죽여 가는 손자 보기가 너무 힘들다"며 눈물을 쏟았고, 그 모습을 본 해밀턴은 '가슴이 뻥 뚫리는 느낌'을 받으며 변하기로 결심했다. 할머니의 말은 '신의 도움(It is a God thing)'이었다.

이후로 1년 반 동안 착실한 재활을 거친 그는 멋지게 부활하여 2008년 미국 프로야구 올스타에 뽑혀 '양키스 스타디움'에서 열린 홈런더비 대회에 참여했다. '해밀턴 쇼'의 결정판은 그가 모셔 온 71세 배팅볼 투수 '카운슬'의 등장이었다. 카운슬은 노스캐롤라이나 주의 한 고등학교에서 해밀턴과 코치와 선수로 인연을 맺었다. 해밀턴은 당시 올스타전에 나간다면 "스승을 야구장으로 꼭 모시겠다"고 약속했고, 홈런더비 때 자신의 배팅볼 투수로 카운슬을 지정하여 약속을 지킨 것이다. 홈런더비 대회에서 해밀턴의 차례가 돌아오자 백발이 성성한 노인이 마운드에 올라갔다. 카운슬은 나이답지 않게 정확히 볼을 던졌고 해밀턴은 150m 나 되는 대형홈런을 3개나 때리며 파워를 유감없이 과시했다. 이 감동적인 휴먼스토리는 기적이나 다름없었다.

해밀턴의 스토리는 여기에서 끝나지 않았다.

2011년 9월 30일, 텍사스 레인저스의 홈구장인 '볼파크 인 알링턴' 경기장! 경기를 앞두고 5만 명의 관중이 웅성거리기 시작했다. 잠시 후 6살짜리 어린아이 '쿠퍼'가 야구장에 나타나자 일제히 자리에서 일어나 응원했다. 쿠퍼는 포수로 나온 텍사스 레인저스의 외야수이자 전년도 MVP인 조시 해밀턴과 시구준비를 했다. 해밀턴은 쿠퍼를 꼭 안아주었다. 이 모습이 미국 전역에 방송되면서 보는 사람들마저 눈시울이 붉어졌다. 과연 무슨 사연이 있는 것일까?

3개월 전 쿠퍼는 야구선수를 꿈꾸는 평범한 소년이었다. 아빠와 함께 야구장 가는 것을 좋아했지만, 아빠는 소방공무원으로 매일 바쁜 하루를 보내고 있었다. 쿠퍼의 생일 날 야구장에 가겠다고 약속한 아버지! 그런데 그날 큰 화재사고가 발생하여 아들과의 약속을 지키지 못하게 된다. 아버지는 실망한 아들을 위해 야구장에 가서 아들이 좋아하는 선수의 사인볼을 받아주겠다고 한다. 아버지는 경기시작 몇 분 전에 선수대기실을 찾아가 아들이 가장 좋아하는 조시 해밀턴을 만나 "여섯 살 난 제 아들이 당신의 팬인데 오늘 파울볼을 잡게 되면 외야석에 있는 저에게 던져주시면 안 될까요? 아들 생일선물로 줄까 합니다."라고 했고, 해밀턴은 "네 그럴게요." 하며 흔쾌히 대답했다. 경기가 시작되고 얼마 지나지 않아 해밀턴은 파울볼을 잡게 되고 약속을 지키기 위해 바로 외야석으로 공을 던졌다. 그런데 믿을 수 없는 일이 벌어졌다. 어떻게든 공을 잡아서 아들에게 주겠다던 그는 손을 뻗다가 무게중심을 잃고 6m 아래로 추락했고, 콘크리트 바닥에 머리를 세게 부딪쳐 병원으로 가는 구급차 안에서 끝내 사망했다. "놀라서 아빠를 부르던 쿠퍼의 목소리가 아직도 생생하다. 쿠퍼 가족을 위해 기도하는 것밖에 할 수 있는 일이 없다." 해밀턴은 일주일 동안 경기에 결장하며 괴로움과 죄책감에 시달렸다.

80일 후 5만여 명의 관중이 모인 가운데 쿠퍼가 마운드를 향한다. 쿠퍼는 해밀턴을 향해 공을 힘껏 던진다. 옆에서 지켜보는 엄마는 눈물 흘리며 박수를 치고 아이는 겸연쩍어한다. 예기치 못했던 비극, 그 상처를 달래 준 마운드 위의 드라마에 많은 미국인들은 박수를 쳤다. 세상에서 가장 아름다운 시구였다.

세월은 흘러 2013년이 되었다.
그동안 해밀턴은 연속하여 올스타에 뽑혔고 1백억 원이 넘는 연봉을 받았다. 그렇게 영웅이었던 해밀턴의 마음이 흔들렸다. 다시 알코올을 입에 대기 시작한 것이다. 이 사실이 외부에 알려지자 기적을 믿었던 많은 사람들이 수군대기 시작했다. 그는 기자회견을 자청하여 음주사실을 모두 인정하고 팬들에게 공식으로 사과했다.

"팬들과 주변사람들에게 상처를 안겨드려 죄송합니다. 특히 저를 우러러봐 주시는, 모든 중독에 고통 받는 사람들에게 사죄합니다. 누군가가 술을 마신다는 것이 누군가에게 상처를 입히는 것은 아닙니다. 그러나 저의 경우는 많은 사람들에게 상처 입힐 수 있음을 알고 있습니다. 팬들을 실망시킨 것에 대하여 후회하고 반성합니다. 저보다 저 자신에게 실망한 사람은 없을 것입니다. 많은 사람들이 저에게 기댈 수 있도록 노력하겠습니다."

성인이 술을 마시는 것은 법에 어긋나는 행위가 아니다. 그러나 해밀턴은 달랐다. 기자회견을 듣고 그를 원망하기에 앞서 나약한 인간이기에 순간적으로 실수를 저질렀다는 생각이 들었다. 진솔한 반성이 잔잔한 감동을 일으켰다.

그렇게 믿었던 해밀턴이 2015년 2월!

"오프 시즌에 코카인과 술에 손을 댔다"고 자백했다. "뜬금없이 아내가 바람을 폈다"며 이혼소송 중에 있으며, 급격히 추락한 성적을 이기지 못하고 또 마약에 손을 댄 것이다. 해밀턴의 소속팀인 '엘에이 에인절스'는 해밀턴에 진절머리를 치고 보상해주는 조건으로 친정팀 텍사스 레인저스로 넘겨버렸다. 다행스러운 것은 메이저리그협회에서 해밀턴에게 마약복용으로 인한 출장정지 처분을 내리지 않은 것이다. 불쌍한 해밀턴을 어찌할꼬…

해밀턴의 스토리는 아직도 끝나지 않았다. 그렇게 믿고 싶다.

26

눈물의 '호세 페르난데스'

2016년 9월 25일 새벽 3시! 메이저리그 '마이애미 돌핀스' 투수 '호세 페르난데스'가 플로리다 해변부두에서 싸늘한 주검으로 발견되었다. 그와 일행이 탄 보트가 바위와 충돌한 것이다.

그의 사고에 메이저리그는 물론이거니와 온 세계가 슬퍼했다. 물론 누군가의 사망은 가슴깊이 안타까운 일이다. 하지만 그의 인생 역정을 알고 나면 이토록 슬퍼하는 이유도 쉽게 찾을 수 있다. 페르난데스는 메이저리그 경력이 4년밖에 안 되지만 임팩트가 매우 큰 선수다. 평소 가족들 사랑하는 모습과 팬 서비스를 잘해주는 등 인성 면에서 훌륭할 뿐만 아니라 향후 메이저리그를 이끌어 갈 투수라는 평가를 받기 때문이다.

페르난데스의 죽음을 돌이켜보면 그의 사망은 너무나도 안타깝다. 일단 쿠바에서 망명한 과정부터가 눈물 난다. 그는 세 번의 미국망명을 시도했지만 실패하여 어린 나이에 두 달 동안 감옥살이하기도 했다. 아버지가 이미 미국망명에 성공했으므로 나머지 가족들도 망명을 포기할 수 없었다. 2008년 1월 페르난데스 가족은 다른 사람들과 함께 탈출을 감행했다. 목적지인 멕시코까지 36시간이 걸리는데 큰 사고가 났다. 바로 그의 어머니가 물에 빠진 것이다. 바다에 몸을 던져 죽을힘을 다하여 어머니를 구했다. 그의 나이 16세 때의 일이다. 그런데 구할 당시엔 어머니인지도 몰랐다고 한다. "그저 누가 떨어진 것만 봤죠. 결정을 내려야 했습니다. 생각할 시간도 없었어요." 페르난데스는 네 번의 망명시도 끝에 미국 텍사스에 도착할 수 있었다.

힘겹게 미국에서 상봉한 가족들의 고생길은 시작에 불과했다. 지독히도 가난한 미국생활은 쿠바시절이 그리울 정도였다. 페르난데스는 언어와 문화의 차이로 학교에서 외톨이였다. 오직 자신이 잘할 수 있는 것은 야구뿐이었다. 마침내, 그는 야구선수로서 실력을 유감없이 발휘했고, 수많은 대학의 러브콜에도 불구하고 가족들의 생계를 위해 고교졸업 후 곧바로 프로에 입단했다.

2013년 시즌 페르난데스는 메이저리그 데뷔와 동시에 강속구와 마치 비디오 게임 같은 슬라이더 등으로 메이저리그를 정복했다. 12승 6패, 평균자책점 2.19로 신인왕에 등극했다. 메이저리그는 기구한 스토리를 가진 페르난데스의 거짓말 같은 활약에 환호했고 '앞으로 20년은 활약할 선수'라며 큰 기대를 품었다. 그러나 2014년 5월 초 등판 후 페르난데스는 종적을 감추었다. 팔꿈치 부상으로 '토미 존' 수술을 받아야 하기 때문이었다. 다행히 수술은 성공하였고 재활도 잘 진행했다. 2015년 7월, 수술 후 14개월 만에 돌아온 호세는 6승 1패, 방어율 2.92로 복귀에 성공했다. 이제 남은 건 2016시즌부터 시작될 전설적인 질주밖에 없어보였다.

올 시즌 역시 호세는 16승 8패, 평균자책점 2.86으로 기대를 저버리지 않았다. 하지만 그는 다음 등판 예정일에 거짓말같이 사망했다. 더 안타까운 것은 그의 아내가 내년 1월 출산할 아이를 임신 중이었다는 점이다. 그는 자신의 SNS에 "네가 나의 삶에 와 줘서 고맙다"는 마지막 글을 아내의 사진과 함께 올리며 미래를 그리고 있었다.

힘겨웠던 미국망명과 가족상봉 스토리, 그리고 가난과 환경변화에 적응하기 위하여 시련을 겪어야 했던 미국생활, 신인왕 직후 힘겨웠던 팔꿈치 수술, 이어진 성공적인 복귀와 임신한 아내까지 참으로 파란만 장했던 페르난데스의 인생사를 되돌아보면 이번 죽음이 더욱 안타까울 수밖에 없다. 구단 관계자는 페르난데스 등번호 16번을 영구 결번했다고 발표했다. 불의의 사고로 사망한 페르난데스가 사용했던 '등번호 16번'은 마이애미 돌핀스에서 그 어떤 선수도 달 수 없게 되었다. 그가 죽은 다음 날 벌어진 시합에서 돌핀스의 모든 선수는 '등번호 16번'을 달고 울면서 게임을 했다.

그가 바라던 대로 메이저리그 최정상의 자리에 섰지만, 24세의 짧은 인생을 살다 간 페르난데스! 지긋지긋한 고생 속에 오직 성공만을 위하여 달려왔지만, 부와 명예를 코앞에 두고 사라져 버린 페르난데스! 저 세상에 가서는 이승에서의 고통 모두 잊고 편히 잠들기 바란다.

한 치 앞을 내다볼 수 없는 인간의 나약함을 다시 한 번 느낀다. 비록 천재적인 재능을 갖고 태어나지 않아 경쟁사회에서 하루하루 버티기가 힘들지만 큰 사고 없이 이 나이까지 생존해 있는 것만도 다행스럽게 생각하며 하나님께 감사드리고 싶다.

27

영화 〈초대받지 못한 손님〉

흑인과 백인의 결혼을 주제로 다루었다. 영화는 남녀가 여행 중 만나 사랑에 빠져 결혼승낙 받으러 여자 집으로 가면서 시작한다. 흑인인 '존'은 의사지만 한 번 결혼한 적이 있으며 나이가 여자보다 열네 살 많다. '조이'는 백인이며 지역 신문사 사장의 외동딸이다. 조이의 어머니는 딸의 행복을 위해서 무조건 딸의 말을 따르는 모성애를 발휘하지만, 아버지는 완강히 반대한다. 이에 조이는 "부모가 뭐라고 해도 반드시 결혼하겠다"고 한다. 존은 조이의 부모를 서재에서 따로 만나 "승낙이 없으면 결혼하지 않겠다"며 신뢰를 쌓는다. 어머니가 잔 적이 있느냐고 딸에게 묻는다. 그리고 "존이 결혼 못 하면 상처입어 안 된다며 반대했다"는 딸의 말을 듣고 존을 더욱 미더워한다.

조이는 존의 부모를 저녁식사에 초대한다.

존의 어머니는 조이의 아버지에게 "남자들이 나이 들어 성적인 욕구가 더 이상 되지 않으면 감정이 메말라서 여자를 사랑하는 것이 어떤 느낌인지도 잊어버리는 늙은이가 된다."는 직언을 한다. 이 영화의 압권은 존과 그의 아버지 사이의 대화다. 서재에서 둘만이 앉아 커다란 목소리로 열변을 토한다.

"너의 인생은 우리의 희망이자 낙이었다. 내가 널 어떻게 키웠는데! 학비를 마련하려고 남에게 알랑거렸으며 우체부 가방을 들고 발톱이 빠지도록 뛰어다녔는데, 네가 부모 말을 거역하고 백인여자하고 결혼하면 되겠어?"

"날 이렇게 키웠으니 부모에 빚졌다고요? 제가 한마디 하죠. 저는 아버지에게 빚진 게 하나도 없어요. 아버지가 돈 벌기 위해서 백만 마일을 걸었어도 그건 해야 할 일이에요. 왜냐하면 저를 낳았기 때문이죠. 저를 낳은 날부터 저에게 진 빚을 갚은 것에 불과해요. 저도 자식에게 빚쟁이예요."

결혼을 반대했던 조이의 아버지는 '두 사람의 사랑에 맡긴다'는 의견을 제시한다. 그렇게 모두 즐거운 저녁식사를 시작한다. 언덕 위에 있는 저택의 테라스에서 내려다보는 샌프란시스코 야경이 매우 아름다웠다. 저 멀리 바다에는 금문교가 선명하게 나타나고…

"낳아 준 것만도 어딘데?" 소리 들으면서 자랐다. "자식을 낳는 순간부터 빚졌다"는 말이 충격이었으나 마음을 다스리고 생각해보니 옳은 말이다. 돈 많고 빽 좋은 부모가 못 되어, 조금 공부해도 시험에 척척 붙는 명석한 두뇌와 날씬한 몸매, 예쁜 얼굴 등 우수한 유전자를 물려주지 않아 자식을 고생시킨다는 빚쟁이로 평생 살아야 한다.

자식들이 내 생각대로 안 될 때 짜증이 났다. 돈 귀한 줄 모르고 팍팍 써대거나 누굴 닮았는지 모르게 공부는 뒷전이며 청소 한 번 안 하고 대접만 받으려고 할 때 '저런 자식을 위해 이렇게 살아야 하나?' 생각에 성질 못 이겨 한 번씩 소리 지르지만, 모두 부질없는 짓이고 오히려 자식하고의 관계만 소원해졌다. 이럴 때, '그래, 네가 뭔 죄 있겠느냐? 내가 너를 그렇게 만들었는데…' 하고 깨달으면 자식의 괘씸한 행동도 귀엽게 보이고 더욱 살갑게 대할 수 있다. 그래서 스스로 마인드컨트롤 하기로 했다.

'나는 너를 낳은 순간부터 빚쟁이다. 건강한 것만도 부모에게 엄청 봉사한 것이다.'

28

영화 〈시네마천국〉

영화를 좋아하는 어린 소년과 늙은 영사기사의 나이를 뛰어넘는 애틋한 우정을 그린 이탈리아 영화다. 로마에서 영화감독으로 활동하는 '토토'가 '알프레도'의 사망소식을 듣고 30년 만에 고향을 찾는 장면에서 영화가 시작된다.

어린 시절 영화를 매우 좋아한 토토는 학교수업이 끝나면 영화 볼 욕심에 성당으로 달려가 동네 극장에서 상영될 영화를 사전 검열하는 작업을 도왔다. 신부님은 키스장면이 나올 때마다 삭제시켰다. 토토는 마을 광장에 있는 '시네마 천국'이라는 낡은 극장에서 영사실 기사로 일하는 알프레도와 친구처럼 지내며 어깨너머로 영사기술을 배웠다. 어느 날 극장에 불이나 알프레도가 시력을 잃자 토토가 대신 영사기사로 일했다.

청년으로 성장한 토토는 학교에서 만난 여자 친구를 사랑하지만 그녀의 부모가 토토의 가난을 이유로 반대하여 헤어지게 되고, 넓은 세상에서 많은 것을 배우라는 알프레도의 권유로 고향을 떠나 로마에서 유명한 영화감독이 되었다.

도시개발로 곧 철거될 시네마천국 극장을 둘러보며 이제는 중년이 된 첫사랑과 재회하여 지난날을 이야기한다. 그리고 알프레도가 자신 앞으로 남긴 필름 한 통을 들고 로마로 돌아온다. 토토는 자신의 개인 극장에서 영사기사에게 이를 틀어달라고 부탁하는데, 그것은 자신이 어린 시절 궁금해 하고 가지고 싶어 했던 검열된 필름 조각들을 일일이 이어붙인 것이었다.

커트된 영화 속 키스 장면들을 보면서 감동의 눈물을 흘린다. 이 장면에 주제음악인 '러브 테마'가 흐른다. 전쟁으로 아버지를 잃고 홀어머니와 누이동생과 함께 지긋지긋하게 가난하게 살았던 어린 시절, 극장에 가지 말라는 어머니의 감시 속에서도 뻔질나게 극장을 드나들며 알프레도와 함께 보낸 행복한 추억들, 사랑하는 여자 친구에 대한 그리움으로 연인의 집 창문 앞에서 그녀가 창문 열기를 기다리며 밤을 지새운 청년시절을 떠올리며 회상에 젖는다.

영화평론가의 말을 빌려보자.

"러브 테마는 지구가 멸망하기 전 반드시 타임캡슐에 넣어야 할 인류의 유산이다. 키스 장면만을 편집한 필름을 보며 토토가 회상하는 장면은 영화사에 길이 남을 명장면이다."

29

영화 〈매디슨 카운티의 다리〉

자식들이 어머니 유품을 정리하다가 편지를 발견한다. 그 편지를 읽으면서 영화가 시작된다. 시골농가에서 평범한 가정주부로 사는 46세의 프란체스카(메릴 스트립 분)는 남편이 아이들을 데리고 박람회로 떠나자마자 홀로 자유의 시간을 만끽한다. 그리고 잡지사 사진기자인 로버트(클린트 이스트우드 분)는 유서 깊은 뚜껑 덮인 다리를 촬영하기 위하여 '매디슨 카운티'에 도착한다. 길을 잃은 로버트는 프란체스카에게 길을 묻는다. 이 시점부터 나흘 동안 농촌의 순박한 유부녀와 떠돌이 사진기자의 잊지 못할 애절한 사랑이 펼쳐진다. 둘 사이의 애정표현이 적나라하여 젊은 시절에 보았을 때는 거시기 했는데 나이 먹어 다시 보니 아름다웠다. 로버트는 "같이 떠나자"고 제안하고, 프란체스카는 "수군대는 동네 사람들 때문에 남편과 아이들이 상처받을까 봐 못 간다"고 답한다. 편지의 내용은 이렇게 끝난다. '엄마는 로버트와 진실한 사랑을 했다. 유골을 그와의 사랑이 깃든 다리 위에 뿌려 달라.' 자식들은 어머니의 갑작스러운 사랑고백에 처음에는 당황했지만, 편지를 모두 읽고 이해한다. 유언대로 다리 위에 유해를 뿌린다.

딸 둘이 자라서 아빠가 연애 좀 한다고 상처받을 리 없고, "밖에서 사랑을 하든지 말든지 알아서 해!"라는 아내로부터 남성으로서의 매력을 상실한 마당에 〈매디슨 카운티의 다리〉와 같은 사랑 한번 하고 싶다. 내가 만약 이런 사랑을 한다면 고이 안고 무덤까지 가지고 갈 것이다. 자국을 남겨놓아 사후에 딸들이 알게 된다면 아빠의 표리부동을 얼마나 원망하겠는가? 프란체스카의 용기에 박수를 쳐야 할지 아니면 그녀가 지탄받아야 할지 의문스럽다. 이게 바로 동양의 '수치심'과 서양의 '양심' 차이인지… 동양인과 서양인의 사랑에 대한 감정의 차이를 '이규태'의 《한국인의 의식 구조》에서 퍼 왔다.

사랑을 '애정愛情'이란 말로 쓰는 것은 정곡을 찌른 표현이다. 애愛의 상황과 정情의 상황이 복합된 감정이 가장 이상적인 상태의 사랑이기 때문이다. 애愛와 정情의 어원을 따져 그 차이를 살펴보자. 愛의 본디 글자는 기旡다. 같은 음의 기旣는 배불리 먹고 뒤로 젖혀 있는 상형문자로, 더 이상 무엇인가를 하면 터질 듯한 벅찬 상황을 의미한다. 이에 비해 정情은 풀의 싹을 의미하는 생生과 샘井의 합자로, 샘 속에 잔잔하게 고인 맑은 물색을 뜻한다. 애愛는 동적이요 폭발적이며 '만남'의 초반에 발생하고 감정 밀도가 농후하나 지속시간이 짧은 데 반해, 정情은 정적이요 차분하며 중반 이후에 발생하고 감정 밀도가 담담하나 지속시간이 길다. 셰익스피어의 '로미오와 줄리엣'에서 두 사람이 처음 만나 열렬하게 사랑하기 시작하여, 결혼을 허락받지 못하고 같이 죽어가기까지의 시간은 겨우 보름 남짓밖에 안 된다.

이처럼 사랑과 정은 다르다. 처음에는 사랑하다가 중반에 정으로 연속되는 것이 가장 이상적인 형태의 결합이라 할 수 있다. 서양인의 결혼이 사랑으로 시작하여 정으로 연속되지 못하는 경우가 많다면, 한국인의 결혼은 사랑으로 시작하지 않지만, 정으로 연속되는 경우가 많다는 차이가 있다.

30

영화 〈크레이머 대 크레이머〉

결혼하고 헤어지면 자식이 애물단지가 되는 경우가 많은데, 부성애父性愛를 부각시킨 1979년 아카데미 수상작이다.

오래간만에 큰 건을 성사시켜 집에 와서 승진했다는 소식을 전하려는 찰나에 아내가 집을 나간다며 짐을 싼다. 바쁜 남편과의 소통에 어려움을 느끼며 극심한 우울증을 겪고 있던 아내가 자아실현을 선포하고 집을 나간 것이다.

그다음 날부터 아이는 엄마만 찾고, 아내 없이도 잘해 나갈 줄 알았는데 엉망이다. 아내에 대한 적개심만 쌓이고 집안일이 회사에까지 영향을 미쳐 상관의 눈총을 받는다. 아들에게 버르장머리 없다고 야단치면 엄마에게 데려다 달라며 울먹인다. 시간이 흘러 아들과 역할 분담하여 혼란스러웠던 상황은 일단 자리를 잡아 가지만, 엄마를 그리워하는 아들의 심정을 생각하면 가슴이 아프다.

"아빠도 떠날 거예요?"
"아니, 난 너에게 딱 붙어서 떨어지지 않을 거야."
"엄마는 내가 나쁜 애라 떠난 거죠?"

"그렇지 않다. 엄마는 너 때문에 떠난 것이 아니야. 오랫동안 아빠가 엄마한테 강요한 거야. 아빠가 바라는 아내가 되도록 말이야. 한데 엄마는 그럴 수 없었어. 엄마는 아빠를 만족시키려고 많은 노력을 했지. 뜻대로 안 되자 아빠에게 말을 하려고 했는데 아빠는 바빴지. 엄마도 아빠처럼 행복하다고 생각했어. 그런데 안 그랬나 봐. 엄마는 너를 사랑하니까 그래도 아빠 옆에 있었던 거야. 엄마는 너 때문에 떠난 게 아니라 아빠 때문에 떠난 거야."

아이가 놀이터에서 놀다가 다쳐 홍역을 치른 터에 아내가 달려와 아이를 데려간다고 한다. 아이 때문에 소송하며 서로 간에 신뢰감마저 깨진다. 재판은 '모성애'에 손을 들어 주었으며 항소하려고 하자 "아들을 증인석에 세워야 한다"는 변호사의 말에 그 짓만은 절대 할 수 없어 포기한다.

아들과 이별 준비를 마치고 이삿짐을 싼다. 아내가 집을 찾아와 '소송과정에서 상처 준 것'을 사과하며 아이를 데리고 가지 않겠다고 한다. 아빠가 아이를 더 사랑한다고 느꼈던 것이다.

홀로 사는 것이 홀가분할지는 몰라도 평생 죄의식 속에 산다. '괴로워도, 피곤해도, 이혼해도, 부대끼면서 서로를 알아가며 내 새끼는 내가 키워야 한다.'는 평범한 교훈을 남긴 작품이다.

31

영화 〈패왕별희覇王別姬〉

《초한지》는 진시황제 시대의 진나라가 멸망하고 '항우'가 패왕覇王이 되는 과정과, 이에 반발하는 '유방'이 항우에 맞서 싸워 천하를 재통일 하는 과정을 보여준다.

'패왕별희'란 패왕 '항우'와 그의 연인 '우희'의 이별과정을 말한다. 항 우는 "천하를 포기할지언정 우희를 포기할 수 없다"고 공언할 만큼 그 녀를 사랑했다. 유방의 군사들로부터 완전히 포위된 긴박한 상황에서 항우는 모든 걸 포기한 채 술 마시며 노래 부르고, 이에 맞추어 우희는 칼춤을 추다가 자살했다. 마지막 전쟁에 나서는 연인에게 부담주지 않 기 위함이다.

어려서 북경 경극학교에 맡겨진 두지(장국영)와 시투(장풍의)는 서로 의지하며 형제처럼 자란다. 기나긴 교육과정을 마치고 두지는 패왕별희 의 우희 역, 시투는 패왕 역을 맡게 되어 최고의 경극배우로 인기를 누 린다. 영화가 진행되면서 간간이 나오는 경극이 정신을 집중시켰다. 중 국 고전악기의 반주에 맞추어 고음으로 노래하며 춤추는 배우들의 연 기가 흥미로웠다. 대사 내용도 인생을 논하는 등 의미가 깊었다.

시투는 홍등가의 창녀에게 반하여 결혼을 약속한다. 시투를 사랑하는 두지는 질투를 참지 못한다. 두지는 경극 속 '우희'의 삶을 살려고 한다. 패왕 시투를 사랑하고 죽는 순간까지 함께하려고 한다. 하지만 시투는 다르다. 무대에서는 패왕일지라도 현실에서는 그 나이의 남자다. 무대 위에서 많은 사람들에게 사랑받던 '우희'와 '시투'에 대한 연정으로 고뇌하는 무대 밖 '두지'의 양면성은 장국영의 삶을 은유한 것 같다.

화려했던 경극의 시대가 점점 저물어가고 사랑하는 시투마저 다른 이의 남자가 되었으니 두지가 얼마나 외로웠겠는가? 우여곡절 끝에 11년 만에 다시 만난 두지와 시투는 과거의 영화를 생각하며 경극을 시작한다. 연극 중 두지는 시투의 칼을 빼앗아 자살한다. 우희가 항우 앞에서 죽을 때와 같이…

2003년 4월 1일! 사스가 홍콩을 덮쳐 도시 전체가 우울하고 조용한 가운데 '만다린 호텔' 24층에서 장국영이 투신자살했다. 그의 나이 47세 때이다. 언론보도에서는 그의 자살 원인을 '동성애를 둘러싼 삼각관계의 고통', '우울증'이라고 하였다. 장국영이는 4백6십억 원의 유산을 남겼다. 그의 유서는 '전 재산을 당학덕에게 상속한다'라고 쓰여 있었다. 당학덕은 장국영의 동성애인이다.

32

영화 〈화양연화〉

화양연화花樣年華란 '인생에서 가장 아름답고 행복한 순간'을 말한다.

이 영화는 60년대 홍콩이 배경이다. 홍콩의 지역신문사 기자인 38세 초 모완(양조위)과 수출회사 비서인 36세 수 리첸(장만옥)은 같은 날 옆집으로 이사 오면서 여러 가지로 부딪힌다. 각자의 배우자는 출장이 잦아 남녀는 집에서 혼자 지내는 날이 많으며 둘은 배우자들이 외도한다는 사실도 안다. 그들은 절제의 미덕으로 서로의 아픈 마음을 위로해준다. 남녀주인공의 모습이 클로즈업되면서 동적일 때는 '냇 킹 콜'의 경쾌하고 달콤한 재즈가 흐르고 정적일 때는 은은한 첼로의 선율이 가슴을 파고든다. 둘은 우연히 남자의 좁은 방에서 하룻밤을 보낸다. 여자는 침대에 비스듬히 누워 뜬눈으로 지새우고 남자는 의자에 앉아 잠을 청한다. 둘 사이의 안 좋은 소문이 동네에 무성하게 퍼지자 남자는 여자를 위하여 싱가포르로 떠난다. 10년이란 세월이 흘러 두 사람은 과거에 살던 집을 찾지만, 서로 연결이 안 된다. 행복한 시절에 이루지 못한 사랑을 돌아보며 잠시 감회에 젖는다.

인생의 꽃 피는 봄날에 누구나 한 번쯤은 겪었을 법한 스쳐가는 사랑에 대한 인간의 고뇌를 떠들썩하지 않고 아련하게 표현했다. 선을 넘지 않은 두 사람의 선택이 덧없이 느껴지지만 그랬기에 그 순간이 세월 속에 퇴색되지 않고 '생의 가장 아름다운 순간'이라는 '화양연화'가 되었다.

영화의 명대사로 수 리첸이 초 모완에게 한 "우리는 그들과 다르잖아요."를 꼽을 수 있다. '바람피우는 배우자와 다르다'는 뜻이다. 둘만 결백하면 된다고 하지만 사랑고백도 했는데 둘 사이를 무슨 관계라고 할 수 있을까? 불륜의 사랑을 때 묻지 않는 순수로 표현하고 싶다.

40대부터 십 년에 한 번씩 이 영화를 보면서 감정의 변화과정을 노트에 기록하는 것도 괜찮겠다. 간결한 대화와 빠른 장면전환으로 2회 연속 보아야 내용을 대충 이해할 수 있다.

33

영화 〈굿바이〉

슬프고 감명 깊은 일본영화다. 장례식에서 '염'하는 사람의 이야기를 다루었는데, 일본영화 특유의 잔잔한 분위기가 흐른다.

주인공은 시골출신으로 첼리스트다. 겨우 얻은 일자리가 오케스트라 해체로 없어지자 실력의 한계를 느껴 도시생활을 접고 고향으로 내려온다. 고향에는 일자리가 없다. 그러다가 '연령제한 없음, 고수익 보장, 근무시간 짧음'이라 적힌 곳을, 뭐 하는지도 모르고 구인광고만 보고 찾아간다. 사장이 "시체를 관에 넣는 일"이라고 말한다. 처음 출근하는 날! 사무실에 전시된 '관'을 보고 느낌이 묘하다. 난이도가 높은 부패한 시신을 수습하며 고통 받는다. 집에 돌아온 주인공은 말이 없다. 고향사람들은 첼로로 출세한 줄 아는데 '염습사'라! 자신의 처량한 신세에 아내 몰래 홀로 운다. '천한 일을 한다'는 소문이 동네에 퍼지고 아내는 "불결하다"는 말을 남기며 친정으로 간다. 염하는 장면 하나하나를 눈물로 지켜보던 유족들이 염습사에게 진정으로 고마워하는 모습을 보며 이 직업이 얼마나 소중한지를 주인공은 깨닫는다. 주인공의 독백이다.

'죽은 자 앞에서 엄숙하게 진행한다. 옷을 벗기고 깨끗한 물수건으로 온몸을 닦는다. 맨살이 보이지 않도록 주의를 기울여야 한다. 돌아가신 분을 예쁘게 화장하여 영혼의 미를 추구한다. 냉정하고 정확하고 무엇

보다도 상냥하게 고인을 보내드리는 것이다.'

임신한 아내가 고향으로 돌아온다. 주인공을 비난했던 친구의 어머니가 돌아가신다. 친구어머니를 정성스럽게 수습한다. 염하는 장면을 아내와 친구가 경건한 마음으로 바라본다. 그들이 염습사를 달리 생각하는 순간이다. 고인에게 목 스카프를 해 주고 머리핀도 꽂아준다. 친구는 아름다운 어머니 모습을 대하고 오열하며 감탄한다. 화장터에서 친구 어머니를 마지막으로 보내는 이웃 아저씨의 메시지가 기억에 남는다.

"죽음이란 헤어지는 것이 아니다. 죽음을 통과해 나가서 다른 세상으로 가는 거다. 그래서 '다녀오세요. 또 만납시다.' 하고 보내는 거다."

죽음을 두고 우리는 '삶과 단절한 인생의 끝'이라며 슬프게 여기지만, 일본인들은 '삶의 끝이 아니고 한 부분'으로 바라보아 담담하게 받아들인다. 벚꽃 잎이 흐드러지게 휘날리던 어느 봄날! 30년 전 처자식 버리고 찻집 아가씨와 도피한 아버지가 돌아가셨다는 연락을 받는다. 원망스러운 아버지여서 호적정리도 했다. 안 가려고 하는데 아내가 사정한다. 기억도 안 나는 아버지를 죽은 모습으로 맞이한다.

사람들이 아버지를 그냥 관 속에 넣으려 하자 "남편이 염습사입니다."라고 아내가 자랑스럽게 말한다. 염하면서 아버지를 이해하는 주인공. "우리 아버지!" 흐르는 눈물을 주체할 수가 없다.

모든 직업은 사명감을 가지고 임할 때 보람차고 아름답다. 영화를 보며 웃음과 눈물이 번갈아 나왔으며 인생에 대하여 많은 생각을 하게 만드는 작품이었다.

34

영화 〈어바웃 슈미트〉

66세인 주인공은 보험회사 중역으로 은퇴한다. 할 일이 없어지자 인생의 허무함을 느낀다. 아프리카에 있는 어린아이에게 편지 쓰는 낙으로 산다. 아내마저 갑자기 세상을 떠난다. 장례를 치르고 집에 오자마자 딸은 다짜고짜 "엄마를 잘 대해주지 않았다"며 대들고 집을 떠난다. 텅 빈 집에 홀로 된 주인공의 고독이 시작된다. 사사건건 맘에 들지 않았던 아내가 그립다.

창고를 정리하다 우연히 아내의 연애편지를 발견한다. 화가 나서 아내의 유품을 몽땅 밖으로 내던진다. 그리고 아내의 연인이었던 친구를 만나 한바탕 싸움을 벌인다. 주인공은 허전함과 배신감을 달래기 위하여 캠핑카로 여행을 떠난다. 여행지에서 이웃 캠핑카 부부의 초대를 받는다. 식사를 마치고 남편이 맥주 사러 잠깐 자리를 비운 사이에 부인에게 외로움을 고백하며 성추행하다가 항의를 받자 부랴부랴 자신의 캠핑카를 몰고 도망 나온다. 홀로 외로움에 떨며 밤을 지새우고 아내를 용서한다.

딸의 결혼식에 참여하기 위하여 사돈집을 찾았다. 얼마 전 사윗감을 보고 맘에 안 들었지만, 사돈집 분위기가 엉망이어서 더욱더 실망한다.

잘못된 결혼임을 딸에게 말한다. "아빠는 평생 도움이 되지 않는다"고 펄펄뛰며 딸은 결혼식을 강행한다. 피로연 때 주인공은 마이크를 잡고 "사돈집 사람들이 고맙다"는 마음에도 없는 말을 한 후 화장실로 뛰어가 울화통을 간신히 참는다.

집으로 돌아와 아프리카 소년 '인두구'의 편지를 읽는다. 내 돈을 수없이 낭비했던 아내, 아빠 말이라면 처음부터 귀를 닫는 딸, 이들은 평생 내 돈을 갈취하였지만, 고마움을 모른다. 그러나 탄자니아의 어린아이 '인두구'는 한 달에 겨우 20달러의 소액을 지원받음에도 불구하고 진정으로 고마움을 표현한다. 편지의 내용은 너무 감격적이다.

"매일매일 할아버지에 대하여 생각합니다. 할아버지 인생이 행복하고 건강하기를 빕니다. 저는 그림그리기를 좋아합니다. 할아버지를 위하여 그림을 그렸습니다."

주인공은 그림을 보며 눈물 흘린다. 자신을 필요로 하는 사람이 있기 때문이다. 앞으로 무엇을 해야 할지를 깨닫고 환희의 미소를 짓는다. 직장에서 은퇴한 백수들의 외로움을 '잭 니컬슨'의 눈부신 연기로 잘 표현했다. 영화의 주제가 슬프고 무겁지만 코믹하게 연출하여 여운이 계속 남는 멋진 영화다.

35

영화 〈노트북〉

　잔잔한 피아노 소리와 함께 낙조가 고요한 호수를 온통 붉게 물들이는 황혼의 '오프닝 크레디트'가 끝나자마자 머리숱이 많이 빠지고 주름 가득한 노인이 병원에서 활기찬 아침을 맞이한다. 그의 말이 독백으로 흘러나온다. "난 대단한 사람이 아닙니다. 평범한 보통 사람이죠. 남다른 인생도 아니었고요. 하지만 한 가지 눈부신 성공을 했다고 자부합니다. 지극히 한 사람을 사랑했으니 그거면 더할 나위 없이 족하죠." 주인공 '노아'는 치매에 걸린 아내 '앨리'의 간호를 위하여 요양원에서 생활한다. 노아의 일과는 아내에게 둘 사이의 지나간 '사랑의 이야기'를 들려주는 것이다. 그러면 아내의 정신이 돌아올 것이라고 믿는다. 앨리는 남편이나 자식이 누구인지 구별 못 할 정도로 심한 치매를 앓고 있지만, 이야기를 재미있게 듣는다.

　둘의 첫 만남은 일찍 고향을 떠나 도시에서 고등학교를 졸업한 앨리가 고향 별장에 잠시 머물며 휴가를 보내면서 이루어졌다. 빈털터리 시골청년 노아는 부잣집 딸 앨리와 격이 맞지 않았다. 그들은 폐가에서 풋사랑을 나누다가 앨리 부모한테 걸렸다. 앨리는 노아에게 작별인사도 없이 부모를 따라 도시로 갔다. 노아는 떠나간 그녀를 잊지 못하며 편지를 썼다.

'우리 사이가 끝났다고 생각하니 잠이 안 왔어. 진실한 사랑을 했으니 쓸쓸할 건 없어. 미래에 먼발치에서 서로의 인생을 보면 기쁨으로 미소 짓겠지. 사랑하고 성숙해가는 시간을 추억하면서, 최고의 사랑은 영혼을 일깨우고, 더 많이 소망하게 되고, 가슴엔 열정을 영혼엔 평화를 주지. 너에게서 그걸 얻었고, 너에게 영원히 주고 싶었어.'

7년이란 세월이 흘렀다. 앨리는 약혼자와 함께 고향을 다시 찾았다. 결혼을 며칠 앞둔 그녀는 신문에서 노아를 발견하고 옛 애인을 찾아 나섰다. 어렸을 때 같이 놀던 폐가는 완벽하게 수리되어 노아가 살고 있었다. 둘은 호수에서 배를 탔다. 맑은 호수에 하늘로 치솟은 나무 사이로 오리 떼가 떠다니는 배경이 환상적이다. 갑자기 소낙비가 내리자 노아의 집으로 비를 피했다. 남녀는 밤을 지새우며 사랑을 확인했다. 앨리는 부잣집 귀공자인 약혼자를 마다하고 시골에서 사랑하는 남자와 일생을 함께하기로 했다.

노아가 이야기를 마치자 앨리는 정신이 돌아온다. "정신 잃는다는 게 무서워요!" 앨리가 말하자 노아는 "내가 여기 있을 거야, 절대 당신 곁을 떠나지 않아." 라고 대답한다. 둘은 다음 날 '손잡고 숨을 거둔 모습'으로 발견된다.

평생을 사랑하는 여자를 위해 살아온 한 남자의 지고지순한 사랑이야기며 실화다. '노트북'이란 컴퓨터가 아니다. 미국 사람들은 노트북 컴퓨터를 'laptop'이라고 부른다. 영화제목 노트북은 한 남자가 평생 한 여자만을 사랑한 이야기, 젊은 시절 아름다웠던 사랑의 기록을 적어

놓은 일기장 같은 공책이다.

영화는 난관을 극복하고 사랑에 골인하는 장면만 묘사하고 결혼생활을 다루지 않았다. 사랑이 식어가고, 돈에 쪼들리고, 자녀 문제 등에 대한 의견이 충돌하는 과정을 어떻게 극복했는지 알 수가 없다. 성깔 있는 여자와 평생 살면서 그녀를 위하여 배려만 하고 권태는 느끼지 않았는지에 대하여 의문이 간다. 어렸을 때 첫사랑만 생각하면 가슴이 설레고 그 여인은 지금 어디에 있으며 한 번만이라도 보고 싶은 생각이 든다. 노아는 첫사랑인 앨리와 평생 살았으니 성공한 삶이라고 볼 수 있다. 죽음까지 함께했다는 것은 신의 축복이라고 할 수도 있다.

'내가 만약 첫사랑과 결혼했다면 노아같이 그녀를 평생토록 사랑했을까?' 자문해본다. 자신이 없다. 첫사랑은 추억으로 간직하는 것이 아름답지, 실행에 옮기면 실망으로 끝난다. 노아의 인생이 참 특이하다.

하늘이 잔뜩 찌푸린 날 혼자 집에 있을 때 컴퓨터로 다운 받아 '나의 첫사랑'과 비교하면서 보았다. 노아와 앨리의 젊은 시절과 노년기가 대비되며 자연의 이치가 쓸쓸하게 다가왔다. 치매에 시달리는 아내를 바라보며 눈물짓는 노아의 모습은 오랫동안 잔상으로 남았다. 이 글을 읽은 사람들은 당장 이 영화를 다운 받아 보기 바란다. 절대 후회하지 않을 것이다.

36

영화 〈대부〉

3년 전에 사무실에서 밤을 꼬박 새우며 영화 5백편 정도를 보았다. 그중에서 최고의 걸작을 뽑으라면 단연코 '대부'다. 총 3부로 구성된 이 영화는 러닝 타임이 무려 9시간이며 이탈리아 '시칠리 섬' 출신의 가난한 이민자들 범죄조직인 '마피아'를 그린 72년 개봉작이다. 내용을 간추려 보았다.

남자 친구에게 폭행당한 여자의 아버지가 법에 의하지 않고 대부를 찾아와 도움을 청하는 장면에서 제1부가 시작된다. 남자 친구를 없애달라는 부탁이다. 대부는 기꺼이 도와주겠다고 약속하며 언젠가 신세 갚을 날이 있을 터이니 그때 은혜를 갚으라고 한다. 이처럼 대부역할로 나오는 영화배우 '말론 브랜도'는 해결사 역할을 하며 세력을 확장해 나간다. 하루는 마약업자가 대부를 찾아와 동업할 것을 제안한다. 마약은 합법이 아니므로 대부는 동업을 정중히 거절한다. 마약업자는 이를 모욕으로 여기고 타 패밀리와 함께 대부에게 총알세례를 퍼붓는다. 갱단 간의 전쟁이 선포된 것이다. 결국, 큰아들인 '소니'마저 죽자 대부는 패밀리들을 소집하여 휴전을 선언하고, 막내아들인 '마이크'에게 조직의 모든 권한을 이양한다. 마이크는 젊은 혈기로 조직의 확대에 힘쓴다. 아버지인 대부가 편안히 생을 마친 장례식 날! 마이크는 5대 패밀리의 보스와 배반자까지 모든 걸림돌을 주도면밀한 계획으로 쓸어버린다. 상대방은 전쟁이 끝나고 평화로운 시기였으므로 꿈에도 생각하지 못했다. 아버지가 약속한 휴전을 마이크가 지킬 이유는 없었다. 새로운 절대강자가 태어난 것이다.

2부가 시작된다. 마이크는 세력 확장에 혈안이 되어 사업을 해외까지 넓힌다. '세상에는 못 죽일 사람이 하나도 없다'는 소신으로 사업에 방해되는 자는 적으로 간주하여 반드시 처단한다. 심지어 매형과 작은형까지 '타 패밀리와 작당했다'는 죄목으로 사살한다. 그는 오직 아버지가 물려준 조직을 확대하는 것만이 진리요, 의무라고 생각한다. 그러자 적이 많아지며 주변에 믿을만한 자가 하나도 없다. 친지마저 그를 떠나고 아내와 이혼까지 한다. 자수성가한 아버지와 물려받은 마이크 사이의 차이점이 극명하게 나타난다. 아버지는 타협과 조정으로 살상을 피하고 조직을 만들기까지의 수많은 위험한 순간을 슬기롭게 헤쳐 나가며 주변 사람들로부터 존경을 받았다. 가족 간의 화목 그리고 친구 간의 의리 등등 그 시대에 걸맞은 인간미가 있었다. 하지만 마이크는 실패를 경험한 적이 없었다. 조직 확장이라는 대명제 앞에 다른 것들은 모두 하찮은 것이었다. 그는 모든 감정을 숨기고 스스로 억제하며 냉혈인간이 된 것이다.

3부는 20년이란 세월이 흘러 마이크가 '자선사업 공로로 교황에게 상을 받는다'는 내용의 편지를 자식에게 쓰는 장면에서 시작한다. '세상에서 으뜸가는 재산이 자식이다. 이 세상에 모든 재물과 권력을 다 준다고 해도 너희들과 바꿀 수는 없다. 너희들을 지키기 위해서라면 아빠는 지옥이라도 뛰어 들어갈 것이다.'라는 절절한 부정이 담긴 메시지를 보낸다. 조직은 큰 규모로 확장되었다. 마이크도 늙어가면서 모난 성격이 둥글어지기 시작한다. 이제 악을 악으로 갚지 않고 선으로 갚고자 하며 모든 것은 자신의 잘못으로 돌리고 오직 자신의 사업을 합법적인 방향으로 돌리려고 노력한다. 그러자 타 패밀리들이 마이크를 흔들기 시작한다. 악의 구렁텅이에서 빠져나오려고 하면 할수록 주변상황이 그를 더욱더 악으로 빠져들게 만든다. 마이크가 당뇨병이 악화되어 쓰러지자 조직을 소니 형님의 아들에게 넘긴다. 병든 몸으로 고향인 시칠리섬에 내려와 고해성사를 한다. 조직을 확대하는 과정에서 희생되었던 사람들에게 참회의 눈물을 흘리며 반성한다. 이미 다른 남자와 재혼한 아내와 화해하며 용서를 빈다. 마이크는 가족과 함께 아들의 공연을 관람하고 나오다가 갱단의 총격을 받는다. 눈에 넣어도 아프지 않을 정도로 사랑하는 딸이 쓰러진다. 절규하는 마이크! 세월이 흐른다. 시칠리섬에 고독과 함께 회한의 노년을 보내는 마이크. 스산한 바람에 낙엽이 흩어져 나뒹구는 어느 날! 그는 마당에 홀로 앉아 있다가 옆으로 고꾸라지면서 죽는다. 그렇게도 갈망해왔던 조직의 확대, 부, 명예, 살인 등 영욕의 세월을 아무도 지켜보지 않는 가운데 쓸쓸히 마감한다.

이 영화는 간간이 들려오는 주제음악 'Speak Softly Love'와 함께 말론 브랜도, 알 파치노, 로버트 드니로 등 당시 최고의 배우들이 자신의 진면목을 모두 보여준다. 급박한 순간에도 냉정함을 잃지 않으려고 애쓰는 모습, 결단을 내릴 때의 복잡한 심경을 말이 아닌 표정으로 나타내는 배우들의 연기가 영화가 끝난 후에도 머릿속을 맴돈다. 간결한 대사가 다양한 인간관계를 이야기해 주면서 미션을 제시하고, 속전속결로 장면이 빠르게 진행되며 손에 땀을 쥐게 한다. 범죄영화지만 과장되지 않고 처음부터 끝까지 연결고리가 있어 관객으로 하여금 긴장을 늦추지 않게 한다. 자신 있게 말하고 싶다. 영화라는 장르가 태어난 이후로 〈대부〉보다 훌륭한 영화는 없다!

37

영화 〈엠마뉴엘〉의 '실비아 크리스텔'

실비아 크리스텔은 1952년생으로 1974년 개봉한 영화 〈엠마뉴엘〉의 여주인공이다. 그녀는 네덜란드 출생으로 수녀학교를 나와 무명모델로 활동하던 시절 한 영화제작자의 눈에 띄어 일약 스타로 등장했다. 이 영화는 자위행위, 강간, 혼음 등 그 당시에는 상상조차 할 수 없을 정도로 노골적이고 선정적인 장면이 있어 포르노와 영화의 중간에 섰던 작품으로, 영화상영여부가 각 나라의 민주화 척도가 될 정도였다.

따라서 제1편은 퐁피두 대통령이 서거한 정치적 혼란기에 프랑스에서 상영되었고, 제2편은 독재주의자인 프랑코 대통령이 권좌에서 물러난 스페인에서 상영되어 프랑스 여성들이 줄지어 스페인 관광에 나섰다는 일화가 있다. '성적 자유는 더 이상 남자들만의 전유물이 아니고 여성들도 사랑 없이 쾌락을 추구할 수 있다'는 메시지가 여성들을 열광시킨 것이다.

이 영화는 제1편이 실비아 나이 22세 때 제작되었으며, 마지막인 제7편은 1993년 그녀의 나이 41세 때였다. 제1편에서는 빈약한 몸매에 백치미적이고 호기심 어린 눈빛과 자유분방한 몸짓으로 관객의 마음을 불살랐다. 나이가 들자 그녀의 몸매나 체위를 기대하기는 어려워 영화

〈엠비뉴엘〉은 '신세대 엠마'를 캐스팅하였고 '오리지널 엠마'인 실비아는 얼굴을 비치면서 영화의 스토리를 이어주는 내레이터로 전락했다. 예를 들어 "20년 전 그날 밤이었지…" 하면 다른 싱싱한 여성배우가 발가벗고 나오는 식이다.

실비아 크리스텔은 약간 멍한 듯하면서도 지적인 아름다움으로 세계를 흥분시켰다. 지금 50~60대 남성들이 '치마 사이로 살짝살짝 보이는 그녀의 희멀건 허벅지는 그 잔상이 얼마나 오래갔던지 그녀를 생각하며 잠 못 이루는 밤이 많았다'고 회상할 정도로 그녀는 당대 최고의 에로배우였다. 일약 스타덤에 오른 실비아는 유럽 무대보다 더 큰 할리우드로 건너갔다. 미국생활의 초기는 〈개인교수〉라는 영화로 성공했다. 그러나 이후 거듭된 실패와 마약중독으로 폐인이 되고 말았다. 그녀는 더 잃을 것이 없는 빈털터리 상태로 고향인 암스테르담으로 왔다. 고향 친구들이 그리워서가 아니라 마음이 편해서 온 것이었다.

80년대 흥행에 성공했던 에로영화 〈파리 애마〉의 주인공인 에로배우 '유혜리'가 텔레비전 토크쇼에 나와서 실비아와 공동 작업한 영화 〈성애의 침묵〉을 촬영할 당시인 1992년을 기억했다. '에로계의 조상'인 실비아를 "영화 속 아이스크림 같은 모습은 없고 삶에 지치고 찌든 모습이었다."고 표현했다. 더불어 그 당시 자신보다 훨씬 젊고 아름다운 '유혜리'를 보고 "난 한 시대를 풍미하고 부와 명예도 누렸다. 하지만 남은 거라곤 금시계 하나와 아들밖에 없다. 그 아들이 나에게 희망을 준다. 그래서 난 다른 어느 때보다도 열심히 살고 있다."는 깊은 의미가 담긴 말을 했다고 한다. 현재 그녀는 간간이 다큐멘터리 영화에 조연으로 출연하면서 최저생활비로 생활한다. 하지만 삶의 고통은 계속하여 그녀를 비켜가지 않고 있다. 본인이 암에 걸려 투병생활을 하고 있으며 더욱더 애인이 암으로 죽은 슬픈 사건이 발생했다.

그녀는 과거를 그리워하지도 않았으며 단지 "세상을 볼 수 있는 기회를 가졌으니까요"라는 말로 지금의 심정을 이야기했다. 실비아는 총 5년 남짓에 불과한 두 번의 결혼생활을 하는 등 비운의 삶을 살다가 후두암 투병 끝에 2012년 향년 60세의 나이로 숨을 거두었다.

이야기를 맺으며…

"짧게 써라, 읽힐 것이다.
명료하게 써라. 이해될 것이다.
그림같이 써라. 기억될 것이다."

퓰리처상을 받은 어느 기자의 말이다. 필자는 기자의 말을 명심하면서 추억을 되살려보았다. 서초동 중앙도서관에서 온종일 자료수집에 몰두했던 기억, 작품을 완료하기 위하여 사무실에서 밤을 지새운 수많은 나날이 주마등처럼 지나간다.

마지막으로 '로버트 테일러'와 '데보라 카'가 주연한 영화 〈쿼바디스〉에 나오는 장면을 옮겨보려 한다. 로마황제 '네로'의 총애를 받은 '페트로니우스'가 자살하면서 네로에게 남긴 말이다.

"로마를 불태워도 좋다.
죄 없는 사람들을 사자 밥이 되게 하는 것도 좋다.
대신 삼류의 시를 듣는 따분함은 용서를 못 한다.
제발 너의 전공으로 돌아가라."

시간 여행자의 독백

초판 1쇄 인쇄 2017년 05월 30일
초판 1쇄 발행 2017년 06월 05일

지은이 윤홍기
펴낸이 김양수
표지 본문 디자인 곽세진   **교정교열** 장하나

펴낸곳 도서출판 맑은샘   **출판등록** 제2012-000035
주소 (우 10387) 경기도 고양시 일산서구 중앙로 1456(주엽동) 서현프라자 604호
대표전화 031.906.5006   **팩스** 031.906.5079
이메일 okbook1234@naver.com   **홈페이지** www.booksam.co.kr

ISBN 979-11-5778-216-1 (03800)

*이 책의 국립중앙도서관 출판시도서목록은 서지정보유통지원시스템 홈페이지(http://seoji.
nl.go.kr)와 국가자료공동목록시스템(http://www.nl.go.kr/kolisnet)에서 이용하실 수 있습니다.
(CIP제어번호 : CIP2017013120)